新潮文庫

天地静大

上巻

山本周五郎著

新潮社版

8365

天地静大

上巻

松川湖にて

杉浦透《とおる》は二十三歳で岩崎つじと結婚した。つじは文左衛門の三女で、年は十六歳。家中《かちゅう》でも才女の評の高い娘であった。
祝言《しゅうげん》をする二日まえ、透は房野なほに手紙をやり、磯部《いそべ》の浜でおちあった。——九月の下旬。風のかなり強い日で、平べったい砂丘だけの、堤のように長い浜辺は、泡《あわ》立《だ》つ白い波で掩《おお》われ、沖のほうも白い波がしらが、うちかさなるように飛沫《ひまつ》をあげていた。

なほは頭から浅みどりの被衣《かつぎ》をかぶっていた。かつぎとは古風であるが、なほがかぶると少しも不自然ではなく、その人柄《ひとがら》によく似合ってみえた。透は海のほうにまわって、なほを風から庇《かば》うように歩きながら、彼女のほうは見ずに話しだした。

「はい、うかがいました」となほは頷《うなず》いた。

彼は静かに続けた、「昌平黌《しょうへいこう》へ入学できることになって、出府する支度に追われているところへ、急に父から縁談がまとまったと云《い》われたのです」

「岩崎のつじさまですって」

「寒くはありませんか」

透がそう訊《き》くと、なほはかぶりを振った。被衣が風にはためいて巻きつき、彼女の細い肩のまるみをあらわした。

「私は一度か二度くらい会っただけで、口をきいたこともないし、顔もよく覚えてはいなかった」と透は云った、「——私は拒んだのですが、父は聞こうともしません、江戸は誘惑も多いし、こういう騒がしい世の中だから、いつどんな間違いがあるかもしれないし、きまってしまった縁談を延ばすことはできない、そう云いはってきかないのです」

「あの方はお若いけれど」となほが云った、「頭がよくて、おきれいで、しっかりした、いい方ですわ」

暫《しばら》く歩いてから透が云った。

「私はあなたのことを云いだすべきだったのです、なんども口まで出かかったのですが、父の性分がご存じのとおりですから、とうとう云いだす勇気がありませんでした」

なほはやさしく頷いた。

「もっと早くうちあけておくべきでした」と透は呟《つぶや》くように云った、「――せめて母にだけでも」

「わたくしそうは思いません」

「母ならわかってくれます」

「そうは思えませんわ」となほが云った、「わたくしは出戻りですし、もう年も二十一になりますもの、おかあさまがいくらいい方でも、たやすく承知なさる筈《はず》はございませんわ」

「それに」となほはすぐに続けた、「時期を待つようにと申したのはわたくしです、父も兄もあのとおり、仙台と深いかかわりをもっておりますし、杉浦さまは京のほうと」

「そのことはもう話した」と透が遮《さえぎ》った、「私はそういうことにかかわりたくない、二派のどちらにもかかわらず、自分のめざす道を進むつもりです、それだけは父にもはっきり云ってあるのです」

「ええ、うかがいました」なほはなだめるように穏やかな口ぶりで云った、「でも、縁組となればそれが故障になる、ということは避けられませんでしょう」

透は暫く黙って歩いた。

「寒くありませんか」とまた彼は訊いた。

「寒くはございません」なほは微笑してみせた、「あなたはあまりこまかく気をおつかいになりすぎますわ」

「私は結婚はしません」

なほは眼《め》をみはって彼を見た。

「いや、祝言はします」と透はぎごちなく続けた、「いま面倒なことを起こしたくありませんから、祝言の式だけはあげますが、あの人と夫婦にはなりません、そしてすぐに江戸へ立ちます」

「そんなこといけませんわ」

「まあ聞いて下さい、昌平黌を終えるのは約三年とみています、三年のあいだにはなんとか打つ手もあるでしょう」

「いけませんわ、そんなこと」なほがきつい声で遮った、「たとえそれがあなたの思うとおりになったとしても、それではあの方がお可哀《かわい》そうです、罪のないあの方にそんな無情なことをなさるなんて、あなたらしくもなし、また、できるわけもございませんわ」

「ためしてみましょう」と透は云った、「私にはあなたのほかに妻はない、私たち二人の生涯《しょうがい》をまもるためなら、どんな非難もあまんじて受けるつもりです」

そのとき大きな波が来た。

汀《みぎわ》の線は一定ではないし、波打ち際《ぎわ》はよけて歩いていたのだが、その波だけは思いがけなく伸びて来、透は「あ」と声をあげながら、なほの躯《からだ》を押しやった。なほは転びそうにのめってゆき、透の足は波に洗われた。袴《はかま》はたくしあげたので濡《ぬ》れなかったが、波が去ると、草履も足袋も、ずっくりと濡れた砂に包まれていた。

「早くこちらへ」となほは手招きをした、「また波が来ましてよ」

「やれやれ」

彼は重くなった草履を、濡れた柔らかい砂から抜きあげ、抜きあげ、両手で躯の重心をとりながら、乾いた砂のほうへあがって来た。なほは被衣をぬぎ、砂の上にひろげて、彼を坐《すわ》らせた。

「やれやれ」透は腰をおろしながら云った、「どうやら非難の第一矢というかたちですね」

「そんなこと仰《おっ》しゃってはいやでございますわ」

なほは跼《かが》んで彼の足袋をぬがせようとし、彼は手を振って拒んだ。なほは袂《たもと》から手拭《て》きを出し、彼が足袋をぬぐと、その濡れた足を拭いてやった。透はそれを見ていて、静かな悲しみが胸を浸すのを感じた。

――おれはこの人をきっと仕合せにする。

必ず仕合せにしてみせる、と彼は心の中で誓った。

「白い膚《はだ》をしていらっしゃいますのね」となほが云った、「なめらかで、女よりきめのこまかなお膚ですわ」

「男らしくないって、いつも父に苦い顔をされるんです」

彼はそう云いながら、ふと、衝動的になほの手を握ろうとした。しかし、なほはごく自然な動作でその手を逃げ、濡れた砂だらけの草履を持って立ちあがった。

「なほさん」

なほはあとじさりをし、草履の砂をはたきながら、脇《わき》のほうを見て云った。

「あなたの考えていらっしゃることは誤りだと思います、あなたはわたくしを憐《あわ》れむあまり」

「憐れむですって」

「ええ、愛情と申すほうがよろしければそう申しましょう」となほは云った、「あなたのお気持を信じないわけではございません、けれどもわたくしのようにいちど他家へ嫁《か》し、不縁になって戻ったうえ、年も二十一になりますと、女には女の勘というものができてまいります」

「あなたはいつもそのことにこだわる、どうしてそうなんです」透は強い口ぶりで云った、「一年にも満たない作田家の生活、しかも介二郎のような人間のことがそんなに忘れられないんですか」

なほは微笑しながら、透に振返った。姉が弟にするような、あたたかな微笑であった。

「そういう意地の悪い云いかたもあなたには似あいませんわ」

「しかしこだわっているのは事実でしょう」

「いまはあなたの話をしているんです、あなたやあなたの御両親、嫁していらっしゃるあの方やその御家族——御自分の感情だけでなく、こういう方たちのことも考えて下さいまし」

透は云い返した、「私は私のよしと思うようにやります」

なほは彼を見た。

「あなたもそれを考えて下さい」と彼は続けた、「あなたは御両親の意志にしたがって、好きでもない男と結婚し、失敗して実家へ戻られた、それでなにを得ることができましたか、介二郎はまた妻を娶《めと》った、傷ついたのはあなただけじゃありませんか、御両親や周囲の人たちの意志にしたがったことで、なにか事情がよくなったということでもありますか」

「わたくしの場合はべつでございます」となほが答えた、「あんなことはたびたびあるものではなし、わたくしのめぐりあわせが悪かったのでしょう、ほかの方の例に引けるものではございません」

「そして、正直に申上げますけれど」なほは調子の変った声で付け加えた、「――わたくし傷ついてはおりませんわ」

　透はなほの眼をみつめた。

「本当に傷ついていませんか」と彼は訊いた。

　なほはまた微笑しながら、そっと頷いた。

「それが本当なら、作田のことはきれいに忘れて下さい」と透は云った、「出戻りなどということも二度と口にしてはいけません、この世に介二郎という人間のいることも忘れてしまうんです、できますか」

なほはしっかりと頷いた。

「それでいい」と透も頷いた、「私は決してむりなことはしません、できるだけ穏便に、時間をかけてやるつもりです、どうかそれをよく覚えていて下さい」

「御出府まえに、もういちど会っていただけるでしょうか」

「そうしましょう」と云って彼はなほを見た、「岩古の『江戸新』という茶屋を知っていますね」

なほは「はい」と答えた。

透は立ちあがり、指を折って、日を数えてみてから、五日めの午後二時ころ、と約束した。

なほは別れるまで、彼の主張を認めようとしなかった。彼もしいて押しつけようとは思わなかったが、すなおによろこんでくれなかったことや、むしろつじとの結婚をすすめるような口ぶりをみせたことには、少なからず不満を感じた。

――だがもちろん、なほは待っているに違いない。

二人をむすびつけているのは言葉ではない。誓いの言葉などは、いちども交されたことはなかった。それよりもっと深く、お互いの血と血のまじり合うところで、本質的に理解しあうもの。どんな力でも変えることのできない融合、ともいうべきものであった。

——なほは必ず待っている。

透はそう信じた。

それから二日めに、彼は岩崎つじと結婚した。式は極めて質素におこなわれ、仲人《なこうど》夫妻と、両家族のほかに、どうしてもやむを得ない客だけ七人招いた。酒三献《こん》に二汁三菜の膳《ぜん》で、仲人の岡田帯刀《たてわき》は酒好きだったが、膳部のほかに肴《さかな》は出さず、帯刀はしまいに味噌漬《みそづけ》をねだって飲んでいた。

つじは先にさがり、帯刀が酔ってうたいだすと、岡田夫人が透に合図をした。

彼は客たちに挨拶《あいさつ》をし、寝所へゆくと母が待っていて、彼の着替えを手伝った。そこは常には内客用に使う八帖《じょう》であるが、いまはすっかり片づけられて、立てまわした屏風《びょうぶ》の向うに、厚い重ね夜具が延べてあり、絹のまる行燈《あんどん》の光りが、それらをぼんやりと、古い絵草紙かなんぞのように、陰気にうつし出していた。

やがて岡田夫人が、つじの手を取ってはいって来、そこでもういちど盃《さかずき》の取り交しがあった。

透はいちどもつじを見なかったし、母が去り、岡田夫人が去ってからも、暫くのあいだじっと坐ったままでいた。

表の客間では、まだ帯刀がうたい、和泉兵庫《いずみひょうご》のうたう声がしていた。

彼はつじのほうは見ずに、江戸から帰って来るまで待ってもらいたいのだが、という意味のことを云った。つじは訝《いぶか》しそうに彼を見返した。

髪を解いて背に束ね、白の寝衣に着替えた彼女は、軀の小柄なためか、十六という年より若く、ほんの少女のようにしかみえないし、顔もふっくらとしているが小さく、濃い化粧がむしろいたいたしい感じであった。

透はちょっと見たが、すぐに眼をそらした。彼は当惑した。夫婦の契《ちぎ》りは帰藩してからにしたい、という意味なのだが、つじの幼い姿を見ると、それをわかるように云いあらわす言葉に窮したのである。

「仰しゃることがよくわかりませんでした」とつじが訊き返した、「もういちど、お聞かせ下さいませんでしょうか」

はっきりした声であった。

「云いましょう、こうです」

つじのはっきりした調子で勇気を得たように、彼も言葉を飾らずに云った。

「祝言の盃はしましたが、しんじつ夫婦になるのは江戸から帰ったときにしたい、ということです」

つじの顔色が変った。

彼にはそうみえたが、顔色が変ったのではなく、白粉《おしろい》の濃い彼女の頬のあたりが、屹《きつ》と固く硬《こわ》ばったのであった。


そのときつじは変貌《へんぼう》した。

少女のように幼げな、弱よわしくさえみえた姿が、まるで脱皮でもするように、内部からあらわれるものに押しのけられ、隠されていた、新たなつじ自身に変ったようであった。

つじは臆《おく》さない口ぶりで訊き返した。

「わたくしがお気に召さないのでしょうか」

「そうではない、あなたの同意が得たいんです」透はちょっとたじろいだ、「祝言をしてからこんなことを云うのは順序が違う、おそらくあなたも不快でしょう、親たちにも知らせたくないのですが、私は学業を終えるまで、ほかのことで頭を労したくないのです」

つじは彼をみつめた。それはもう十六歳の娘の眼ではなく、成熟した一人の女の眼のようであった。

——知っているのではないか。

透はその眼を受け止めながら、心の中でふとそう思った。

「本当にそれだけの理由でございますか」とつじが云った。問い返すというより、念を押し、慥《たし》かめるという調子であった。

透はできるだけ平静に頷《うなず》いた。

「理由はそれだけです」

「わかりました」とつじは云った、「それでは御帰国までお待ち申しております」

そうしてすぐに立ちあがり、重ね夜具を二つに分けて、べつべつの寝床をととのえた。透はいやな気持になった。

なんでもないことだ。単に夜具を二つに敷き分けるだけのことなのだが、十六歳という若さと、そのように手際のよい動作とが、男とはまったく違う女の芯《しん》のつよさ、あけすけな一面があらわれているようで、かすかに不快を感じたのであった。

彼は明けがたまで熟睡することができなかった。

つじも眠れなかったらしい。寝返るようすもなく、寝息も聞えなかった。あまり静かなので眠ったのかと思ったが、明けがた近いころにそっと起き、次の間へいって着替えをするのが聞えた。

それから彼は眠った。

明くる日とその次の日は多忙だった。出府の挨拶にまわり、藩庁に出頭し、五人の友達を小酒宴に招いた。遊学と結婚の披露《ひろう》を兼ねたもので、ごく親しい友人に限ったが、一人だけ、招かない客が来て暴れた。

その男は安方伝八郎といって、年は二十五歳。江戸で剣術を修業したことのある腕達者だったが、酒癖がよくないのと、無遠慮な毒舌とで嫌《きら》われていた。

「迷惑じゃないだろうな」と玄関でまず安方は云《い》った、「招きは受けなかったが、友達の祝いだから知らぬ顔もできないんでね、しかし迷惑なら帰るよ」

西郡《にしごり》粂之助《くめのすけ》がいやな顔をした。西郡は透ともっとも親しかったが、原田主税《ちから》も永沢丙午郎《へいごろう》も、藤延《ふじのぶ》伊平、池田与次郎らも、安方を見ると顔をしかめた。

安方はもう飲んで来たらしい、席に坐って盃に五つばかりやったと思うと、大きな声で透にからみだした。

「昌平坂の学問所へはいるって聞いたが、本当か」

「臣《おみ》さんのお世話でね」と透が答えた。

すると安方が急にひらき直った、「おみさんとはなんだ」

透は安方を見て云った。

「水谷郷臣《もとおみ》さまのお世話で、昌平黌へ入学することができた、と云ったんだがね」

「おみさんなどとは、狎《な》れ狎れしいぞ」と安方が云った、「名目こそ家臣だが、故殿のおたねであり、当お上《かみ》のごきょうだいにおわすということを知らぬ者はない、口を慎め」

「悪かった」透はすぐに答えた、「これから慎もう」

酒の席だ、そう固くなるな、と西郡がとりなし、安方は豪傑笑いをして、透に盃をさした。安方がそういう笑いかたをするのは、気の立っているときに多い。永沢と池田は短気なので、喧嘩《けんか》にならなければいいが、と思っていると、鉾先《ほこさき》はまた透に向けられた。

「おい杉浦」と安方は呼びかけた、「おまえいまがどんな時勢か知っているか」

「そういう話はべつのときにしよう」

「おまえ江戸へゆくんだろう」

「まあよせ」と西郡が云った、「せっかくの酒が不味《まず》くなる、飲めよ安方」

「おれは、杉浦の肚《はら》が知りたいんだ」安方は透をにらみ、片手で膝《ひざ》を打ちながら云った、「おい、聞かせてくれ杉浦、おまえいまのこの時勢をどう思うんだ」

「その話はよそう」透は穏やかに答えた、「おれがどう思おうと時勢が変るわけではないし、そう簡単に意見の述べられることでもないだろう」

「じゃあほかのことを訊《き》こう、おまえは学問所へ入学するそうだが、いま安閑と学問なんぞしている時勢だと思うか」

透は黙っていた。

「家中の一派は勤王《きんのう》、他の一派は奥羽連盟、二派に分れてじたばた騒いでる」と安方は続けた、「藩の方針としても、時勢の動向をよくみれば論議の余地はない、尊王いちずに踏み切るべきときだ、それが中邑《なかむら》藩を救う唯一《ゆいいつ》の道なんだ」

「政治に関する話はよせ」と西郡が制止した、「誰にも主張はあるだろうが、こういう席でいきまいてみてもしようがないし、聞かれて悪い耳もあるようだ」

「仙台か」と安方が云った、「仙台へ筒抜けになるような耳がここにもあるというのか」

「その話をよせというんだ」

「腰抜けが、——知っているぞ」と云って、安方伝八郎は酒を呷《あお》り、永沢、藤延、原田、池田と、並んでいる顔を一人ひとり、挑《いど》みかかるような眼《め》で順に見まわした。

「王政復古は否応《いやおう》なしにやって来る、それは動かすことのできない大勢だとわかっていながら、隣りでにらんでいる仙台の眼が恐ろしい」

安方は歯を見せて嘲笑《ちようしよう》した、「恐ろしさのあまり、中には仙台のいぬを勧めるやつさえある、おれはちゃんと知ってるぞ」

「わかった」と透が云った、「今日はおれの心祝いだし、そういう話は主人役のおれが困る、まあ勘弁して温和《おとな》しく飲んでくれ」

「みえすいてるぞ、杉浦」安方は片膝を立てた、「きさまは学問に名を借りて逃げだすんだ、藩家存亡の大事から眼をそらして、鼬《いたち》のように江戸へ逃げだすんだ」

安方は立って脇差《わきざし》を抜いた。

安方は六尺ちかい背丈で、肩幅がひろく、ちょっと見ると肥えているようだが、軀《からだ》じゅう鍛えあげた筋肉が瘤《こぶ》のようにこりこりしてい、骨太の手足は黒い密生した毛に掩《おお》われていた。剣術も達者だし、力も強く、濃く太い眉《まゆ》や、かたちのよい口許《くちもと》や、高い鼻や澄んだ眼つきなど、しらふのときには美丈夫といってもいいほどの、際立《きわだ》った相貌をもっていた。

彼がいま立ちあがって脇差を抜いたとき、その逞《たくま》しい躰軀《たいく》と、きらっと光った刀身とに圧倒されたのだろう、西郡たち五人は呼吸を止め、眼をみはって動かなくなった。

透もまた息が詰った。

――こいつどうする気だ。と思い、同時にここが自分の家で、自分が主人役だということを思った。そして、立ちあがろうとすると、安方が大喝《だいかつ》して、抜いた脇差で空《くう》を斬《き》った。

「なにもしやしない、じっとしていろよ」と安方が云った、「おれはいま人間を斬ったんだ、頭の毛の赤い、眼の青い、毛物《けもの》臭い人間をな、冗談を云ってるんじゃないぜ」

そうして、こんどは身構えをしてから、えい、えいと叫んで、左に右に空を斬った。

「これで三人だ」安方は声をあげて笑った。

そこへつじがはいって来た。透が手を振って、来るな、と云おうとしたが、つじは見えないふりをし、重ねて二つに折った懐紙を持って、安方の前へ進みよると、その紙を差出しながら、膝を突いて云った。

「どうぞ、きよがみ（清紙）でございます」

安方はじっと彼女を見た。

つじも安方の眼を見あげた。二人は五拍子ばかりみつめあっていたが、安方の唇《くちびる》がゆるみ、眼の色がなごやかになった。彼は黙って刀を突きつけ、つじは懐紙で、押し戴《いただ》くように刀身を挟《はさ》んだ。

　静かに刀身を手許へ抜いたとき、かけるつじの、しっかりした手かげんが気にいったのだろう、安方は微笑しながらつじに云った。

「さすがに岩崎家のお育ちですね、失礼だが感服しました」

　つじは黙って会釈《えしやく》をし、安方が刀をおさめると、懐紙を袂《たもと》に入れて、他の客たちに目礼してから、静かに去っていった。

「おれの云ったことはわかるだろう」安方はどかっと坐《すわ》った、「おれたちがなにをしようとしているか、ここにいる者はみんな知っている筈《はず》だ、杉浦もそうだ、しかも杉浦は逃げだしてゆく、学問、ふん、いまこそわれわれ若い者が力を合わせて、現実に事を決行するときだ、老人どもにはなにもできない、かれらは左右の鼻息をうかがって、ただ窮境を切りぬける算段をしているだけだ」

　彼は酒を乱暴に呷った。

「そんな時代じゃないんだぞ」と安方は続けた、「どっちへ転ぶかなんて迷ってる時代じゃない、もうすぐ天下はがらがらとくる、なにもかもひっくり返るんだ、こんな片隅《かたすみ》の六万石やそこらの小藩なんぞ、一と揉《も》みに揉み潰《つぶ》されてしまうんだぞ」

「どうせ揉み潰されるのなら」と西郡が笑いながら云った、「なにもそういきり立つことはないだろう、もういちど云うがここは杉浦の祝いの席だ、おどかすのはそのくらいにして、杉浦の結婚を祝って飲もうじゃないか、さあ、おれの盃を受けてくれ」

「結婚か――」安方は肩をゆりあげた、「岩崎さんも婿《むこ》選びは誤ったな」

そのとき透は、辛《つら》いおもいで聞きながした。

――婿選みを誤った。

その一と言にも、房野なほのことが暗示されているように感じられたのである。安方はただ透の文弱を軽侮しただけかもしれない。もしなほとのことを知っていたら、それに触れずにいるような男ではないからだ。

安方は飲むだけ飲み、云いたいことを云って帰った。残った五人もすっかりしらけた気分になり、酒も話もはずまないまま、やがていとまを告げて去ったが、透は居間へいって坐り、夜の更《ふ》けるまで、鬱陶《うっとう》しい考えにとらわれていた。

――結婚したのは誤りだ。

安方が知っているにせよ知らないにせよ、つじの結婚は不幸なことになるだろう。

――その責任はおれにある。

初めになほのことを話せばよかったのだ、おれにその勇気があったら、こういうことにはならずに済んだのだ。

——本当にそうか。

なほのことをうちあけたら、それで事がおさまったろうか。いやそうは思えない、事はそんなに単純ではない。安方の云うように、家中はいま二派に分れている。王政復古が近いとみて、京とひそかに連絡をとっている人たち。また奥羽連盟の一翼として、幕府政体を守りぬこうとする人たち。

——どこにでもあることだ。

日本じゅう、どこの藩でも同じ問題で悩んでいるだろう。この中邑は小藩であるうえに、三大雄藩の一である仙台と領地を接してい、常にその圧迫を受けていたから、尊王派の人たちは極めて隠密《おんみつ》に行動しなければならなかった。

房野中斎《ちゅうさい》は保守派の重要な一人である。長男の又十郎は藩校「育英館」の助教で、透には先輩に当っており、その関係でなほとも知りあったのだが、透の父は尊王派に属し、房野とは激しく対立していた。

「いや、だめだ」と透は自分に首を振った、「これは勇気の問題ではない、なほとのことをもちだしたら、事情はもっと悪くなったろう」

岩崎丈左衛門も尊王派の一人で、杉浦勘右衛門《かんえもん》とは古くから親しかった。つじとの婚約も急なことではなく、両者のあいだでまえからきまっていたらしいふしがある。

——なほのことならうちあけても、つじとの婚約は避けられなかったろう。

自分を信ずることの強い、一徹な性分の父が、息子の恋などを承認するだろうか。いや、房野への対抗意識だけでも、もっと早く岩崎つじとの結婚を押しつけたに相違ない。

「こうするほかはなかった」透は口の中で呟《つぶや》いた、「さもなければ遊学のことはもちろん、いま与えられている自由な立場さえ失ったかもしれない」

それはなにより耐えられないことだ。

他人の眼にはどう見えるかしれない。安方の云うとおり、臆病者《おくびょうもの》であり、現在の困難な時勢から逃げだす、と思われるかもしれないが、おれは学問で生きるのが望みだ。権力や政治の移り変りには関心がもてない、そんなことはまったく興味がない。学問以外におれの生きる道はないのだ。

「つじもやがてはわかってくれるだろう」

安方の刀にぬぐいをかけたときの、凜《りん》とした姿を思いだしながら、彼はそっと呟いた、「あれは決して不幸にはならない女だ」

約束の日、透が岩古の「江戸新」へゆくと、なほはもう来て待っていた。

その茶屋は松川湖の湖畔にあり、座敷に坐っていながら、芦原《あしはら》の向うにひろがる湖の水面や、対岸の長い砂丘が眺《なが》められる。――昔はその砂丘がもっと短く、歌川の河口を包んで入江のようになっていたという。いまでも北端の松川と緒浜《おはま》とのあいだが切れているので、汐《しお》の干満の影響がはっきりあらわれるのであった。

なほの待っていたのは、いちばん端にある小座敷で、東側と北側に、掃き出しの付いた腰高窓があり、縁側はなかった。

彼がはいってゆくと、窓に凭《もた》れて湖のほうを眺めていたなほが、振返って微笑し、彼のために敷物を直した。そこには茶と菓子と、みごとな柿《かき》が出してあったが、手をつけたようすはなかった。

「待たせてしまったんですか」

透は刀を置き、脇差もとってそこへ置きながら云った。なほはそっとかぶりを振った。

「出る都合があったものですから、お約束より早くまいりましたの」

女中が茶と菓子を持って来て、なにかお誂《あつら》えは、と訊いた。透がちょっと迷っていると、あとで頼みます、となほが答え、女中は去った。するとなほが泣きだした。

両手で顔を掩い、声をひそめて泣いた。

「どうしたんです」と透が訊いた、「なにかあったんですか」

なほはかぶりを振った。

透はすり寄って、なほの肩に手を掛けた。なほはぴくっとし、身を反《そ》らそうとしたが、急に全身の力が萎《な》えでもしたように、彼の腕の中へ凭れかかった。

そんなふうに躯を触れあうのは初めてであった。燻《た》きしめた香のほのかなかおりのほかに、躰臭《たいしゆう》のようなものは少しも感じられなかった。彼の手の下で、なほの肩は細く、綿のように柔らかで、強くにぎると溶けてしまうように思えた。

――どうしたらいいのか。

彼は途方にくれた。

ずっとのちになって、おみさんが云ったものだ。そんなときは黙って押し倒してしまえばいいんだ、女はそれを待っているのさ。しかしそのときの透には、そんな知恵も勇気もなかったし、なほがそんなことを期待していたとも思えない。どうしたら泣きやませることができるか、どう云ってなだめたらいいか、などと考えながら、そっと引きよせたり、肩や背を撫《な》でているだけであった。

「三年くらいすぐに経《た》ってしまいますよ」彼はおろおろと云った、「そのあいだに必ず私たちのことをきめるようにします、わけは話さなかったが、あの人とも盃《さかずき》をしただけで、夫婦にはならずに済ませました」

なほはかぶりを振った、「なにも仰《おっ》しゃらないで」となほは細い声で、泣きじゃくりながら云った、「もう暫《しばら》くこうさせておいて下さいまし」

そしてまた泣き続けた。

透は湖のほうをぼんやりと眺めた。枯れた芦が一段ばかり、白茶けた色に陽《ひ》をあびていて、その向うに濃い藍色《あいいろ》の水が、こまかなさざ波を立てていた。長い帯のような砂丘は白く、千鳥とみえる鳥が、舞い立ったり、汀《みぎわ》のほうへ颯《さっ》と落ちていったりした。

なほはまだ泣いていた。

焦《こ》げる空

吉岡市造《よしおかいちぞう》は独りで飲み、独りできげんよく饒舌《しゃべ》っていた。

水谷郷臣《もとおみ》は髪を結わせていた。髪結いは才助という職人で、川向うの北新堀《きたしんぼり》に店を持っているのだが、郷臣がこの船宿から知らせをやると、どんなにいそがしいときでも駆けつけて来た。ここは深川佐賀町の堀端で、「船仙《ふなせん》」は中ノ橋から三軒めにあり、北新堀とはずいぶんはなれているし、永代橋《えいたいばし》を渡って来なければならない。

――冬の強いこがらしが吹いたり、雨や雪のひどいとき、または烈《はげ》しい炎暑などには、郷臣のほうで遠慮をするが、才助は駕籠《かご》に乗ってでもやって来た。

――どうもいらしってるような気がしたもんでね。

そんな気がすると、店にいてもおちつかねえもんですから、などと云《い》うが、じつはこの船宿の女主人、おせんがそっと知らせるのであった。郷臣はうすうす勘づいていたけれども、おせんに小言を云うようなことはなく、ただ、才助が駕籠で来たときなどはそれとわかるので、からかったり皮肉を云ったりした。

――中邑《なかむら》の城下だとおめえ打首ものだぜ。

――おどかしちゃいけません。

中邑藩は身分の上下による礼儀作法がきびしい。道で百石《こく》の者と、九十九石九斗九升九合の者が出会えば、必ず後者のほうで礼をし、道をゆずらなければならなかった。僅《わず》か一合の差でもそのとおりであるし、四民それぞれの分際がきちんときまっていて、規則を守らない者はすぐに罰せられた。

――身分ちがいの結婚は許されない。

――親同志のきめた縁談を子が拒むことは許されない。

――良人《おっと》に死別した侍の妻はどんなに若くとも再婚を許さない。

――領内の四民は他領の者の婿《むこ》や嫁にゆくことを許されない。

結婚問題の中だけでも、右のような条項が固く規定されていた。髪結い職人が駕籠でまわる、などということは、する者もないだろうが、もしやれば厳重に罰せられることは間違いなかった。

――それはまあそうでしょう。

と才助は答える。

――この江戸でだって旦那《だんな》、駕籠でまわる髪結いなんかいやあしませんからね。

――すると才助はよっぽどしんしょうを仕上げたんだな。

――そんなところでしょうね。

――少しまわしてもらおうか、利廻《りまわ》りのいい株があるぜ。

――そのくらいで勘弁しておくんなさい、もう二度と駕籠になんか乗らねえから。

幾たびかそんな問答が繰り返された。

おせんが酒と肴《さかな》を持ってはいって来、市造の膳《ぜん》の脇《わき》に坐《すわ》って、あいた皿小鉢《さらこばち》や徳利《とくり》と置き替えた。おせんは二十三、もと吉原の芸妓《げいぎ》だったが、そんなふうは少しもみえず、地味づくりで、おっとりした、若い世話女房という感じだった。

「ちょっと待った」と市造がおせんに云った、「このあらまきだがね、おかみ、これはただ焼くばかりが能じゃないぜ」

「そら始まった」と才助が云った、「吉岡さんは肴のことになると必ずだめが出るんだから」

「おまえは黙れ」

おせんは才助を眼《め》で制して、市造のほうへ向き直った。

「なにかいい作りかたがあるんですか」

「昆布じめにするんだ」市造は手まねをしながら、さもたのしそうに云った、「厚さはこのくらい、拍子木《ひょうしぎ》に切ったのを並べて、昆布の良いのを敷く、良い昆布でなくちゃだめだ、それをかさねていって、上からちょっと重しをかける、そうさな、一と晩おけばいいだろう」

「さよりはやりますけれど、あらまきでやるなんて初めてうかがいますね、でもおいしそうですわ」とおせんが云った、「それで、喰《た》べるにはどうしますの」

「そうさな、ああ忘れた」と市造は手を振った、「昆布をかさねるまえに酢を振るんだ、ぱらっとな、あらまきの切身へぱらっと振り酢をするんだ、喰べるのはわさび醤《じょう》油《ゆ》がいいだろう」

「おいしそうだわ、こんどいいあらまきがあったらぜひやってみましょう」

「ほかの客には出すなよ」と郷臣が云った、「初めに市造に食わせるんだ、市造の料理は頭で拵《こしら》えるだけなんだから、用心をしないと命にかかわるぞ」

「仰《おつ》しゃいましたね、ではうかがいますが」

市造がそう云いかけると、障子の外でおせんを呼ぶ声がした。おせんが立ってゆくと、階段口に小女《こおんな》のおせきがいて、女主人にそっと囁《ささや》いた。おせんは頷《うなず》き、戻って来て郷臣に云った。

「おみさまにお客だそうですけれど」

郷臣は髪をつかまれているので、眼だけおせんのほうへ向けた。

「ここへ客の来る筈《はず》はないが、間違いじゃあないのか」

「水谷さまにと仰しゃったそうです、あちらは佐伯《さえき》さまとかって」

「角之進だな」郷臣はちょっと考えてから、「待たせておけ」と云った。

おせんは会釈《えしやく》して去った。

「御家中《ごかちゆう》ですか」と市造が訊《き》いた。

「誠忠の士だ」と郷臣が云った、「――べつに夜釣《よづ》りの供をするつもりで来たわけでもないだろう、気にするな」

「気にしますよ、あなたときたらむやみに複雑なんだから」市造は手酌《てじやく》で飲んだ、「あなた御自身が複雑なうえに、取巻いている周囲がまた複雑多端なんだから、私は面倒なことに巻き込まれるのはまっぴらですよ」

「市造の考えだす料理のほうがよっぽど複雑怪奇だぜ」と郷臣は云った、「――根がゆるいぜ親方、もっと緊《し》めてくれ」

「親方はよして下さい」と才助が云った、「いつものとおりだが、これでゆるいんですか」

「いいからもっと緊めてくれ」

才助は髷《まげ》の根を緊めた。

「延寿太夫《えんじゆだゆう》が死んだそうだな」と郷臣が訊いた。

「先月の二十六日だそうです、惜しい太夫に死なれましたね、当分あんな太夫は出やあしませんね」と才助が答えた、「うちにいた若えのが一人、弟子入りをしたばかりでしたがね」

郷臣の顔は際立《きわだ》って彫りが深い。

濃い一文字なりの眉《まゆ》は、切れ長の眼にかぶさるほど太く、肉の薄い頰は、骨にはり付いているようにみえる。小さい口は下唇《したくちびる》が厚く、ときどき左のほうへ歪《ゆが》める癖があるが、すると顔ぜんたいに皮肉な、瀆神《とくしん》的な表情があらわれる。

彼は口の多いほうではないが、黙って人の話を聞いているようなときでも、その眼つきや表情は生きていて、相手の話すこと（もしもそれが聞くねうちのあるものなら）に対する批判を、かなりはっきり示すのであった。

結い終った髪に、櫛《くし》を当てながら、才助が自慢らしく云った。

「旦那のはぜんたいの形がいいんだな、こんなに結いばえのする髪はありませんぜ」

「血筋は争えないものさ」と市造が云った、「なにしろ六万石の」

「市造、――」郷臣が制止した、「おまえはしまりのないやつだな」

市造は歯を出して苦笑し、頭を搔《か》きながら首をすくめた。才助は道具を片づけ、郷臣は立ちあがって、着ながしの袷《あわせ》の裾《すそ》をはたくと、すぐに戻るから飲んでいろと云い、そのまま座敷を出ていった。

階段をおりたところが帳場で、左に船頭たちのいる部屋、右へ廊下をゆくと、小座敷が三つ並んでいた。——おせんは帳場で筆を動かしていたが、郷臣を見るとすぐに立って、いちばん端の六帖《じょう》へ案内した。

「なにかお支度を致しますか」

「茶だけでいい」と郷臣は答えた、「出しても飲むような男じゃあないんだ」

おせんは頷いて去った。

郷臣は「おれだ」と声をかけてから、唐紙《からかみ》をあけてはいった。佐伯角之進は火鉢の脇に坐っていた。行燈《あんどん》のそばに茶と菓子が出ているが、どっちにも手をつけたようすはない。二十八歳という年よりずっと老《ふ》けてみえるし、着物も袴《はかま》も糊《のり》でこわばっているように折目が正しく、坐った姿勢も枠《わく》にはまったようにきちんとしていた。

「そのままでいい」敷物をおりようとする角之進に、そう云いながら郷臣は坐った。「よくここがわかったな」郷臣は火鉢を引きよせ、片手をかざしながら云った、「もう屋敷の門限が過ぎてるんじゃないのか」

「届けは出してまいりました」

「どうしてここがわかった」

「そのお答えはできません」角之進は郷臣の眼を見た、「単直に申上げますが、今宵《こよい》の御他出はおとりやめ下さい」

「どうして」

「理由は御想像がつく筈です」

郷臣の唇が微笑のために歪み、かざしている手が火鉢のふちを撫《な》でた。

「用はそれだけか」

「国許《くにもと》から出府して来た者がございます」

「おれに関係があるのか」

「杉浦透という者です」

郷臣はちょっと考えてから、ああ、と頷いて云った。

「その男なら知っている、住居の用意もしてある筈だ」

「用意はしてございました、荷物を解くとすぐに学問所のほうへ伺い、御不在とのことで屋敷へ戻ってまいりました」

「寮のほうは休暇を取ったんだ」と郷臣が云った、「杉浦の手続は済んでいると伝えてくれ」

「今宵の御外出はやめていただけますか」

「やめてもいい」と郷臣は答えた、「ひなみがいいから夜釣りにでかけるつもりだったんだ、ぜひゆきたいというほどでもない、やめてもいいよ」

角之進は悲しげな表情で、じっと郷臣の眼を見まもり、なにか云おうとしたが、長く息を吐き出しながら、首をそっと左右に振った。いまさらなにを云ってもむだだ、という意味のようにみえた。

「あなたは宗間家にとっても、また家中ぜんたいにとっても重要なお方であった、お家たいせつと思う者たちはみな、あなたを頼みにし、あなたの御意見にしたがって行動した、それがいまは」

郷臣は僅かに手をあげて、角之進の言葉を遮《さえぎ》った。

「それはもう聞き飽きた」と彼はそっけなく云った、「このまえはっきり云ったように、おれは中邑藩から捨て扶持《ぶち》をもらっているだけで、水谷郷臣という藩籍こそあるが、政治にはなんの関係もない、昌平黌《しょうへいこう》の学寮長という位地さえ、殆《ほと》んど名目だけのものだ、頼みにもならなければ、もちろん重要な人間などではない、そんな人間であったことさえもないんだ」

「ではうかがいますが、なんのために浪士たちをお近づけになるのですか」

郷臣は微笑した。

「浪士とはどんな浪士だ」

「尊王攘夷《そんのうじょうい》を唱えて諸国をまわる者たち、わかってはいるが名は申しますまい」

角之進は言葉の意味をつよめるために、そこでちょっとまをおいてから続けた。

「違勅問題（注・幕府が朝議に反して米、英と和親条約をむすんだこと）このかた、世論の暴発を避けるために幕府は手をゆるめています、それをよいことにして、時勢に便乗する浪士たちがいたずらに壮烈な、ただ聞く耳にひびきのよい攘夷論を説いてまわっております」

「ほう、詳しいじゃないか」

「幕府はつんぼでもなければめくらでもありません」と角之進は構わずに続けた、「手をゆるめているのはここ当分のあいだで、まもなく強硬な態度に出ることは間違いありません」

「つまりそういう浪士たちは、やがて幕府の手で一網打尽にされるということか」

「浪士だけには限らないだろうと思います」

「いいじゃないか」と郷臣はからかうような口ぶりで云った、「おれはよく知らないが、かれらはみな一命をなげうっているらしい、王政復古のためなら自分はもとより、親や妻子まで道伴《みちづ》れにしても悔いはない、といきごんでいる者さえあるそうだ」

「そういう言葉こそ、壮烈をもてあそぶというものです」

「そんな筋のとおったものじゃない、ただばかげているというだけだ」と郷臣が云《い》った、「おれが中邑へいっていたとき、十年ほどまえのことだったが、西山の滝のところで二人の少年が喧嘩《けんか》していた、一人が負けて逃げながら、この仕返しはきっとするぞとどなった、するとこちらの少年が、本当にそのつもりなら黙ってやれ、と云い返した」

「おれはそのとき十五か六だったろう」と郷臣は続けた、「崖《がけ》の蔭《かげ》から見ていたのだが、その少年を呼びとめた、十二三にしてはしゃれたことを云うと思ったからだ、その少年が杉浦透、国許から今日やって来た男さ」

「あなたは話をおそらしなさいます」

「そらすものか、おまえの云うことに答えているんだ」郷臣は云った、「本当にそのつもりなら黙ってやれ、これが真実だ、口先だけでいさましいことをあげつらうような人間など、おれは初めから相手にしやあしないよ」

「それならそういう者をお近づけなさるな、あなたは臣籍にくだられたが宗間家の御正統、御当代の弟ぎみだということは、家中で知らぬ者はありません」

角之進の膝《ひざ》に置いた手に力がはいり、袴の襞《ひだ》に皺《しわ》がよった、「特に若い者たちは、左も右もあなたに傾倒しています、どちらもあなたを自分たちの味方と思いこみ、あなたの云うことなさることを、ただもう最善の道だと信じて疑いません」

郷臣の顔に、ひどくくたびれたような、暗い表情があらわれて消えた。

「これは極めて危険です」と角之進は続けた、「左右どちらが妄動《もうどう》しても、その累《るい》はすぐさま中邑藩ぜんたいに及ぶでしょう、老臣がたやお家を大切に思う人たちが、もっとも恐れているのはその点です」

「だからおれの命をちぢめようというのか」

「なにを」

そう云いかけたが、角之進は口をあけたまま、息を止めて郷臣を見た。

「驚くことはないさ」郷臣は微笑した、「昌平黌の学生たちの中にも、おれの首を覘《ねら》っている壮士が少なくない、政治のいざこざからはなれるために、学問所の寮長などという位地をもらったが、そこでもがあがあうるさい事ばかりだ」

「浪士を近よせるなと云うが」と彼は続けて云った、「おれが好んで近よせるわけじゃない、いまも云ったとおり、ああいう連中の論ずることなど、愚昧《ぐまい》で軽薄で聞けたものじゃないんだ、しかし、佐伯にも察しはつくだろう、おれと無縁でない人間の添書を持って来られれば、おれが郷臣である限り拒絶することはできない」

「それは国許の池多どの」

郷臣はまた手をあげて遮り首を振りながら云った。

「誰ということはない、それが事実だと云いたかっただけだ、おまえも云ったように、おれは左右両派から根拠のない信頼をかけられている、左右どちらも、おれを頼みにしおれを担《かつ》ぎ出そうとしているし、そのため中庸派からは命を覘われている、まったくいいつらの皮と云いたいところさ」

「お命をちぢめようとする者がある、などということは信じられません」

「佐伯が覘われているわけじゃないからな」

「家中にそんな動きがあれば、必ず私の耳にはいる筈です」

「それなら訊くが」と郷臣が云った、「おまえはどうして今夜、外出するなと止めに来たのだ」

「それは申上げかねます」

「おまえは絶えずおれの動静をさぐっている、どんなに忍んでみても、おれの背中に付けたおまえの糸を切ることはできない、こんどこそ大丈夫と思ったこの船仙でさえ、おまえの眼を遁《のが》れることはできなかった、どういうわけだ」

どういうわけだ、と云う郷臣の語尾には、これまでにない怒りが感じられた。角之進にもそれがわかったのだろう、片手を畳に突き、頭を垂れたまま、暫《しばら》く黙っていて、それから低い声で答えた。

「これは申上げる筋ではないと思いますが、私の考えすごしとしてお聞き願います、おそらく私の杞憂《きゆう》であろうと存じますが、あなたのお身柄《みがら》をいずれかへ押し籠《こ》めようという」

「ああ、言葉を飾るな」と郷臣は遮って云った、「佐伯は知っている筈だ、押し籠めるなどという手ぬるいことではない、命をちぢめろとはっきりきまっているんだ」

「それだけはおぼしめし違いです、私は直接そのことにかかわってはおりませんが、あなたが江戸におられては危ない、宗間家のために危険な条件が増すばかりだというところから、下屋敷または国許の中邑へお移し申して、外部との往来を絶つがよかろう、と主張する者が多くなっているのです」

「それらが夜の外出を待っておれを誘拐《ゆうかい》しようというのか」

「ばかげているとお思いかもしれません」角之進は低頭して云った、「もちろんそれだけなら、あなたにとっては却《かえ》って御安泰かもしれない、しかしその消息はあなたを頼みにする若者たちにも感知されました、一方があなたを押し籠めると聞いて、一方はそれを妨害しようと計っているのです」

「話はまだ長いのか」

「どうかまじめにお聞き下さい」

「人が待っているんだ」と云って郷臣は立ちあがった、「佐伯が心配してくれるのは有難いが、おれも子供じゃあない、また、冗《くど》いようだがおれは政治には関心がない、右であろうと左であろうと、おれにはまったく無縁なことだ、それは見ていればやがてわかるだろう、これからはこんなことで暇つぶしをさせないでくれ」

　角之進はなにも云わなかった。

　二階へ戻ると、吉岡市造が小女《こおんな》のおせきを相手に、いい機嫌《きげん》で饒舌《しゃべ》っていた。才助は帰ったのだろう、郷臣の席が直してあり、坐《すわ》るとすぐに、おせんが膳《ぜん》を運んで来た。

「誰か呼びましょうか」おせんは酌をしながら訊いた。

「いまの男はどうした」

「お帰りになりましたが」とおせんは云った、「今夜は外へお出ししないようにと、念を押していらっしゃいました」

「おれの性分を知ってるんだ」

「どうしてですの」

「なんでもない」彼は酒を啜《すす》って、意味ありげに微笑した、「刻限までにどのくらいある」

「さっき五つでしたから、まだ半刻《はんとき》以上はございましょうが、やっぱりおでかけになるんですか」

郷臣はそれには答えず、そんな時刻なら芸妓《げいぎ》はよそう、舟には弁当と酒の支度をしておいてくれ、と云った。

「若鶏《わかどり》の笹身《ささみ》だ」と市造は話していた、「厚さも長さも同じくらいに切って、そのあいだに針生姜《はりしょうが》と味噌《みそ》と混ぜたのを入れる、笹身と生姜、笹身と生姜というふうにだ、いいか、それを半日そのまま置いて、重ねたまま麻糸で括《くく》って、炭火でゆっくり焼きあげるんだ」

「あたし鶏は嫌《きら》いです」

市造は石にでも躓《つまず》いたような顔をし、おせきに向って片方の手を振った。

「おまえは嫌いでもいいさ、おまえに食わせようというんじゃないんだから」と市造は続けた、「そうしてゆっくり焼きあげてから、味噌と笹身を分けて、笹身の脇《わき》へ味噌を付けて出すんだ、こうすると笹身には味噌と生姜の味が付くし、味噌のほうは笹身の味を吸うから」

「ああきびが悪い」おせきは眉をしかめた、「あたし鶏のことは話を聞くのも嫌いです」

「勝手にしろ」

「そんなのよりも、このまえの里芋の団子のことを話して下さい」

「落し話じゃあないんだ、同じことを繰り返して話せるかい」

「忘れちゃったんですか」

市造は言葉に詰った。

それから約半刻のち、郷臣と市造は屋根船で大川へ出た。屋根を掛け障子をめぐらしてあるが、さして大きい船ではなく、酒肴《しゅこう》の膳を置けば三人でぎっちりだった。

船頭はいつも松太郎ときまっていたが、急の客に捉《つか》まったそうで、鉄という者が代りに来た。「船仙」の人間ではなく、松太郎に代りを頼まれたといい、ゆく先のこともちゃんと知っていた。

「冗談じゃあない水谷さん」大川へ出るとまもなく、吉岡市造が慌《あわ》てて云った、「あなた釣《つ》り道具を忘れましたぜ」

「そんなことはあるまい」

「いや忘れましたよ、店先に揃《そろ》えてあったのを、あなたは持って来なかった、私もうっかりしていたが、袋に入れた竿《さお》と餌《え》箱《ばこ》が店先にありましたよ」

「それなら忘れたんだ」

「船を戻すんでしょう」

「いや船頭のがあるだろう」

市造は舳《へさき》のほうの障子をあけ、郷臣の釣り道具のないことを慥《たし》かめてから、船頭に向って、竿や餌はあるか、と訊《き》いた。

船頭は持って来ていなかった。

「戻しますか」と船頭が櫓《ろ》の手を休めた。

「面倒だ」郷臣はむぞうさに答えた、「このままやってくれ」

「面倒だって、――」そう云って市造は、訝《いぶか》しげに郷臣の顔をじっとみつめた。「おみさん、いったいあなたはなにを企《たくら》んでるんです」

「迷惑はかけないよ」

「なにをしようというんです」市造はたたみかけた、「私がいざこざは嫌いだということは知っているでしょう、変なことに巻き込まれるのはまっぴらですよ」

「まあ聞いてくれ」と郷臣は声を低くした、「佃島《つくだじま》の沖で、今夜ある人物と会わなければならない」
「そらきた」
「おれは絶えず看視されているから、その眼《め》をそらすためにはどうしても吉岡の助力が必要だったんだ」
郷臣はもっと声を低めた、「おれがその人物と会うことは絶対の秘密で、誰にも気づかれてはならないんだ」
「海の上でも看視されるというんですか」
「出るまでのことだ」

「つまり、私といっしょに出れば、看視が解けるわけですな」
「うん、吉岡がどういう男かということは、すっかり調べがついてるらしいんだ」
「いいつらの皮ですな」市造は額を叩いた、「どうせ酒や御遊興のお供、幇間《ほうかん》のようなやつと云われてるんでしょう、尤《もつと》も事実そのとおりだし、自分の親きょうだいにもくそみそに云われてるんだから、いまさら気取ってみてもしようがありませんがね」
「そう卑下をするな」

「一杯やりたいところです」市造は飲む手まねをした、「ところで、これからの私の役割はどうなるんです」

「沖でその人物と会ったら、おまえそっちの舟へ移るんだ、どこの舟だかわからないが、それでなか（新吉原）へいってくれ」

「また北海楼ですか」

「いやなら門前仲町でもいい」

「私は御意《ぎょい》のままです」

「じゃあなかにしよう」郷臣はそう云うと、ふところから紙に包んだものを出して市造に渡した、「夜が明けたらおれもゆくよ」

市造は紙包を袂《たもと》へ入れた。

「すると、北海楼でおちあって、いっしょに船仙へ帰るという寸法ですな」

「昌平坂だよ」

「そう云わないで、船仙でわっと一と晩」

「帰るのは学問所だ」と郷臣が云った、「国許《くにもと》からおれを頼って来た者があるんだ」

「御多忙なことです」吉岡市造は欠伸《あくび》をした。

どうもあなたという人はわからない、と市造は云った。男ぶりはずばぬけているし、頭がよくって金にも不自由はない。三味線も喉《のど》もしょうばい人はだしで、女という女にもてる。おとこ冥利《みょうり》に尽きるからだでいながら、学問所へはいって学寮の取締りなんぞをやり、そうかと思うとちかごろは妙におちつかず、いろいろ得態の知れない人間とつきあいだしたようだ。私は見ていてはらはらする、いまにとんだことになるんじゃあないかと思うが、どうか危ない橋は渡らないように頼みたい。これは本気で云うのだ、と市造には珍らしくまじめな口ぶりで云った。

「そうむきになるなよ、市造らしくもない」と郷臣は笑った、「酔がさめてきたんじゃあないのか、酒ならそこにあるぜ」

「冷はだめです」

「伊丹《いたみ》の元仕込だぜ」

「飲み食いについては私はやかましいほうですからね」

櫓の音が止り、船の揺れが止った。

「来たらしいな」と云って郷臣が障子をあけた。

汐《しお》の匂《にお》いのする、なま暖かい風が、やわらかに吹いていて、海の上はまっ暗だった。曇っているのだろう、もう佃島のそばへ来ているころだが、それらしいものも見えず、うしろへ振返ると、街の灯《ひ》が遠く、まばらに、それも滲《にじ》んだように霞《かす》んで、ちらちらとまたたいていた。

「船頭、約束の場所か」と郷臣が訊いた。

「へえ、その筈《はず》ですが」と船頭が答えた、「ちょっと船あかりを直します」

船頭がふなばたを廻《まわ》って舳先《へさき》のほうへいった。そこには船宿の印のはいった、四角な行燈《あんどん》が置いてある。向うから来る船に、こっちの所在を知らせるためだが、その油でもきれたのだろうか。障子に囲まれた胴の間は、障子に灯が映って明るいため、舳先で船頭のしていることはわからなかった。

「いやに蒸し蒸しするな」市造が衿《えり》をくつろげた、「まるで五月ころの陽気ですぜ」

「朝っからさ」

「雨の降ってるうちはまだよかったんだ、午《ひる》すぎに雨があがってから蒸し始めたですよ」

うん、といって郷臣は障子を閉めた。そのとき船がぐらっと揺れた。片方へぐらっと揺れ、片方へ揺れ返った。

「その、――」市造が訊いた、「やって来る船になにか合図でもするんですか」

「船あかりが目印さ」

郷臣がそう云ったとき、屋根で妙な音がし、見あげると、天床《てんじょう》から薄く煙がもれだしていた。

「おみさん、あれ」市造が上を指さした。

板の合せ目からもれる煙が、天床を舐《な》めるようにひろがってゆき、ぶすぶすと、火のくすぶる音が聞えた。

郷臣は片膝立ちになった。

「船頭、――」と呼びながら、舳先のほうの障子をあけた。市造が「火だ」と叫び、立ちあがって艫《とも》のほうへ出た。

舳先の船あかりで、ぬぎ捨てた半纏《はんてん》と股引《ももひき》が見え、船頭の姿はなかった。

――やったな。

郷臣は舳先へ出た。

「屋根は油だらけです」艫のほうで市造がどなった、「船頭が火をかけて逃げたんでしょう、どうします、新田義貞《にったよしさだ》矢口ノ渡しですぜ」

そのとき郷臣の頭上をかすめて飛んだ物があった。彼はすばやく身を伏せながら、市造気をつけろ、と大きく叫んだ。

「弓で覘《ねら》っているやつがいる、伏せろ」

「屋根をどうします」

「おまえ泳げるか」

「屋根の火を消すんでしょう」

「それより矢に気をつけろ」船板へ身を伏せたまま、郷臣は左右を見まわした。幾艘《いくそう》かの小舟がこっちへ漕《こ》ぎよせて来る。数はわからない、前方からも、左からも右からも、船あかりと櫓の音が、かなりな速度で近よって来た。

——屋根の火が目標か。

やられたな、と郷臣は思った。

この海上でこう取巻かれては逃げようがない。水へとびこむにしても、息が続くわけはないから長く潜ってはいられまい。あれだけの舟で追いまわされたら、たちまち捉まってしまうだろう。

——だが待てよ。

かれらは本当におれを片づけるつもりだろうか。郷臣がそう考えたとき、続けさまに三本の矢が飛んで来た。

空《くう》を切る矢羽根の、ぶきみな、するどい唸《うな》りと共に、市造の悲鳴が聞えた。郷臣はどきっとし、煙にむせながら喚《わめ》いた。

「市造どうした」

屋根からぱっと焔《ほのお》があがった。

「市造、屋根を外そう」と郷臣が叫んだ。

小さな屋根船だから、四本の柱と屋根とは箝込《はめこ》みになっている。屋根を外し、柱を取って捨てれば、火は船まで燃えては来ない。そう思ったのだが、火熱が強いため、楔《くさび》を抜くことができなかった。

「だめです」煙にむせびながら市造の叫ぶのが聞えた、「熱くって手が出せません、柱を折っちまいましょう」

「早くしろ」

郷臣も得物を捜したが、船頭が逃げるときに流してしまったのだろう、棹《さお》も櫓もそこにはなかった。向うの舟の輪はますますちぢまり、時をおいて矢を射かけて来る。いちどはその矢の一つが郷臣の着物の袖《そで》を縫った。

艫のほうでは、柱を叩《たた》く重い音がしていた。錨《いかり》だなと思っていると、障子に火が移り、市造の喚き声が聞えて来た。

「おみさんだめだ、とびこみましょう」

「泳げるのか」

「私はいざこざはまっぴらだと云《い》った」と市造が喚き返した、「こんな騒ぎは性に合わないんです、薄情なようだがこれで勘弁してもらいますよ」

「矢に気をつけろ」郷臣が叫んだ、「泳ぎは大丈夫だな」

そのとき海鳴りが起こった。

海の深い底のほうで、ごう、とぶきみな地鳴りの音がし、それが船底に響いた。その地鳴りは非常に深く、広さと重量感のあるもので、その響きのために、海面ぜんたいが盛りあがるように感じられた。

「市造、待て」と郷臣が呼びかけ、市造が向うから問い返した。

「なんでしょう」

「わからない」郷臣が云った、「煙に巻かれないようにしてもう少し待て」

海底でまた地鳴りが起こり、船底を下から突きあげられるように思った。

郷臣は燃えだした障子を蹴放《けはな》した。焼け落ちた屋根と天床の一部が、胴の間で赤い焔をあげていた。艫のほうでも市造が障子を叩き毀《こわ》し、煙にむせながらなにか喚いた。

突然、船が大きくはねあがり、片方へぐっと傾いた。郷臣は危なく舳先につかまって身を支えたが、市造は放《ほう》りだされたらしい、大きな声に続いて、高い水音が聞えた。

「市造、――」と郷臣が呼んだ。がぼっと水のはねる音がし、そっちを見ると、市造の頭が水面に浮きあがった。

「船へ捉まれ」

「津波ですよ」と市造が水を含んだ不明瞭《ふめいりよう》な声でどなった、「あれをごらんなさい、あっちの舟」

矢はもう飛んで来なかった。

狼狽《ろうばい》した人声と、舟と舟のぶっつかる音がし、激しい水音が聞えた。見まわすと、取巻いていた舟が、互いに接近していたためだろう、波にあおられて衝突し、三カ所か四カ所で転覆したようすであった。水面を伝わって、助けを求める人の叫びが聞え、また海面が大きく盛りあがった。

郷臣は舳先にしがみつき、船は大きく右へ傾きながら、一丈の余も高く突きあげられ、艫のほうをぐっと片方へ持ってゆかれたと思うと、ふなばたを越して水が流れ込んだ。

船はすぐに片揺れをし、流れ込んだ水で胴の間の火が消えた。大きく傾いたとき、ふなばたで水をしゃくったのだ。

艫のほうへ市造が這《は》いあがって来た。

「あいつらは大騒ぎだ、見ましたか」と市造が云った、「五六ぱいもひっくり返りましたぜ、もう弓どころじゃあないでしょう」

「あれを見ろ」と郷臣が手をあげて指さした。

振返ってみると、市街のほうに点々と、赤く火が燃えていた。まるで闇《やみ》の中に遠く、燠火《おきび》をばら撒《ま》いたようにみえた。

「火事ですね」

「地震だ」と郷臣が云った、「大きな地震があってこの津波が起こったんだ」

「こりゃあひどいことになりそうだな」

「とにかくぬけだそう」

「どうします」

「板子でやってみるさ」

郷臣は船の板子を外し、水浸しの胴の間をぬけて艫のほうへいった。市造も板子を外して、ふなばたへ腰をおろした。

屋根が焼け落ちてから、残った四本の、細い柱がくすぶっているだけで、もう火の心配はなかった。大きな強い波のために、襲いかかって来た舟の群とは、かなり距離がひらいている。かれらは思いがけない津波で狼狽したうえ、転覆した舟のなかまを救いあげるために、郷臣のことは諦《あきら》めたようであった。

「着物をぬげよ」と郷臣は羽折をぬいで彼に渡した、「濡《ぬ》れたままより、裸になってこれをひっかけたほうがいい」

「まずあいつらの舟からはなれましょう」市造は板子で水を掻《か》いた、「もう弓どころじゃあないだろうが、やけになってぶっつかって来るかもしれませんからね」

「しかしあいつらはなに者なんです」と市造はすぐに続けた、「船頭もぐるらしいが、いったいこれはどういうことですか」

「波が来るぞ」

郷臣の声を圧して、すさまじい地鳴りが聞え、船は斜めに突きあげられたまま、坂をすべり落ちるように、陸地のほうへ向って疾走した。艫で砕ける波が二人を叩き、郷臣も頭から水をかぶった。

「波に掠《さら》われるな」と郷臣が叫んだ、「艫は陸《おか》のほうへ向いている、この向きを変えるな」

大波が去り、船は谷底へ引きこまれるように、ぐぐっとうしろへさがった。うしろから来る次の波のほうへ引かれるらしい、二人はけんめいに板子を使って、艫を陸地のほうへ向けた。

「助けてくれ」

しゃがれた声が、右手のすぐ脇《わき》で聞えた。市造が覗《のぞ》いて見ると、片明りに光る水面で、男が一人ばしゃばしゃ暴れていた。

「こっちへ来い」市造は持っている板子を、男のほうへさし出した。六尺とははなれていない、男は手を伸ばそうとして、すぶっと沈み、浮きあがるとまた、両手で水を叩きながら、言葉にならない言葉を叫んだ。

「おい、じっとしてろ」と市造がどなった、「じたばたすると溺《おぼ》れるぞ、いま帯を投げてやるから待て」

市造は帯を解こうとした。水を吸った博多帯ほど解けにくいものはない、そこへまた大波が襲いかかった。

海ぜんたいが盛りあがって来るような、強い大きなその波のうねりが、溺れかかっていた男を、こちらの船へ叩きつけた。

市造は解きかけた帯をそのままにして、すばやく男の着物の衿を摑《つか》み、「おみさん」と呼びかけた。船はまた艫の方を低くしてうねりに乗り、凄《すご》いような速度で疾走していた。

郷臣は這うようにそちらへゆき、市造と二人で、ようやく男を船の上へ引きあげた。

「気絶してますね」市造は男を仰向きにしてやった、「まず水を吐かせましょう」

「よけいなことをしたな」

「なんですって」

「おれは船をみる」郷臣は顔をそむけながら、板子を持って元のほうへ戻った、「やるなら早くやれ、艫をまっすぐにしておかないと、次の波であっさりやられるぞ」

彼は板子を使って、船の位置を保ちながら、燃えている市街を眺《なが》めやった。

火事は市中ぜんたいにひろがっていた。一つの火事がひろがったのではなく、到《いた》るところで始まったらしい。どちらを見ても、明るく橙色《だいだいいろ》に染まった煙が巻きたち、そのあいだからときどき、金粉のような火の粉や、ぎらぎらする焰が舞いあがった。

船がいまどこへ向って流されているかわからない。燃えている家並で判断しようにも、ぜんたいが煙に包まれているし、その煙はすでに船のほうまで漂って来ているため、まるで地形の見当がつかなかった。

——安雄明也《やすたか》。

郷臣は心の中で呟《つぶや》き、それを打ち消すように空を見あげた。眩《まぶ》しいほど明るく、橙色に染まった巨大な煙の柱が、二千尺ほども高く空に立ちのぼり、さらに、もくもくと渦《うず》を巻きながら、空へ空へと突きあげていた。

「これで江戸は潰《つぶ》れるな」と郷臣は呟いた、「勿体《もったい》ないような葬送の火だ、みごとだ」

市造が向うで叫んだ、「息を吹き返しましたよ」

「それなら板子にかかれ」

「酒を飲ませてはだめですか」

「あったらおまえが飲め」

市造は水浸しの胴の間へゆき、なにかしていたが、片口を持って郷臣のほうへ来た。

「一と口どうです」と市造は片口をさしだした、「徳利は大丈夫でしたよ」

「あれを見ろ」と郷臣は顎《あご》をしゃくった、「空ぜんたいが焦《こ》げてるぜ」

「すげえ、――」市造が空を仰いで云った、「百万両積んでもこんなけしきは見られませんね、これゃあすげえや、年代記にもねえだろうな、江戸だけですかね」

「わかるものか」

「これで世の中が変りますね、江戸はまる潰れでしょう」

そして、すげえすげえと云いながら、持っている片口からじかに、喉《のど》を鳴らして酒を飲み、助けた男のほうへ這っていった。

かなり近づいた市街のほうは、ますます燃えさかる火と煙で掩《おお》われ、ごうごうという、暴風の咆《ほ》えるような音以外には、人の声はもちろん半鐘の音さえ聞えなかった。郷臣は板子を使いながら、黙って空を見あげた。

灰と霜

――十月二日夜の地震から、もう三十日以上も経《た》ちました。昨日あなたから便りがあり、手紙の宛《あ》て先がわかったので、いそいであらましのことをお知らせします。

杉浦透はこう書いていた。

地震があって五日めに、国許《くにもと》の両親や、つじや、つじの実家の岩崎家、また西郡ら友人たちからみまいの手紙が来た。なほもさぞ心配しているだろうと思ったが、通信は房野の家人に気づかれないようにする約束なので、なほから宛て先を知らせて来るまでは、手紙の出しようがなかったのである。

――地震のことはもう知っていらっしゃるでしょう。

と透は書き続けた。

――私は中屋敷に着くと、すぐに水谷さんを訪ねました。昌平坂学問所はたいそうなもので、学寮まで辿《たど》り着くのに、幾たびも咎《とが》められ、木戸を間違えてあと戻りをしたりしましたが、いってみるとおみさんはいない、三日間の休暇をとった、というので、そのまま中屋敷へ帰ったのです。

透は筆を置いて、両手を擦り合せたり、指を揉《も》んだりした。

国許の中邑《なかむら》よりも、江戸のほうがはるかに寒いようだ。焼け跡だらけで、遮《さえぎ》る物のない街を、筑波《つくば》おろしと呼ばれる北風が、ひょうひょうと唸《うな》りながら吹きはらってゆく。透に与えられた住居は徒組《かちぐみ》長屋に近く、六帖と四帖半二た間に勝手があり、井戸は徒組の者と共同であった。幸い地震で潰《つぶ》れはしなかったが、柱と鴨居《かもい》が歪《ゆが》み、壁に隙間《すきま》ができたので、風の日には畳に砂埃《すなぼこり》が溜《た》まるくらい、強く吹きこむため、寒気はいっそう身にこたえた。

天保の大饑饉《だいききん》このかた、篤農《とくのう》経済家であるなにがしを招いて、宗間家では藩政の建て直しをおこない、「新仕法」といって、家中の侍たちにまで厳しい倹約令が出、極寒のときでも、家庭で炭火を使うことは禁じられていた。それも国許ではさして苦にはならなかったし、凌《しの》ぎがたいほどの寒さには、釜戸《かまど》の落し火と称して火鉢《ひばち》に火を入れる。それは殆《ほと》んど公然とおこなわれるようになったが、江戸ではどういうぐあいかわからないし、その住居には火桶《ひおけ》の備えもないので、透は寒さにふるえているよりしようがなかった。

——この住居はおみさんが用意しておいてくれたのだそうです。

透はまた書き継いだ。

——係りへ出府の届けにいったとき、佐伯角之進、並木第六という二人が付いて来て、住居の世話や、中屋敷の規則などを教えてくれましたが、荷物を解いてひとおちつきすると、並木第六がまたあらわれ、歓迎の小酒宴をするから来い、と云《い》うのです、疲れてもいるし億劫《おっくう》でもありましたが、夕食をどうしてよいかもわからないので、誘われるままに並木の住居へゆきました。

——酒宴というより暴れ酒というようなもので、歓迎どころか、六七人の者にいやというほどやりこめられました、そんな話は書く気にもなれませんが、われわれ同年輩の人間が、この激しい時勢に対して、どんなに強い不安を感じ、苛立《いらだ》っているかということは、国許よりも強くはっきりとあらわれているようです。

——十時ころ住居に帰り、少し酔っていたので、すぐに夜具を敷いて横になり、そのまま眠ってしまったのですが、そこへまもなく地震が起こったのです。

――あとで聞くと、元禄《げんろく》年代にあったよりも大きな地震だったそうですが。

透は書いていった。

――地盤の硬軟にもよるのでしょうか、雉子橋《きじばし》御門の外にあるこの中屋敷は、揺れこそひどかったけれども、古い小屋敷が二三倒れたほかは、幸いに火も出ず、死者はもとよりけが人もごく少なかったようです。

――御城は石垣《いしがき》その他に破損があっただけで無事、曲輪《くるわ》内にある大名諸侯の屋敷も、大半は倒壊したり焼けたりしましたが、わが藩の本邸は門と塀《へい》が倒れたくらいで、大きな被害はなかったとのことです、私はまだ本邸へはいったことがありません。

――火事がおさまってから、私は三日ばかり市中を廻《まわ》ってみましたが、どこもかしこも焼け跡だらけで、まだいちめんに煙がくすぶっており、倒れて焼けた家のために狭くなった道は、避難してゆく者や、知人を捜しまわる人の群が、列をなしてゆき交い、親を求める子、子を呼び歩く親など、見ていて胸の痛むことばかりでしたし、どの川どの堀《ほり》にも、男女の区別のつかない死躰《したい》が浮いていていました。

透はそこでまた筆を置き、暫《しばら》く両手の指を揉んで、こごえの去るのを待った。

――圧死、または焼死した者が、男女合わせて八千から一万人ちかく、けが人が三千くらいだといわれますが、実際の数はわからないでしょう、また、水戸家の藤田東《とう》湖《こ》という人が、倒れた屋敷の中で圧死したそうです。

――今月になって、市中に施粥《せがゆ》のお救い小屋も出来、いまではいちおう市民もおちついたようです。

と彼は筆を進めた。

――私も学問所へかよい始めました、弘化《こうか》三年の火事で、学問所や、学寮は焼けたそうですが、こんどの変災では土塀が崩れた程度でした、校舎も学寮もまだ新らしく、二度ばかり水谷さんを訪ねましたが、学寮長の部屋は二た間続きで、調度なども立派なものでしたし、少年の寮生が付いていて、水谷さんの世話をする、というぐあいでした。

――私が出府した夜、つまり地震のときに、水谷さんは海へ夜釣《よづ》りに出ていたそうです、三日めに中屋敷へみえましたが、沖で津波にやられ、もう少しで溺《おぼ》れるところだった、と笑って話しておられました。同じ夜、本邸と中屋敷の者とで七人、行方不明になったそうです、たぶんぬけ遊びに出て難にあい、変死したのだろうといわれていますが、侍や浪人で身許のわからない死者がだいぶあったそうですから、そんなところかもしれません、それから七人の家族にはお咎めが出ました。

そこまで書いたとき、戸口で透を呼ぶ声がした。

「おい杉浦、起きてるか」とその声が云った、「ちょっとここをあけてくれ、おれだ、並木第六だ」

透はちょっと眉《まゆ》をひそめた。明らかに酔っている声で、困ったなと思ったが、透はやむなく返辞をして立ちあがった。

雨戸をあけると、強い酒の匂《にお》いがし、第六ともう一人の者がはいって来た。小柄《こがら》な躯《からだ》つきで、脇差《わきざし》だけしか差していない、透は中の四帖半へとおし、六帖から行燈《あんどん》を持って来た。

第六の伴《つ》れが、頭巾《ずきん》をぬぐのを見ると、若い女であった。衣服も男物のように地味な柄だし、袴《はかま》も男物。そして髪も男のように、きりっと大たぶさに結っていた。

透は第六の顔を見た。

「酒はないか」と第六が云った、「ないだろうなここには、じゃあ水を貰《もら》おう」

第六は上躰をぐらぐらさせ、無遠慮に酒臭いおくびをした。透は湯呑《ゆのみ》を出して勝手へゆき、水を注《つ》いで戻った。

「この人は」湯呑を受取りながら、第六は女のほうへ頭を振った、「松崎かの子さん、小太刀《こだち》の名手だ」

女が透に目礼をした。

「澄心流の小太刀だ」第六は水を飲んで云った、「越前《えちぜん》福井藩の人だ」

透は自分の名を告げた。

「もう一杯」

第六は湯呑を突きつけた。透は云われるままに、また水を持って来てやった。

「さて用件だが」と第六は二杯めの水を、一と息に呷《あお》ってから云った、「じつは仔細《しさい》あって、松崎さんはいまいどころに困っているんだ、詳しいことは云えないが、福井藩の目から隠れていなければならない、それで暫くのあいだ匿《かく》まってもらいたいんだ」

「ここへですか」

「ほかにはないんだ」と第六は云った、「杉浦にはおみさんという楯《たて》があるし、家事の世話をさせる女を雇ったといえば、怪しむ者もないだろう」

「それはだめですね」透は穏やかに答えた、「私もこのとおり若いし、家事の世話をするといっても、こんなにお若い方ではまわりが許さないでしょう」

「いやそこは大丈夫、佐伯さんと相談してあるんだ」

透は黙った。

「つまり、こうなんだ」第六は酒臭いおくびをし、持っている湯呑を撫《な》でながら云った。「松崎さんをね、佐伯さんが口をきいて、ここへ雇い入れた、ということにする、佐伯さんは中目付（注・他の大目付に当る）だから、疑う者はありゃあしないよ」

「困りますね」透はそっと首を振った、「私は結婚したばかりの妻が国許にいるし、国の者は男女関係には非常にうるさいんです」

並木第六は湯呑を畳の上へ置いた。とん、と音のするほど荒い置きかたであった。

——始めるな。

そう思って透は松崎かの子を見やった。自分で辞退するか、第六をなだめるかするだろうと思ったが、彼女はきちんと正座したまま、まっすぐに前を見て、黙っていた。

「杉浦、おまえいまがどんな時代だか知っているか」と第六はひらき直った、「国に新婚の妻がいる、男女関係は人の口がうるさい、そんな個人的なことなんか、われわれの当面している事態に比べれば三文の値打もありゃあしないぜ」

「いったい杉浦は」と第六は声を高めて続けた、「自分をなんだと思ってるんだ」

「私はただ、若い婦人を預かることはできない、と云っているだけです」

「自分さえよければいいというんだな」

透は答えなかった。第六は五拍子ほど透を睨《にら》んでいたが、急にへらへらと笑いだした。

「おい、そうむきになるなよ」と笑いながら第六が云った、「おれもつい荒い声をだしたが、本当に松崎さんは困っているんだ、突然こんなことを頼むなんて迷惑だろう、おれたちもほかに適当なところがあれば頼みはしないが、どうしてもここよりほかにないから来たんだ、迷惑だろうが事情を察して、済まないが暫く置いてあげてくれ、本当に困るんだから、なあ、頼むよ杉浦」

「お断わりします」透は静かに答えた。「私はまだ部屋住《へやずみ》でもあるし、学生にすぎません、自分自身が水谷さんのお世話になっているんですから、そういう責任のあることを引受けるわけにはいきません」

第六は眼《め》を細めた。

「こんなに頼んでもか」と第六は云った。透は黙っていた。第六は下唇《したくちびる》をぐっと噛《か》んでから、おい杉浦、と呼びかけたが、そのとき初めて、松崎かの子が口をきいた。

「帰りましょう並木さん」とかの子は云った。その声もまた男のように太く、かさかさしていた。

「しかし松崎さん」

「いいえ、杉浦さんの仰《おっ》しゃることは尤《もっと》もです」とかの子は続けた、「承知をなさるなら初めからお断わりにはならないでしょう、部屋住で人の世話になっているから、無責任なことはできないというのは当然です、私はお庭の片隅《かたすみ》ででも夜を明かしますから」

云いかけて彼女は急に口をつぐんだ。

並木第六が見ると、かの子は戸外のほうへ眼くばせをし、置いてあった脇差を左手で取った。戸外に人のけはいがし、低い囁《ささや》き声が聞えた。

「だから云うんだよ、杉浦」第六が大きな声で云った、「国許の中邑には女郎屋さえないというじゃないか、焼けた天守閣も建てず、領民大事の御政事は立派だ、どこの国に天守閣のない城があるか、これだけでもわが藩は」

そのとき戸口で人の声がした。

「杉浦さん、おられますか」

透は二人を見て立ちあがった。玄関へ出てゆくと、「番」と印しのある提灯《ちょうちん》を持って、二人の足軽が立っていた。

「私が杉浦です」

「失礼ですが」と一人が会釈《えしゃく》して云った、「この屋敷内へ他藩の者がひそんでいるというので、いま邸内をあらためているところです、こちらにそういう者はおりませんか」

第六が出て来た。

「なんだなんだ」彼は不自然によろめき、酔った声で乱暴にどなった、「気持よく飲んでいるところへなんだ、きさまたちはなに者だ」

「番の者です」

「そんな者を呼んだ覚えはない」第六はまたよろめいた、「番の者なら番をするがいい、それともおれたちの酒をねだろうというつもりか」

「いや、いま杉浦さんに申上げたところですが、このお屋敷の中へ他藩の者が」

「わかってる、いま聞いた」

第六はうるさそうに手を振って云った、「聞いたことは聞いたが、それを口実にあがりこんで飲もうというんだろう」

「冗談はよして下さい」番の者は尖《とが》った声で云った、「いかに身分が低くとも、人に酒をねだるほどさもしい根性はありません」

「じゃあ本気で家捜《やさが》しでもしようというのか」

「杉浦さん」もう一人の男が呼びかけた、「私どもはいまお住居の中で人声を聞いたように思うのです、あなたが御主人ですからうかがいますが、不審な者がいるならどうか隠さずにそう仰しゃって下さい、はっきりしたお返辞がなければ、支配に届けて家捜しということになるかもしれません」

「家捜しをさせろよ杉浦」と第六が笑いながら云った、「それではっきりするじゃないか」

「不審な者はいない」と透は答えた、「並木と話していただけだ、もちろん疑わしいところがあるなら、その役目の者が来て家捜しをするがいいだろう、私のほうは少しも構わない」

「間違いはないでしょうね」

「間違いはない」

番の者二人は去っていった。

透は高い断崖《だんがい》のふちでも歩くような、非常に不安定な、混乱と恐怖を感じていた。彼は並木や松崎かの子にはなんの縁もない。並木第六はむしろ迷惑な人間であるし、松崎かの子がなんのために追われているかもしらない。そういう人を、まだ部屋住の身であるのに、主家の役人をあざむいて匿まうような結果になった。

――どうしてこんなことになったのか。

どうして事実を告げなかった。これがわかったらただでは済まない、番の者に答えながらも、心の中で彼は迷った。これが一生の問題だぞ、と思った。

けれども事実は云《い》えなかった。奥に松崎かの子がい、戸口に追う者がいる。両者のあいだは二十尺と離れてはいないのだ。たとえすぐ出ていってもらうにしても、その場で「家の中にいる」とは、どうしても云いかねたのであった。

「よくやった」座へ戻ると第六が云った、「さすがに杉浦だな、おれからも礼を云うぞ」

かの子は黙って会釈した。

「しかしこのままではだめだ」と透が静かに云った、「かれらは話し声を聞いている、きっと引返して家捜しをすると思う」

「大丈夫だよ、支配は佐伯さんじゃないか、よしそうでないにしたところで、よほど重大な事でない限り、侍の住居をむやみに家捜しなどできるもんじゃない、くよくよするなよ」

支配が佐伯角之進。

——中目付役の佐伯。

透は漠然《ばくぜん》と「罠《わな》」を感じた。罠とはどういう罠だ、佐伯がどうして自分などに罠をかける。政治的な派閥にも関係していないし、誰かに利用されるような身分でもない。こんなおれにどうして罠を仕掛けるか、ばかなことを考えるな、と透は心の中で首を振った。

夜具は客用が一と組ある。透は表の四帖《じょう》半に寝、中の四帖半をあいだにして、かの子は奥で寝ることにきまり、並木第六はいとまを告げて去った。

「あんまり固苦しくすることはないよ」去るときに第六が云った、「松崎さんは箱入り娘じゃあない、国事のために身を賭《と》している女丈夫だ、男のつもりでいればいいぜ」

並木が去ったあと、透は書きかけた手紙を片づけてから寝た。心配した家捜しに来る者はなかったし、看視されているようにも感じられず、邸内はひっそりと静かに更《ふ》けていった。

明くる朝、物音がするので眼をさまし、出ていってみると、かの子が勝手で釜戸《かまど》を焚《た》きつけていた。

かの子はかぶっていた手拭《てぬぐい》をとって、挨拶《あいさつ》をした。髪を解いて一と束ねにし、背中へ垂らしている。それだけでも女らしく変っていたが、挨拶をする身ごなしや声にも、昨夜のぎすぎすした、男のような感じは少なくなっていた。

勝手の外はまだ仄暗《ほのぐら》かった。

「食事の支度にはかよって来る者がいますから、どうか構わないで下さい」

「さきほど人がみえまして」とかの子が答えた、「かよいの者のほうは断わったから、わたくしがするようにとのことでございました」

「断わった、誰がです」

「たぶん並木さまだと存じますけれど」

炊事を頼んだのは足軽長屋の者で、中沢恭助の母親てるという、六十歳ばかりの老女であった。食事と買い物や拭《ふ》き掃除。そのほか縫い物や洗濯《せんたく》など、同じ長屋の者に頼んでくれる、という約束もしてあった。

「しかし、あなたは」と彼は口ごもりながら云った、「ゆうべのようなことがあったのに、ここにいて疑われるとは思いませんか」

「あなたさえ御迷惑でなければ、大丈夫だと存じます」

透はあいまいに頷《うなず》いた。

かの子は水を汲《く》んでおいたと云い、彼のために洗面の用意をしてくれた。肩を張ったようなふうもないし、卑屈な感じもない。長くこの家にいついた者のように、動作は自然でごくおちついたものであった。

食膳《しょくぜん》にはいつもの麦めしと、味噌汁《みそしる》、漬物《つけもの》のほかに、焼いた干物に海苔《のり》が添えてあった。朝からそんなに贅沢《ぜいたく》にしたことはない、彼は干物には箸《はし》をつけなかったが、めしの不味《まず》いのに閉口した。水かげんを誤ったのであろう。ぜんたいが粥《かゆ》のようで、麦は生ま煮えだった。

彼は給仕を断わったのを幸い、軽くつけた一杯のめしを、がまんして半分だけ喰《た》べ、残ったのを反故紙《ほごがみ》に包んで、登校する途中で捨てようと思った。

常の日より半刻《はんとき》も早く、透は支度をして屋敷を出た。風はなかったが、曇った寒い朝で、どこの屋根もまだ霜で白かったし、道には霜柱が立っていた。学問所へゆくには、駿河台《するがだい》の下を昌平橋へぬけるのが順路である。屋敷を出た透は五六丁いったところで、うしろから呼びとめられた。

その辻《つじ》あたりで、袂《たもと》にある反故紙包を捨てようと思っていたところだから、彼はちょっとどきっとした。振返ってみると、呼びとめたのは浪人ふうの男で、着ながしに雪駄《せった》ばき、深い編笠《あみがさ》をかぶっていた。

「驚いたようだな」男は近づいて来て云った、「こんな恰好《かっこう》だからわかるまいが、おれだ、安方伝八郎だ」

透は黙って相手を見た。

「笠のまま失敬するよ」と安方が云った、「歩きながら話そう」

安方のみなりやその言葉で、この男も追われているな、と透は思った。松崎かの子のあらわれた直後だからではなく、国許《くにもと》で別れるまえに見た彼の荒れかたや、なにかを暗示するように叫びたてたことなどが、すぐ頭にうかんだからであった。

「いまここにいるんだ、あとで見てくれ」安方は小さく折った紙片を渡した、「かい摘《つま》んで云うが、われわれの計画は挫折《ざせつ》し、同志の者は捕えられた」

透は黙って歩いた。

「おれだけは危なくのがれて江戸へ来たんだが、こう云えば察しがつくだろうが、じつは金に困ってるんだ」

「金のことなら私にはむりだ」

「わかってる」と安方は遮《さえぎ》って云った、「杉浦の小遣などをせびったって高が知れてるし、そんなちっぽけな気持でおまえを待伏せていたんじゃないんだ」

「私を待伏せていたって」

「今朝暗いうちからだ」

「金のことでか」

「おみさんに頼みたいんだ」

安方は咳《せ》きこんだ。声も風邪声《かざごえ》だし、歩きながら、袂からくしゃくしゃになった紙を出しては、しきりに洟《はな》をかんだ。

「おれがじかに会えればいいんだが、追われている身だからそれはできない」と安方は続けた、「杉浦はあの方のお気にいりだし、学問所で自由に会えるだろう、それでおまえから頼んでもらいたいんだ」

透はちょっと考えたが、断わってもきくまいと思ったので、とにかく承知した。

「取次ぐだけは取次いでみるが、どのくらい入用なんだ」

「金百両、とりあえずだ」

透は振向いて安方を見た。

「おい、誤解するな」と安方はむっとしたような声で云った、「これはおれが飲み食いをする金じゃないぜ、酒を飲んだり遊蕩《ゆうとう》するための金じゃない、王政復古という大事を達成するために、身命をなげうって奔走している同志たちの」

そのとき二人のうしろで、「そのお二人、ちょっと待って下さい」と云う声がした。安方は刀の柄《つか》に手を掛け、透は静かに振返った。すぐうしろに三人、一人は四十年配で、みなりを見ると町方与力らしい、他の二人はおそらく同心だろう。透がそう思うより先に、安方が身をひるがえして逃げた。同心とみえる二人が「待て」と叫びながら追ってゆき、透はそこに立っていた。残った侍は透のようすを見ていて、それから穏やかな声で訊《き》いた。

「どこの御藩中ですか」

「中邑藩の杉浦透という者です」

「私は町方与力の野村伊兵衛といいます、係り違いで失礼ですが、ちょっと二三お訊《たず》ねしていいでしょうか」

透は「どうぞ」と答えた。

「これからどちらへゆかれます」

「昌平坂の学問所へゆきます、私はそこの学生です」

「お持ちになっている包は」

「書物と筆記です」

「拝見できますか」

透は風呂敷《ふろしき》包を差出した。ようやく人の往来のめだってきた路上で、こちらを見る人たちの不審そうな顔に気づき、透は自分の顔が赤くなるのを感じた。

野村という与力は、書物と筆記を入念にしらべた。それから元のように包み直して、透に返し、いま安方が逃げてゆき、二人の同心が追っていったほうを見やった。

「いまの男はなに者です」

透はほんのちょっと迷った。

事実を告げることが、なんとなくうしろめたい感じだったのだ。けれども安方はすでに藩から脱走し、おそらく指名で追われていることだろう。ここで庇《かば》ったところでなんの役にも立つまい、と考え直した。

「国許の同家中です」

透は安方に対する反感をあらわさないようにつとめながら、知っていることを語った。野村は無関心な表情で訊き返した。

「今日お会いになったのは、打合せのうえですか」

「いや、途中で呼びとめられたのです」

「なにか用があって」

「金を貸せと云われましたが、私は学生ですし、そんな余裕もないから断わりました、そこへあなた方が来られたのです」

「彼の住所はおわかりですか」

透は首を振って云った。言葉が喉《のど》でかすれるように思えた。

「──知りません」

「おてまをとらせました」野村は眼《め》をそらしながら目礼をした、「役目ですから悪く思わないで下さい、それと、ことによると係りのほうでお屋敷へ伺うかもしれませんが、いらっしゃるのは上屋敷ですか」

「中屋敷、雉子橋外の中屋敷にいます」

「失礼しました」と野村は辞儀をした。

学問所へいったが、郷臣には会えなかった。部屋付きの寮生がいて、朝早くでかけたと云い、おそらく今日は帰らないだろう、と告げた。仁原十三郎というその少年は、ちょうど伸びざかりとみえ、背丈ばかりひょろひょろと高く、顔から頸《くび》までにきびだらけだったし、声変りで、言葉つきがへんに耳障りだった。

「もし急な御用なら」と少年はおとなぶった調子で云った、「いどころの見当はついてますから、ないしょでお教えしてもいいですよ」

「また来よう」と透は答えた。

溜《たま》り部屋にはもう三四十人の学生が来ていた。中年の浪人もあり、頭をまるめた者や、商家の人間らしい者もいた。透は板縁に近いところで坐《すわ》り、袂から紙片を取り出した。

それは安方伝八郎から渡されたもので、彼は四つに折ってある紙をそっと披《ひら》いてみた。そこには神田岩井町二丁目「すし銀」二階、小安大八、とまずい手跡で書いてあった。透はそれをよく覚えてから、紙をこまかく引裂き、袂の中からべつの紙包を出した。それには朝めしの残りがまるめてあり、彼はこまかく裂いた紙片をいっしょに包んで、また袂の中へ戻した。

顔み知りの四五人の学生が透に挨拶をし、奥田采女《うねめ》という青年が側《そば》へ来て坐った。采女は白河藩士で、学長の佐藤一斎の愛弟子《まなでし》であり、透とは入学したときからの、もっとも親しい友達であった。

「佐藤先生のことづけなんですがね」采女は頰の赤いまる顔に、静かな微笑をうかべながら云った、「ここだけでなく、先生の塾のほうへも来るように、とのことなんですが、いかがですか」

からでないと」

「さあ、――」透は戸惑った、「私はまだ入学したばかりですし、もう少し勉強して

「先生はこう云われるんです」と采女は云った、「儒学の技量は吟味の成績でわかった、そのほうは改めて勉強する必要もなし、必要があったにしてもそれだけでは将来の役には立たない、佐藤塾で教えるものと併せてまなばなければ、もはや学問をするという意味もない、と云われるのです」

透は考えてから答えた。

「うちあけて云うと、私は藩の給費生のようなもので、学問所以外のことは許しを受けないとなにもできないんです、相談をしてからでなければなんとも云えないんですよ」

采女はまた微笑しながら、頷いて云った、「では相談をしてみて下さい、先生にはそう申上げておきます」

采女が立ちあがったとき、寮生が講義の始まることを知らせに来、学生たちは立って廊下へ出た。

青瘤《あおこぶ》という仇名《あだな》の教官が左氏伝《さしでん》の講義をした、「文公」のくだりで、二三の者をべつにした学生ぜんぶが退屈し、隅《すみ》のほうでは囁《ささや》き声で雑談をしている者もあった。

透も講義は聞いていなかった。

――かの子をどうするか。

郷臣に話せばどちらかにきめてくれたであろう。置いてやってもよければ、いまのままでも構わないが、断わるとしたら、郷臣が声をかけてくれない限りどうにもならない。並木第六や松崎かの子の態度を見ると、彼の力などではどうにもならない、ということがはっきり感じられた。

――おれは偽証をした。

番の者に向って、そういう者はいない、とはっきり云った。番の者二人はそのとおり報告したことだろう、これはもしもかの子が捕われて、事実が糾明されるようなことがあれば偽証の罪に問われるかもしれないのだ。

透は罪そのものよりも「偽証」という言葉のいやらしさに胸が悪くなった。

五人の教官の講義を聞いて、学問所を出たのは午後三時すぎであった。空はやはり曇っていて、強くはないが北風が吹きだし、道の土は朝のまま固く凍《い》てていた。

――安方はどうしたろう。

透は聖坂《ひじりざか》をおりていった。焼けた街は鼠色《ねずみいろ》の靄《もや》に包まれ、小屋を建てたり、焼け跡を片づけたりする住民たちの、活気のある声や、槌《つち》の音、釘《くぎ》を打つ音、絶えまなしに往き来する車や馬で賑《にぎ》わっていた。

透は強い刺戟《しげき》的な空気の匂《にお》いに咽《む》せた。

鼠色の靄だとみえたのは、風に舞い立つ灰だったのだ。霧のようにこまかい微粒子になった灰は、僅《わず》かな風にも舞い立ち、焼け跡に特有の刺すような、きな臭い匂いとともに街を掩《おお》うのであった。

昌平橋の脇《わき》の空地に、施粥《せがゆ》をする小屋があり、乞食《こじき》のような姿をした人たちが、蓆《むしろ》を敷いて坐ったり、乏しい焚火《たきび》を囲んだりして、施粥の始まるのを待っていた。――老若も、男女の区別も殆《ほと》んどわからない、ぼろの重ね着をし、破れ笠をかぶり、頰かぶりをして、一団ずつ固まって立ったり坐ったりしているが話をするでもなく、憔悴《しょうすい》した無表情な顔でぼんやり足もとをみつめたり、どこを見るともなく空を眺《なが》めたりしていた。

「おじちゃん一文おくれ」袂を引いて呼ばれ、透が振返ってみると五つばかりの子供が彼を見あげていた、「おら腹がへってしようがねえんだ」

静かな人

吉岡市造は鯊《はぜ》を割いていた。

「うまいものね」と側《そば》でおせんが云《い》った、「その庖丁《ほうちょう》の使いかた、本職はだしじゃありませんか」

「おだてなさんな」

「本当よ、堂に入ったもんだわ」

市造は二の腕で顔を擦《こす》った。

彼は着ながしで、襷《たすき》をかけ、裾《すそ》を端折《はしょ》っている。着物は黒っぽい紬《つむぎ》の万筋で襷はおせんの華やかな色のものだったから、ちょっとした男まえにみえた。

傍《かたわ》らの笊《ざる》には、三歳くらいの粒の揃《そろ》った鯊が十尾くらい、水から揚げたばかりで、黒い鉄色に斑点《はんてん》のある背中が、ぬめぬめと光ってい、ときどき音をたてて跳ねた。大きな俎板《まないた》の脇《わき》に皿があり、三枚におろした鯊が、すでに五尾並んでいた。

市造は活《い》きている鯊を摑《つか》むと、俎板の上へのせて軽く、庖丁の背で頭を叩《たた》く。すると鯊は伸びて動かなくなり、彼はその頭をおとして魚を逆にする。背のほうから骨と身のあいだへ、庖丁を入れ、片身をおろしてすぐに骨をそぐ。三枚にした二片の身は、鰭《ひれ》と腹身をおとし、さっと骨切りをして皿に並べる。それだけのことなのだが、いかにも動作が板についているし、当人も見るからにたのしそうであった。

「今夜の客を知ってますか」

庖丁を動かしながら、市造が囁《ささや》き声で訊《き》いた。おせんはそっとかぶりを振った。

「知らないわ」とおせんは云った、「紫さまが案内していらっしゃるんでしょ」

「紫さまか」市造は頭をかしげた、「あれもえたいの知れない人物だ、いつも紫色の頭巾《ずきん》で顔を包んでいる、おみさんとはまえからの知合らしい、おれは半年ばかりこっち四たびか五たび会ったきりだし、それもおみさんの御相伴《おしょうばん》だが、あの頭巾をぬいだところを一度も見たことがない」

「大きな火傷《やけど》の痕《あと》があるとか」

「おみさんはそう云ってるが、おれはそうは思わない、おそらく身分の高い人で顔を見られては困るんじゃないかとにらんでるんだ、なにしろ土用のさ中にも頭巾をしたままなんだから」

「このあいだの地震」とおせんも声をひそめた、「あのとき沖でどなたかと会う筈《はず》だったでしょ、あれも紫さまのお膳立《ぜんだ》てかしら」

「わからねえ」と市造が云った、「おみさん自身なにも云わない人だから、腰巾着のように付いてまわるおれでも、まるで見当のつかないことだらけだ、あのときだってなにがどうしたのか、いきなり十五六ぱいの舟に取囲まれる、こっちの船頭は船へ火をつけて逃げる」

ああ、といっておせんは手を合わせた、「あのときのことはなんとお詫《わ》びの申しようもありません」

「もう済んだことさ」

「いいえ、若さまが御無事だったからいいようなものの、万一のことでもあったらと思うと、いまでもぞっと軀《からだ》がちぢみますわ」とおせんは云った、「あたしもばかだったけれど、あとで訊いてみたら松太郎もうまく騙《だま》されたんですって」

「なかまではなかったそうだな」

「あんなに若さまのごひいきになっていながら、まったく呆《あき》れ返った唐変木《とうへんぼく》よ」

一両にも足りない、僅《わず》かな三分《ぶ》でうまく騙された。飲み屋で知りあった男で、名前は鉄、どこの者とも知らない人間だったと、松太郎は云っていたそうである。

「その話はもう聞いたよ」市造は庖丁を使いながら、遮《さえぎ》って云った、「それよりも、おれの知りたいのはあの十五六ぱいの舟だ、かれらはおみさんの来ることも、その場所も時刻も知っていた、そして、四方からいちじに、矢を射かけながら漕《こ》ぎ寄せて来た、こっちは船頭のつけた火で屋根から燃えている、お誂《あつら》えどおりの標的だ」
「その話は堪忍《かんにん》して下さい」
「ぴゅっ、ぴゅっ、という矢羽根の音がいまでも耳に残ってる」と市造は続けた、「津波が来たときは天の助けだと思ったな、天の助けというものはあるもんだと思った、おれは万事休すと思って水へとび込もうとした、そのときおみさんが待てと云ったよ、おれはぶすぶす矢で射られたうえ、まる焼けになるのはいやだった、おれはなんによらずいざこざはまっぴらだ、薄情なようだが御免を蒙《こうむ》ろうと思って、海の中へとび込もうとしたんだが、おみさんに待てと云われて気がつくと津波なんだ」
「凄《すご》い地鳴りがしたわ」
「ごうっという地鳴りがして、海ぜんたいが宙へはねあがるように思った」と云って彼は両手を上へあげてみせた、「そしておれは海の中へ放《ほう》りだされ、敵のほうもめちゃめちゃになり、あとはもう波をよけるだけで夢中だったが」
「誰かを助けたんでしょ」

「うん助けた、溺《おぼ》れかかってるのを助けてやったが」市造はまた声を低くした、「おみさんのようすから察すると、それがどうも敵の一人だったらしい」

内所で小女《こおんな》のおよしが「お酒を二本持っていきます」と云った。おせんはあいよと答えてから、もうすぐにまいりますと申上げておくれ、と云った。

「その人すぐ逃げたんですって」

「船が着くとすぐ、鼬《いたち》のようにすばやく逃げちまった」市造はさいごの鯊にかかりながら、庖丁をひらっと横に振った、「おみさんはその男を知っているようだった、その男を見たときのおみさんの顔つきで、おみさんはそいつを知っているし、そいつは舟で襲いかかったなかまの一人だな、とおれは思った」

「若さまはなんにも仰《おつ》しゃらなかった」

「なんにも、一と言もだ」と市造が云った、「かれらがなに者なのか、なんのために夜討ちなどというしゃれたまねをしやあがったのか、いくら訊いても一と言もなしさ、今夜の客が紫さまの案内で、あの晩の膳立ても紫さまだとすると、おれはまた一と騒動あるんじゃあねえかと」

「いやですよ吉岡さん」おせんはいそいで手を振った、「そんな縁起でもないことを云わないでちょうだい、そうでなくってさえあたし胸騒《むなさわ》ぎがしてしようがないんですから」

「古風なことを云うぜ、はい、酢を頼むよ」

おせんが酢の入った鉢《はち》を差出すと、市造は皿に並べた鯊の身を、まな箸《ばし》で一片ずつ挟《はさ》み、さっと酢で洗って、脇にあるべつの大皿へ取った。

「これはおれの分」市造は幾片かを取りわけた、「どうせ御同席はかなわねえだろうからな、へっ、いい面《つら》の皮さ」

おせんが肴《さかな》を運ぶあいだに、市造は手と顔を洗い、帯をしめ直しながら二階へあがっていった。

この「船仙」の建物は倒れも焼けもしなかった。地震でちょっといたみはしたが、それも壁が落ちた程度で、火事も一軒おいて隣りまで焼けて来たが、そこで止った。

持っていた猪牙《ちょき》舟《ぶね》五はい、屋形船二艘《そう》を失って、いましょうばいは休んでいるが、船があったところで、世間がそんなありさまではどうせしょうばいはできないだろう。

——まえにいたおせきが出て、代りにおよしという十五歳の小女がはいったほかは、飯炊きの千代もそのまま残り、ときたま郷臣が来るだけでしもたや同様にくらしていた。

郷臣はおせんの酌《しゃく》で飲んでいた。珍らしく頰のあたりが赤く、顔つきが洗ったように活き活きとしていた。

「どうだ、堪能《たんのう》したか」と郷臣が云った。市造は坐《すわ》りながら不審そうな顔をした。

「堪能したかとは、なんです」

「とぼけるな」郷臣は微笑しながらおせんに眼《め》くばせをした。おせんは市造に酌をしてやった。市造は郷臣の膳の上を見、鯊の刺身にまだ箸がつけてないのを認めた。

「まだあがらないんですか」

「なにを」

「その鯊ですよ」

「市造が作ったんだろう」

「念には及びません」

「食えるのか」

「食えますよ」と市造がふくれて云った、「憚《はばか》りながら吉岡市造の庖丁ですぜ」

「そいつは知らなかった」と郷臣が云った、「おれはまた市造は遊んでるんだと思った、堪能するまで遊べば気が済むんだろうと思っていたが、へえ、人に食わせるつもりとは知らなかったな」

「私は肝臓は丈夫なんだ」
「肝臓まで食わせるのか」
「肝臓が悪いとすぐに怒るが、丈夫だとなかなか怒らないそうですからね」
「まあ飲めよ」郷臣は笑って云った、「自分で怒らない絵解きをするようでは、まだ職人にはなれない、もっと修業をするんだな、市造」
「職人とはなんのことです」
「いまおせんと話していたんだ、こうがたついてきてはいつ世の中がひっくり返るかもわからない、おまけに市造は親きょうだいと不首尾なんだろう」
「先刻御承知のとおりです」
「そこで思いきって、いまのうちに大小を捨て、好きな渡世を始めたらどうかと思ったんだ、おい、そう乗り出すなよ」
「これが乗り出さずにいられますか」
「まあ聞け」郷臣は一つ啜《すす》って続けた、「おせんも船宿は性が合わないと云うんだ、このあいだの松太郎のしくじりで怖くなったらしい、まあそれはそれでよしとして、ではなんのしょうばいがいいかという相談になった」
「わかりました、おせんさんをおかみ、私を板前ということで」

「そのとおりだが、まさか市造、その腕で板前に坐るつもりはないだろうな」

「いけませんか」市造はまたふくれた。

「やるつもりなら、本腰を入れてやれ」と郷臣が云った、「その辺で居酒店でも始めるならべつだが、庖丁一本で立つつもりなら筋のとおった料理屋へはいって、大根の洗いかたから修業しろ」

「この年でですか」

「八十の手習いというくらいだ、その気があるならあと押しをしてやる、おまえの一生だ、むりにそうしろとは云わないぜ」

階下から小女があがって来て、襖《ふすま》の向うで客だと告げた。

「とおしてくれ」と答えて郷臣は市造を見た、「同席を憚る客だ、下で飲んでいるか」

「考えてみますよ」

郷臣はおせんに客膳を命じた。

市造が階下へおりると、入れちがいに二人の侍が二階へあがっていった。一人は「紫さま」でとおっている。背の高い軀で紺染の紬の重ねに羽折、袴《はかま》をはいて、腰には脇差が一本、刀を差していた例はない。その呼び名の元である、紫色のちりめんの頭巾は、眼のところがあいているだけだから、どんな顔だちをしているか、これまでかつて見た者はなかった。

伴《つ》れの侍は若く、市造はちょっと見ただけであるが、能役者のようだなと思った。芝居役者ではない、美男ではあるが、静かな、凜《りん》とした人柄《ひとがら》で、これから能舞台へ出るといったような感じを受けた。

市造は内所で飲みだした。おせんは暫《しばら》く立ちはたらき、二階の用を済ませてから内所へ来て帳場に坐った。

市造はおせんを見た、「二階はいいのかい」

「ええ、お人ばらい」

「いまの若いほうの客」と市造が云った、「初めて見たと思うんだが、ちょっとない男ぶりじゃないか」

「男ぶりは知らないけれど」おせんはぼんやりした口ぶりで云った、「ずいぶん静かな方だったわ」

「なに者だろう」

おせんは帳場の机に両肱《りようひじ》を突き、額を手で揉《も》みながら、黙ってしまった。

市造は小女のおよしに酒を命じた。酒の来るあいだに、火鉢へ炭をつぎ、おせんの側にある長火鉢の火もみた。

「さっきの話だが」酒が来ると、市造は手酌で飲みながら、おせんに云った、「おせんさんは本当に料理茶屋をやるつもりなのかい」

おせんはまだ額を揉み続けながら、さあね、とひどく気のない返辞をした。

「さあね、じゃあわからない、やるつもりがあるのかないのか、それがはっきりしなくちゃあ始まらないぜ」

「そんなら訊くけれど」とおせんが云った、「吉岡さんは、あたしたちが、どんな仲だと思って」

「どんな仲って、それゃあ」

市造はまごついて酒を注《つ》ぎこぼした。

「そう開き直って訊かれても困るよ」

「いいから云ってみてよ、おみさまとあたしが、もうできてると思って、それともおあずけのまんまだと思って」

「困るよ、そんなこと」と市造は閉口して云った、「おせんさんらしくもない、今日に限ってどうしてそんなことを云いだすんだ」

おせんは顔をあげた。

「あたしにはわからない」とおせんが云《い》った、「初めてあの方のお座敷へ出たのが十八、それからあしかけ六年にもなるし、この船宿を買っていただいてからまる二年も経《た》つのよ」

「私の知っているのはまる二年のほうだ」

「おみさまは初めから、きざなことなしって仰しゃったわ」

「おみさんとはそういう人なんだ」

「あなたにはそれでいいでしょ」

おせんの口調が変った。机に突いていた肱で支えながら、吉岡のほうへ向き直り、糸切り歯で、きっと下唇《したくちびる》を噛《か》んだ。

「男はそれでいいだろうけれど、女はそうはいきません」とおせんは云った、「との方には女のはいってゆけないくらしがあるわ、たとえば庖丁一本持ったって、十人も十五人も雇人を使って、立派に料理屋がやってゆけるでしょ」

「そうばかりでもないさ」

「たとえばの話よ」市造の言葉を押えておせんは続けた、「との方にはなにもかも忘れて、一生を賭《か》けてやりぬく仕事がある、髪結いでも仕立て物でも、そのほか芸ごとだって、女ではいってゆけないところを持っている、女にはそれがない、よその人は知らないけれど、あたしにはそんな能もなし、そんな能を持ちたいとも思いません、女は誰でも好きな人といっしょになって、その人の世話をやいたり、その人から可愛《かわい》がられてくらしたい、それが女の本望だと思うわ」
「だっておせんさんはこんなに大事にされてるじゃないか」
「あたしが大事にされてないなんて云って」おせんの声は尖《とが》った、「あたしは大事にされていますよ、船宿をやっているときだって、きまったお手当はきちんと下さるし、着物や帯、頭の道具、欲しいと思う物はなんでも買って下さるわ、でもあたしは、そんな物ちっとも欲しくはない、着る物なんかぼろでもいいし、喰《た》べるのに困るほど貧乏してもいい、あの方が本当にあたしの人であってくれれば、ほかにはなんにもいらないのよ」
「しかしそいつは、私は詳しいことは知らないが、それは初めから約束がしてあったっていうじゃないか」
「いくら約束したって、人間は証文じゃありません、生身《なまみ》ですからね」
「つまるところ」と云いかけて市造は唸《うな》った、「おまえさんはときどきずばっとしたことを云うね、なるほど、人間は慥《たし》かに生身だからな」

「あたしあの方の奥さまにしてくれなんて云やあしません、一生日蔭者《ひかげもの》でいいから、あの人のものにして頂きたいんです、おまえはおれのものだということを、いちどでもいいからみせて頂きたいんです」

「そいつはむずかしいな」市造は持っている盃《さかずき》を眺《なが》めながら、しんとした口ぶりで云った、「おまえさんだから正直に云うが、おみさんという人には、ふつうの人間の持っている情というものがないらしい、金ばなれもいい、生れに似あわず気どらないし、気性もさっぱりしている、人の面倒もよくみるが、本心はまったくわからない、肝心かなめなところへゆくと、ふいっと見えなくなっちまう、たとえば、いまならしんからうちあけて話ができるな、と思うとたんに、すっとあの人はそこにいなくなっちまうんだ」

市造は小女に酒を命じてから、思い入ったようすで続けた、「私はそんなに長いつきあいじゃない、おみさんが学問所の寮長になってからの近づきだが、それ以来ずっと腰巾着《こしぎんちゃく》のようにくっついて歩いている」

云いながら彼は、燗徳利《かんどくり》に残っている酒を、しずくも余さず盃に注いだ。

「大川から堀筋《ほりすじ》の芸妓《げいぎ》あそびはもとより廓《くるわ》でいつづけもいっしょ、草津の湯や、熱海の湯や、江の島、鎌倉そのほかの旅にもたいていい付いていった」

彼は酒を啜って続けた、「みんなおせんさんの知ってるとおりだ、それでいて、今日までいちども尻尾《しっぽ》を出したことがない、これがおみさんの本心だな、これが泣きどころだな、と思うようなことは唯《ただ》の一遍もなかった」

「あたしもう辛抱ができない」とおせんが云った、「こんな中途半端な、どっちつかずな気持でおかれては頭がどうかなってしまう、これならいっそ元のしょうばいに帰るほうがいいわ」

小女が酒を持って来た。

「おせんさん」と市造が呼びかけた、「二階のほうがいいんなら一杯やらないか、どうやら一杯やるほうがいいようだぜ」

「あたしだめなの、知ってるじゃないの」

「今日まではそうだったろうが、これからは飲み習うほうがいい、なか（廓）へ帰るにしろ料理屋をやるにしろ、どうせ一遍やけ酒の峠を越さなければ、おちつきゃあしないぜ」

「いいわ」

ちょっと考えてから、おせんは小女を呼んで、自分にも酒を持って来いと命じた。

「いま来たばかりだ」

市造は燗徳利を持ち、盃を取って差出したが、おせんはかぶりを振った。

「ごめんなさい、吉岡さんだからはっきり云うけれど、あたし人の盃やお酒は頂かないの、あの方とだってそうして来たのよ」

「おみさんのお躾《しつ》けか」

「これでもあたし、自分の好みは大事にするほうよ」

「結構だ」と市造は手酌で飲み、いくらか調子づいた口ぶりで云った、「おれも酒についてはやかましいほうなんだ、酒といろごとだけは自分の好みどおりにしたいもんだ」

「なんだかふられた同志みたようになったわね」

おせんはそう云って笑った。

酒が来ると、おせんは市造の作った鯊《はぜ》の刺身も持って来させ、手酌で飲みながら、刺身を喰べた。酒を啜るときには、苦いものでも飲むように眉《まゆ》をひそめたが、刺身を喰べると、眼を細くしてうまいと云った。

「うまいわね」おせんはもう一つ喰べた、「あたしこれまで活《い》き魚を作ったのは喰べたことがないのよ」

「いつか八百松で鱸《すずき》のあらいを食ったぜ」

「あれは知らなかったからよ」

「なか（廓）にいてあらいを知らなかったって」

「たいていの人がそうよ」とおせんは云った、「お客さまから聞いて、口ではいっぱしなことを云うけれど、本当はなんにも知っちゃあいないの、可哀《かわい》そうなもんよ」

市造がふと手を振り、黙れという眼くばせをして、さりげなく立ちあがった。

市造は勝手へ出てゆき、それから並びの座敷のほうへいって、暫くなにかしていたが、戻って来るとおせんに戸外のほうへ顎《あご》をしゃくってみせた。

「へんなやつがだいぶいるぜ」と彼は坐《すわ》りながら云った、「暗くってよくは見えないが、向うの焼け跡に五六人、堀のほうはきれいに舟がどけてある」

「いったいどういうことなの」

「さっきから三度ばかり、このうちを覗《のぞ》いて通るやつがいたんだ、ここへ来る客かと思ったが、覗いて見るようすがおかしいのでひょいと気がついた」

「いやだわ、きみの悪い」おせんは片手に盃を持ったまま、片手で衿《えり》を掻《か》き合せた、「このごろは物騒な話も少なくなったのに、なんだってんでしょう」

「二階だよ」市造は上を指さした、「このうちを覘《ねら》ってるんなら、なにも舟までどける必要はない、おれの勘に誤りがなければ、覘っているのは二階の三人だ」

「おみさまを」

「かもしれない、しかし客の二人かもしれない」と市造が云った、「このまえ地震の晩のときも、おみさんは佃島《つくだじま》の沖で誰かと会う筈《はず》だった、そこを取囲まれてやられそうになった、今夜も見知らぬ客と会っている」

「いやだ」おせんは盃を置いた、「このうちへ踏込んで来るつもりかしら」

「わからない、わからないがとにかく、おみさんに知らせたほうがいい」

「吉岡さんいってよ」

「いや、私はああいう客にかかわりたくないんだ、初めに同席を断わられているし、へんないざこざに巻き込まれるのはごめんだ」

おせんは立ちあがった、「どう云えばいいの」

「いま私の云ったとおり云えばいいさ、かなりな人数で取巻かれている、堀の舟もはらってあるって云うんだ」

おせんは頷《うなず》いて、静かに二階へあがっていった。

市造は小女のおよしに酒を命じてから立って内所の隅《すみ》へゆき、備付けの刀架《かたなかけ》にある、自分と郷臣の刀を取って戻った。

彼は鼻唄《はなうた》をうたいながら、元のところへ坐ると、まず酒を啜り、それから自分の刀を抜き、行燈《あんどん》へ近づけて刀身をあらためた。

「夜ごとに濡《ぬ》らす枕紙《まくらがみ》――」

鼻唄で暢気《のんき》そうにうたいながら、うち返し刀をあらためると、懐紙で念入りにぬぐいをかけてから、鞘《さや》におさめた。

おせんといっしょに、郷臣が内所へはいって来た。

「よほどの人数か」立ったままで郷臣が訊《き》いた。

「暗いんではっきりしないが、十人より少なくはないようです」

「市造は巻き込まれるのは嫌《きら》いだったな」

「仰《おお》せのとおりです」

「ではおせんとおよしを伴れて立退《たちの》くんだ、そのくらいのことはできるだろう」

「で、――あなたは」

「おれのことはいい」

「だって敵は多勢ですぜ」

「いざこざの嫌いな市造はそんな心配をすることはないさ、早く支度をするがいい」

市造はおせんを見た。

「そうしますか」と市造はおせんに訊いた、「ここを出ても、かれらは無事に通さないかもしれませんよ」

「まさか女子供に乱暴はしないでしょう」おせんは微笑した、「もしもうるさくなるようだったら、吉岡さんだけ逃げるがいいわ、そのあいだあたしがなんとかくい止めてあげるわ」

「そう聞いて安心した」と云って市造はもういちど郷臣を見た、「念を押すようだが、本当にこっちはいいんですか」

「やってみなければわからない、だがたぶんうまくゆくだろう、それにはまず市造が二人を伴れ出すことだ」

「どうもおかしい」市造は立ちながら云った、「地震の晩といい今夜といい、おみさんとここへ来るたびに妙なことが起こる、巽《たつみ》は鬼門に当りますかね」

おせんは羽折をひっかけ、提灯《ちょうちん》に火を入れながら、およしをせきたてた。

「頼んだぞ」と郷臣がおせんに云った、「済んだら美代次のうちへゆくんだ、こっちへ戻るんじゃない、いいか」

おせんは黙って頷いた。

郷臣は市造の顔を見て、そのまま二階へあがってゆき、市造は袴をはきながら、筋書はどうなってるんだ、とおせんに訊いた。

「あなたが酔っぱらうの」おせんは頭巾《ずきん》をかぶった、「あたしとおよしとで、酔い潰《つぶ》れたあなたを送ってゆくのよ」

「それで、あとの三人は」

「よけいな心配をしないで、うまく酔っぱらえばいいの、見やぶられたらみんなめちゃくちゃになっちまうのよ」

「じゃあもう一杯やっておこう」

市造は二本の燗徳利を取り、残っている酒をきれいに呷《あお》った。土間へおりてうしろの障子を閉め、市造は入口の腰高障子が、一寸ほどあいているのを、おせんに指さした。

「ここから覗いたんだ」

そう囁《ささや》くと、いきなりその腰高障子にぶっつかった。障子が荒い音をたて、危ない、危ない、とおせんが叫んだ。市造はへらへらと笑った。

「大丈夫だ」と彼は障子をあけながら高い声で云った、「酔ってやしない、大丈夫おれ一人で帰れる、送るには及ばないよ」

「お待ちなさい、危ないから」おせんは市造の片腕を取った、「およし、おまえ提灯を持っておくれ、先になって、足許《あしもと》を、足許が見えるように持つのよ」

三人は店の前をはなれた。

船仙を中にして、三軒の家が河岸《かし》に残ってい、そのほか建ちかけた小屋が幾軒かずつ見えるが、あとは殆《ほと》んど焼け跡だらけで、骸骨《がいこつ》のようになった木や、屋根のぬけた土蔵などが、宵闇《よいやみ》の中で、音もなく風に吹かれていた。

「夜ごとに濡らす枕紙——」市造はいい気持そうにうたいだした、「逢《お》うたあの日の移り香も、うそかまことかたよりなや、夜ごとに濡らす枕紙、逢うたあの日の移り香も、夜ごとに」

「でたらめばっかり」とおせんが笑った、「文句も節もでたらめ、あなたってほんとに唄はだめね」

およしがあっと声をあげた。

暗がりの中から四人、静かに出て来て、かれらの前に立塞《たちふさ》がったのである。市造は刀の柄《つか》に手をかけた。

「なんだ、きさまら」市造は喚《わめ》きながらよろめいた、「暗がりからいきなり出て来やあがって、追剝《おいは》ぎかぬすっとか」

「およしなさい吉岡さん」

おせんが彼の腕を引きよせた。市造は本当によろめき、足を取られて、だらしなくしりもちを突いた。すると刀のこじりが地面に当ったので、柄のほうが突きあがり、鍔《つば》が彼の頭の上のところへいってしまった。

「おのれ、突きとばしたな」

市造はじたばたしながら、頭上へ手を伸ばして、刀の柄を握ろうとした。

「危ないからおよしなさい」とおせんが暴れるのを押えた、「お願いよ吉岡さん、あなた酔ってらっしゃるんだから」

四人の男はこれを黙って眺めていた。

かれらも頭巾をしているが、それは顔を隠すためではなく寒さを凌《しの》ぐためで、顔はすっかり見えていた。四人とも二十四五くらいの侍で、一人は口髭《くちひげ》を立てていた。

「おまえたち船仙の者だな」侍の一人がそう呼びかけた。

「はい、そうでございます」おせんが答えた、「いまはしょうばいをやっておりませんが、元は船仙と申し、わたくしはあるじのおせんという者でございます」

「どこへゆくのだ」

「はい、このお客を橋向うまで送ってまいります」とおせんは云《い》った、「しょうばいは休んでおりますが、馴染《なじみ》のお客さまで酒をお出し申しましたら、ごらんのとおりわる酔をなさいましたので」

「ちょっと提灯を貸せ」

およしは女あるじを見、すぐに持っていた提灯を渡した。その侍は伴《つ》れに振返ってから、提灯を市造の顔に近づけた。一人の侍が市造の顔を覗いて見、かれらは互いに眼《め》で頷きあった。

「元へ戻れ」と初めの侍が云った、「こんなに酔っていてはむりだ、伴れ戻して寝かしてやれ」

「失礼ですが」とおせんが云った、「しょうばいを休んでいますから、お客を泊めますとお咎《とが》めを受けます、あなた方は町廻《まちまわ》りの旦那《だんな》方《がた》ではございませんか」

「そんなことはどっちでもいい、戻れと云ったら戻るんだ」

「女子供を威《おど》すのか」市造がふらふらと立ちあがり、刀を差し直して云った、「見たところ侍らしいが、女子供を威してどうしようというんだ」

「きさまは黙れ」と口髭のある侍が云った、「こんな時代に酔って、女の世話になるなどとは人間の屑《くず》だ、屑は黙っていろ」

　すると市造が刀を抜いた。

　思いもよらぬほどすばやい動作で、抜いたとはみえなかったが、提灯の光りで刀身が光ったのを認めると、四人は声を放ちながらとび退いた。

「こいつら」と市造はひょろひょろしながら叫んだ、「天下の吉岡市造を人間の屑とぬかしたな、さあ勘弁がならん、どっちが人間の屑かためしてやる、おれが相手だ、勝負しろ」

「吉岡さん危ない」とおせんが云った。市造はそのおせんに、ひょいと、煽《あお》ぐような手まねをしてみせた。

　ここは引受けた、早くいけ、という意味である。おせんはその手まねをすぐに読み取った。

「よして下さい、ああ危ない」とおせんは叫んだ、「みなさんこの方は酔っているんです、どうか相手にならないで下さい、危ない、吉岡さん」

　叫びながらおよしの手を取り、うろうろと市造に付いて走りまわった。

「邪魔をするな、どけ」市造は喚きたてた、「さあこいつら、かかって来い、きさまら一人も生かしておかない、みな殺しにしてくれるぞ」

彼は刀を振り廻しながら、左へ右へとよろけ歩いた。

四人の侍たちはもて余したかたちで、しだいに後退しながら、乱暴はよせとか、ゆるさん、斬《き》ってしまうぞ、などと威した。一人が本当に怒って刀を抜いたが、すぐ他の二人が止めた。

「よせ、面倒を起こすな」とその侍は云った、「あとのことが大事だ、そいつは放っとけ」

「女どもが逃げた」と他の侍がどなった、「どこかへ知らせにゆくかもしれんぞ」

「いそがしいな」と市造が道を塞いで云った、「おれがここで暴れるのも、なにか計略があるのかもしれないだろう」

「女を追え」と侍の一人が喚いた。

「やってみろ」市造は刀を突きつけた、「ぺてんをかけるようでいやだから云っておくが、おれは男谷《おだに》の道場で免許を取っている、もちろん、はったりだと思うのはそっちの勝手だ、さあ、女を追うなら追ってみろ」

さっき抜いた一人が、抜き身のままの刀を取り直し、側《そば》にいる侍がまた制止した。

「構うな、戻ろう」とその侍は云った、「それより邪魔のはいらないうちに片づけるほうがいい」

四人は船仙のほうへ、戻ろうとした。

「おいどうした」

市造は振返って、おせんたちの姿がもう見えないことを慥《たし》かめてから、四人のあとについていった。

「おじけづいたのか、おい」と市造は呼びかけた、「四人もいて一人のおれが怖くなったのか、おみさんはもっと強いぞ」

かれらは答えなかった。

「きさまたちがどういうわけでおみさんを斬ろうとするか知らないが」と彼はまた云った、「あの人は頭もあるし腕もずばぬけている、十人や十五人で取巻いても討てる相手じゃあないぞ、おまけにおれという者もここにいるぞ」

「うるさいやつだ」と一人が云った、「こいつはおれが片づける、先へいってくれ」

「よせ、そんな者に構うな」

「いやうるさすぎる、なにを始めるかわからんから片づけるほうがいい」

その侍は持っていた提灯を、傍《かたわ》らの材木の上にのせ、三人に先へゆけと云ってから、刀を抜いて市造のほうへ向き直った。

船仙の店はすぐ向うに見える。市造は片手を口の脇《わき》に当てて、声いっぱいに叫んだ。

「おみさん、かかりますよ」

いくら高い声でも、郷臣の耳まではは届かないだろう。しかし市造はもういちど叫び、そうして「あ」と口をあけた。

「あれはなんだ」と市造は指さして云った、「きさまたち、火をかけたのか」

侍も振返って見た。

船仙の建物から、赤みを帯びた煙が吹きだしてい、人の呼びあう騒がしい声が聞えて来た。両隣りの雨戸があき、近くの新らしく建った小屋の人たちも出て来たらしい。市造の前にいた侍も、あっといって、市造はそのままに、船仙のほうへ走っていった。

「やつらの仕事ではないな」

市造はそう呟《つぶや》き、刀にぬぐいをかけておさめると、材木の上の提灯を取りあげた。そのとき半鐘が鳴りだし、上ノ橋のほうからわっわっという大勢の声が、こっちへ向って急速に近づいて来た。

「火消しだな」市造はにっと微笑した、「そうか、おみさんはそういう手を打ったのか」

彼は道を避けて、焼け跡へはいり、提灯で足許を見ながら、焼けた材木や、崩れた石などを越えて、船仙のほうへいってみた。燃えているのは階下らしい。軒先から煙が吹きだし、腰高障子が火の反映で明るくまたたいていた。

両隣りの人たちの、荷物を運び出す側に、十二三人の侍たちが立って、なにか云いあっていた。

半鐘の音が二つになり、火消しの人数が近よって来た。いさましい掛け声とともに、竜吐水《りゅうどすい》の車の音が聞え、それらがやじ馬たちといっしょになって、船仙の前へとなだれこんで来た。

「これでは手が出まい」市造はうれしそうに顔を崩しながら呟いた、「これだけ人が集まった中でなにができる、へ、だからおれが云ったろう、あの人は腕も立つし頭もいいってな、ざまあみろ」

「だがあの火は大丈夫かな」と市造はまた呟いた、「もう二階にも火がまわっているだろうが、どうしてぬけ出すつもりなんだ」

軒先の煙は赤く、焰《ほのお》の舌がちらちらと庇《ひさし》を舐《な》めていた。

火消したちはめざましく働いていた。すぐ裏が堀《ほり》だから、水を引くのはたやすい。二台の竜吐水はすぐに水を噴きだしたが、そのまえに纏《まとい》を持った一人が、右隣りの屋根に登っていた。店先へ近よった火消しの者が、鳶口《とびぐち》で腰高障子を毀《こわ》すと、店の中から火と煙が、すさまじい勢いで吹き出し、いちめんに燃えている店の中が、眩《まぶ》しいほどはっきりと見えた。

侍たちはもういなかった。

火の明りで、やじ馬たちの人垣《ひとがき》や、火消しの者の姿もよく見えた。その中を念入りに眺《なが》めまわしたが、侍たちは一人もみつからなかった。

「歯ぎしりしてるこったろう」と市造は云った、「面《つら》を見てやれねえのが残念だ」

彼はふと、郷臣の客の一人を思いだした。

まだ若く、二十一か二くらいで、能役者のような感じの、静かな人柄《ひとがら》であった。

「なに者だろう」彼はそう呟いてから急に眼を細め、心の中で自分に云った。

——やつらの覘《ねら》ったのはあの客ではないか。

杉原平助教官の「書経《しょきょう》」の講義がその日の最後の授業で、終るとすぐに、学生たちは講堂から出ていった。

杉浦透は残って、筆記の足りないところを補筆していると、内藤伊一郎が近よって来て、いっしょに帰らないか、とさそった。透は頷《うなず》いてから、もう少し待ってくれ、と答えた。

「じゃあ門の外で待っている」そう云《い》って内藤は去った。

学僕たちが机を片づけ始めた。透も筆記を閉じ、机の上を始末して廊下の水屋へゆき、筆や硯《すずり》を洗った。西面しているその廊下の向うは、五十尺ほどの空地をおいて、丸太の柵《さく》が廻《まわ》してあり、その先は馬場になっているが、いまそこでは二三十人の青年たちが、素面素籠手《すめんすこて》に木剣を持って、いさましく野試合をしていた。

かれらもみな学問所の学生であった。

多くは譜代大名の家臣か、旗本の二三男といったところで、年も十八九から二十二三くらいにみえた。旗本の三男、土屋万五郎というのが中心人物らしい、「士風作興」という名目で、その野試合を始めたのが半年ほどまえのことだ、ということを透は聞いた。

初めは講義の終ったあとでやったのだが、近ごろでは土屋の声がかかると、講義ちゅうでも立って出てゆくようになった。

馬場と学問所の講堂とは向き合っているから、かれらの絶叫や木剣の音はじかに聞えてくる。それは教官の官舎や、学長佐藤一斎の官舎に付属する塾へも聞えるに相違ない。もちろん幾たびか警告が出た、けれどもかれらは逆に抗議をし、自分たちは幕府の運命をになう者である、と云って、「青竜組」という小旗まで作った。

——時勢をよくみれば、学問などをしている場合でないことがわかる筈《はず》だ。

かれらはそう云った。

尊王攘夷《そんのうじょうい》などの説が全国にひろがるのも、勤王浪士などがうろつき廻るのも、根本は幕府の権力、威勢が衰退しているからだ、これを恢復《かいふく》するためにはまず力、若い年代の者がこぞって士風を作興し、いつでも幕府に殉ずる精神と実力を身に付けなければならない。

これ以外に、われわれ青年の生きる目的はない筈だ。

かれらはそう宣言した。

青竜組という旗印を作ってから、かれらは他の学生たちにも呼びかけ、組に参加するようにとすすめた。透はまだぶっつかったことはないが、少し気の弱い学生とみると、殆《ほと》んど脅迫的な態度をみせ、青竜組に参加しない人間は叛賊《はんぞく》だ、などとさえ罵《ののし》った。

「本気でそう思っているのか」

透は馬場の騒ぎを聞きながら、口の中でそっと呟《つぶや》いた。

「あんなに喚《わめ》き叫んだり、木剣を振り廻すだけで、幕府に殉ずる精神や実力が、身に付くと思っているのだろうか」

洗い終った硯や筆を拭《ふ》いていると、吉岡市造が足早に来て肩を叩《たた》いた。

「おみさんに会ったかね」と市造が云った。

「会いません」透は首を振った、「いっしょではなかったのですか」

「いっしょだったんだ、ここを出るときはいっしょだったし、半日ばかりはいっしょにいたんだが」と云いかけて市造は透を見た、「ちょっと話があるんだが、そこまでつきあわないか」

「ちょっと友達と約束があるんですが」と透は答えた、「おみさんのことですか」

「うん、少し心配なんだ」

「私も相談しなければならないことがあるので、二三日まえから会いたいと思っていたんですが、どうしたんですか」

「友達のほうは断われないか」

「断わってもいいです、門の外に待っている筈ですから」

　市造はちょっと考えた。

「いっそのことおみさんの部屋にしようか」と市造が云った、「道具の包は預かるから、断わったら、おみさんの部屋へ来てくれ」

　透は机へ戻って、書物や筆記や、筆硯を包み、それを市造に預けて去った。

　裏門の外に内藤と、ほかに平石、川上、松浦の三人が待っていた。透がわけを話すと、かれらは相談をしたうえ、用が済んだら内藤伊一郎の家へ来てくれ、と云った。内藤家は旗本で、神田橋御門の外にある、透は道順をよく聞いてから引返した。

　市造は寮長の部屋で、火鉢《ひばち》の火を直しながら、部屋付きの少年をからかっていた。透がはいってゆくと、市造は学僕を追いやり、坐《すわ》った透のほうへ火鉢をずらせて、口早に船仙での出来事を語った。

透は郷臣にひきあわされて、吉岡市造と幾たびか会っている。駿河《するが》の沼津藩士で、学問所にはもう三年以上もいるというが、講堂でみかけたことは殆んどない。年は二十六七になるようだが、言葉つきや態度は侍というよりも、町人かやくざといった感じで、透は好ましくない人物のように思っていた。

「おれは火の消えるまで見ていたんだ」と市造は話し続けた、「すぐ眼《め》の前なんだから、一人でも出て来れば見逭《みのが》す筈はない、ところが家が焼け落ち、火がすっかり消えてからも、おみさんはもとより、その紫さんも若い客も出て来ない」

透は黙ってあとを待った。

「それから火消しの者に、焼死者はないかと訊《き》いてみた」と市造はなお続けた。火が消えたばかりで、いますぐには捜せないが、人が焼死したとは思えない。三人も焼死者があれば煙の匂《にお》いでわかる、長いあいだ火事場で働いているから、その点は間違いないと思う。だが念のため焼け跡が冷めたら捜してみよう、火消しの者はそう云った。

「それが一昨夜のことだ」と市造は云った、「明くる朝またいってみたんだが、焼死者はなかったというし、船仙の女あるじと小女《こおんな》も行方が知れない、町方で探索ちゅうということなんだ」

「火元というわけですね」

「両隣りは無事だったから、捉《つか》まってもそう重い咎《とが》めは受けないだろうが、とにかく失火の罰は軽くないからな、おれもうっかりするとかかりあいだから、あんまり冗《くど》く訊いてまわることはできなかったんだ」

「その、——」と透が訊いた、「水谷さんが女あるじを出してやるとき、済んだらどこへゆけとか云われたそうですが」

「ああ、美代次といって、もと柳橋の芸妓《げいぎ》だったが、去年の春に芸妓をよして踊と三味線の師匠をしているんだ」

「訪ねてみましたか」

「いってみたがおみさんは来なかったし、おせんとおよしも一と足違いで出ていったというんだ」

透は考えてから云った。

「その船仙の二人は、水谷さんと打合せて出たのじゃありませんか」

「わからない」と云いかけて市造は振返った。廊下を近づいて来る足音が聞え、障子をあけたのは、水谷郷臣であった。

市造は口をあけ、そしてひどく吃《ども》った。

「これは、どういうことです」

「やあ」

郷臣は透の辞儀に答え、刀を置きながら坐った。

「なにを仰天しているんだ」と郷臣は市造を見た、「まさかおれのことを心配していたんじゃあないだろうな」

「心配したかっていうんですか」

「おれのことは心配するなと云った筈だ」

「しかしあの火をどうしました」と市造がむっとして云った、「私は討手《うって》の人数を分散させてやろうと思って、かれらをからかっているうちに火が出た、そして火消しが来るのを見たから、あなたがなにをおせんさんに命じたか察しがついた」

「道具が揃《そろ》えば子供だって察しがつくさ」

「だが、どうしてあなたが出て来るか、あの火の中をどうぬけだすかと、私ははらはらしながら見ていたんだ」

「御苦労なはなしだ」

「ところがあなたは出て来ない、焼け落ちてすっかり火が消えてもあらわれない」

「そしてここへあらわれたのさ、茶でも淹《い》れないか」

「茶を淹れろですって」

「湯が沸いてるじゃないか、その茶簞笥《ちゃだんす》の中もわかってるだろう」

「私が致しましょう」と透が云い、市造はそれより先に立ちあがった。

「おれは火の中になどいやあしなかった」と郷臣が云った、「市造たちが出ていってから、時を計って階下の内所へ火を仕掛け、三人いっしょに隣りの屋根へ出ていた」

「それならわかる筈ですよ」市造は茶の支度をしながらやり返した、「なにしろ私はすぐ前で見ていたんだから」

「刺客たちも同じことさ」と郷臣が云った、「屋根というものはまん中が高くなっている、向う側に身をひそめていれば、おまえたちのほうからは見えやしないさ」

「しかしそのまままいたわけじゃあないでしょう」

「おせんが甚兵衛《じんべえ》と打合せておいたんだ」

「甚兵衛、——そうか、今川町の鳶頭《とびがしら》ですね、そいつは気がつかなかった」市造は茶を淹れて、郷臣と透に渡し、自分にも一杯淹れながら云った、「どうも火消しの来るのが早すぎると思ったが、今川町なら一と跨《また》ぎですからね、しかしあそこも焼けたんじゃありませんか」

「ここは江戸だぜ」郷臣は茶を啜《すす》って云った、「地震と火事でやられたからって、江戸の火消しがぼやぼやしていると思うか、市造じゃああるまいし」

「形はなしか」と市造はつんとし、それからすぐに、「それであとはどうしました」と訊いた。

「纏《まとい》が立ったろう」

「ええ立ちました」

「纏持ちはどうして屋根へあがる」

市造が云った、「もちろん梯子《はしご》でしょう」

「梯子はどっちへ掛けた」

「さあてね」市造は首を捻《ひね》った。

「市造は纏持ちを見ていたんだろう」と郷臣が云った、「火事場で人が見るのは、どの纏が消し口を取るかということだ、市造には限らない、誰でもその場合になれば火勢と纏持ちに眼を奪われる、あの刺客たちも火事のほうに心をとられて、隣りの家に梯子が掛けられたことは見なかった」

「するとその、纏持ちの登った梯子から」

「かれらが店の前で協議をしていたときだ」

「三人ともですか」

「梯子の下は火消しの者でごった返していたからな」と云って郷臣は笑った、「それにしても、市造が男《お》谷《だに》下総《しもうさ》の道場で、免許を取った腕だとは知らなかったな」

「ちぇっ、おせんさんがまた」

「おまけにおれまで頭がよくって腕が立つそうで、だいぶ面目をほどこしたらしいじゃないか」

「私が男谷の道場で免許を取ったのは本当ですよ、尤《もっと》もそんな腕を使おうなどとは思いませんがね」と市造は云った、「そうすると、やっぱり、おせんさんが美代次のうちを出たのは」

「火元だからな、御《ご》朱引《しゆびき》うちでは危ないと思ったんだ」

「それにしても、しかし」と市造が訝《いぶか》しげな眼をした、「船仙だけで止ったからいいようなものの、火をかけるなどという思いきったことをする必要があったんですか」

郷臣は深く頷いた。

「必要だったんだ」と郷臣は云った、「あの晩の刺客はおれ一人を覘《ねら》ったんじゃない、客の一人、あの若いほうも片づけるつもりだったのさ」

「なに者です、あの美青年」

「名は云えない、本来おれには関係のないことだが、どうしても助けなければならない人物だったのだ」

「しかし関係がないのなら、あんな無謀なことまでして助けるというのは、どうも腑《ふ》におちないと思いますがね」

「おれに関係がないといって、一人の人間が刺客に囲まれたのを黙って見ていられるか」

　市造はまた首を捻った。

「そこが腑におちないんですよ」と市造は云った、「これまでおみさんという人は、一度でも本気になったところをみせたことがない、人が本気になってなにかすると、にやにや笑って皮肉を云うだけだったでしょう」

「褒《ほ》められるほどじゃないさ」

「そういう人なんだ」と市造は続けた、「そのおみさんが、しかも無関係な客のために、おせんさんに失火の罪のかかるようなことをするときては、これは絵解きをしてもらわなければわからないはなしですぜ」

「おれには関係はない」郷臣は冷やかに云った、「どんなことをしても助けなければならない人物だった、それ以上なにも云《い》うことはない、もう一杯茶を淹れて貰《もら》おう」

「いつもこの伝だ」と市造が云った、「はぐらかされるのは馴《な》れっこですがね」


市造が茶を淹れにかかり、郷臣は透を見た。

「杉浦は市造のつきあいか」

「ちょっと御相談がありまして」と云って、透は市造のほうへ眼をやった。郷臣は微笑しながら僅《わず》かに首を振った。

「市造にはなにを聞かれても構わない、どうしたのだ」

「御家中《ごかちゅう》のことですが」

「構わないから云ってみろ」

「並木第六という者を、ご存じですか」

「知っているようだな」

「四日まえのことですが」と云って透は、松崎かの子を預かった仔細《しさい》を語った。聞き終ってから暫《しばら》く、郷臣はなにか考えていて、それから念を押すように云った。

「佐伯が承知だと云ったな」

「そう繰り返して申しました」

「佐伯自身は来ないのか」

「一度もみえません」

「――福井藩の者」郷臣はまた考えて云った、「その松崎という女は福井藩の者だと云ったのだな」

「はい」と透は答えた。

「そのままずっといるのか」

「はい、家事を致しながら、一日じゅう引籠《ひきこも》っているようです、私が学問所へでかけたあとのことは存じませんが」

郷臣は声を低くして云った。

「おれが火を放って助けた客も福井藩士、橋本左内という者だ」

透は黙って郷臣の顔を見た。

「橋本左内ですって」茶を淹れて持って来ながら、吉岡市造が云った、「その名は聞いたことがありますね」

「市造は黙れ」と云って郷臣は透を見た、「おれは一昨日の夜、さる人にひきあわされて会った、おれは政治のことなど関心がないし、そういうことにかかわりたくもない、さる人、というのもじつは遊蕩《ゆうとう》だけのつきあいだったのだが、ちかごろは態度が変って、しきりに京方面の浪人や志士たちを近づけるようになった」

地震の夜、佃島《つくだじま》の沖で会う約束をしたのはその人だった。

ここでは「さる人」としか云えない、自然にわかるまでその名も身分も云えないが、佃島沖でその人が会わせようとしたのも、橋本左内だったそうだ。

しかし時刻におくれたのと、潮のぐあいで舟がまにあわず、そのうち地震になったため、却《かえ》って討手の騒ぎにもあわず、向うはそのまま引返し、一昨日の夜、改めて会うことになった。

ところがこんども、また刺客に囲まれた。

「おれは政治などにかかわりたくない」と郷臣が云った、「ひきあわされたとき、おれは初めにそう断わった、左内はそれをよく了解したうえで、時勢についての自分の考えや、これから為《な》すべきことを語った」

郷臣はそこで一と息し、茶を啜ってから続けた。

「政治に関心のないおれが、こんなことを云うのはおかしいが、左内という人物は非凡な見識をもっている、尊王《そんのう》を唱える人間の大部分がそうであるような、悲憤慷慨《ひふんこうがい》をしない、また王政復古という点でも、それだけが目的ではなく、日本という国ぜんたいを、世界と対照して考えている、こういう者こそ、これからの政治になくてはならない人物だろう、とおれは思った」

郷臣はそこで苦笑した。

「おれがこんなことを云うのはやはり可笑《おか》しい、たぶん左内という人物の印象が強かったためだろう」と彼は云った、「それでおれはどうしても左内を助けたかった、あんな気持になったのは初めてだが、どういう手段をとっても、助けてやりたかったのだ」

「すると」透が静かに訊いた、「松崎かの子という女もその橋本左内という者とかかわりがあるのでしょうか」

「わからない」郷臣は鬱陶《うっとう》しそうに云った、「これは想像にすぎないが、逆に、左内の動静をさぐりに来たのかもしれないと思う」

「それなら、私の住居にひきこもっていても、しようがないと思いますが」

「いろいろ仮説は立てられる」云いかけて郷臣は手を振った、「いや、そんな詮索《せんさく》をすることはない、なにを企《たくら》んでいるにせよ、黙って見ていればやがて尻尾《しっぽ》を出すだろう、いいからするままにさせておけ」

「もう一つあるのです」と透が云った、「安方伝八郎という者が国許《くにもと》から脱走してまいりました」

「安方、——覚えがないな」

「攘夷《じょうい》派の者で、なにか事を起こそうとしたところ、藩庁に探知されて何人か捕われ、安方だけが脱出して来た、という話ですが」

「そのことなら聞いた」と郷臣は頷《うなず》いた、「かれらは横浜の異人館へ焼討ちをかけようと計ったのだ」

透はちょっと眉《まゆ》をひそめた。

「正気の沙汰《さた》とは思えない」と郷臣は続けた、「国と国とで条約がむすばれた、幕府が条約をむすんだのは力の圧迫に負けたのではなく、開国しなければ日本の国ぜんたいが衰亡する、ということを知ったからだ、欧米諸国に比べて、日本の国がいかに弱体であるか、という事実を知らせれば、いまさら攘夷などと愚かなことを云う者はないだろう、それを隠蔽《いんぺい》する幕府の態度も悪いが、多少とも眼《め》のある者なら、そのくらいの理解がつかない筈《はず》はない」

「おみさん大いに説く」と市造がにやにやした、「せっかくの好天気ですからね、雪になんぞしないで下さいよ」

「中邑《なかむら》藩だけではない」と郷臣は構わず続けた、「狂信的に壮烈をよろこぶ連中が、これからも異人館焼討ちなどという、ばかなことを考えるだろう、気違いの相手になるな、うっちゃっておけ」

「しかし安方は、あなたに金のことを頼んでくれと申しておりましたが」

「金ぐらいやってもいい、しかしおれは会わないとはっきり云っておいてくれ」

「その話の途中のことですが」と云って透は、安方が町方与力に追われたこと、自分も訊問《じんもん》されたので、身分と名を正直に答えたことを語った。

「ばかな男だ」と郷臣は云った、「それで逃げのびたのか、捉《つか》まったのか」

「存じません、宿所はわかっていますが、近よらないほうがいいと思いますから、まだ慥《たし》かめてはいないのです」

「放っておけ」と郷臣が云った、「逃げのびたとすればやがてまたあらわれるだろう、そうしたら杉浦から金を渡してやるがいい」


郷臣は立って机の前へゆき、側用人《そばようにん》の泉屋半兵衛に宛《あ》てて、手紙を書き、戻って来て透に渡した。

「これを見せれば金が出る」と郷臣は云った、「その中から二十金だけやって、残りは杉浦が預かっていてくれ」

「こちらへ持ってまいりますか」

「いや、杉浦が預かってくれ」

「しかし私のお小屋には」と云いかけて透は黙った。

郷臣が微笑しながら頷くのを見て、ほぼその意味を察したからである。

なにか企んでいるなら、いまに必ず尻尾を出す、と郷臣は云った。透が多額な金を持っていることで、松崎かの子がなにか反応を示すかもしれない。たぶんそういう意味であろう、と透は思った。

友人と約束があるからと断わって、まもなく透はいとまを告げた。

内藤伊一郎の家はすぐにわかった。昌平橋を渡って、駿河台下を神田橋御門のほうへゆくと、右側に小屋敷が並んでいる。その中ほどの横丁に内藤家はあった。庭はさして広くないが、部屋数はかなりあるらしい。伊一郎の妹とみえる、十五歳ばかりの少女に案内されて、長い廊下を曲り、離れのようになっている八帖《じょう》へとおされた。

そこには伊一郎はじめ、平石頼三郎、川上和助、松浦糺《ただす》の三人がい、茶と菓子が出してあった。

学問所には大別して三種類の学生がいる。一は教官の講義を鵜《う》呑《の》みにして、くそまじめに勉強をする者たち、二は自分に学力があって、教授になる資格を取るためにだけ通学する者たち、その三は家柄《いえがら》がよくて、頭はわるいが学問所や教官たちを嘲笑《ちょうしょう》し、素読吟味など受けようともしない者たち、などである。

もちろん、三種類に分けた中にも、いろいろ変った性格があるには違いないが、そこに集まった四人は、ほぼ第一の勤勉な学生たちに属していた。

「おれから話そう」

透が坐《すわ》ると、内藤伊一郎が口を切った、「これはまだ発表されてはいないが、杉浦は九段下にある洋学所を知っているな」

「聞いたことがある程度です」

「いまは蘭学《らんがく》しか教えていない」と内藤は続けた、「しかし近く改革されて、英、仏をはじめ、欧米諸国の学問を教えることになるそうだ」

「蕃書調所《ばんしょしらべしょ》と改められるらしいな」平石が云った、「杉田成卿《せいけい》先生が教官の一人になるそうだ」

「杉浦はどう思うか知らないが」と内藤がさらに続けた、「われわれはまえから学問所で勉強することに疑問をもっていた。いまさら儒学をまなんでも、これからの時代には役立ちそうもない、現にアメリカ、イギリス、それにロシアとも和親条約がむすばれたし、これら諸国との交渉だけ考えても、なにをまなばなければならないかは明らかだと思う」

透は頷き、内藤は続けた。

「学問所でまなんでいるのは、儒学といっても古典の字句の末節をもてあそぶ煩瑣《はんさ》論か、史、詩、易《えき》、礼《らい》、楽、そのほか殆《ほと》んど死物に近いものだ、これはもう学問とはいえない、これからわれわれのまなぶべきことは、もっとほかにあると思うんだ、たとえば」そう云って内藤は、数冊の写本を透の手に渡した。

透の受取った写本の題簽《だいせん》には「窮理通《きゆうりつう》 帆足万里《ほあしばんり》」と書いてあった。表紙を繰ると、まず篇目として、左のような項目が列記されていた。

巻之一
原暦第一
大界第二
小界第三
巻之二
地球第四上
巻之三

地球第四下
巻之四
引力第五上
巻之五
引力第五中
巻之六
引力第五下
巻之七
大気第六
巻之八
発気第七
諸生第八

そしてざっと内容をめくると、大小の円や角や、線などの図があり、要点に甲乙丙丁などの記号が印され、文章は漢文であるが、ところどころ、外国の地名か人名らしいものに振り仮名が付いていた。

「帆足万里という名は聞いていました」と透が云った、「豊後《ぶんご》にいる学者でしょう、私の藩からもかつて入門しにいった者があります、しかし、こういう著書があるとは知りませんでした」

「次を見て下さい」と松浦紀が云った、「それは私が筆写したものです」

透はそれを見た。

第一冊には「亜氏舎密加《あしセイミカ》」とあり、第二冊めには「須氏《すし》物理小解」とあった。

「われわれ四人は、半年まえから、日をきめて集まってこれらの書物の解読をして来た」と内藤が云った、「日月の運行とか、地球とか、地球に引力という作用があるとか、物質の本体とその変化、などということは、現実とはかけはなれた問題のようだが、よく考えてみると、われわれの祖先に手の出なかった銃や砲、また汽船などが発明されたのも、みなこういう基礎的な学問によるので、これこそわれわれがまなばなければならないもの、しんじつ学問というものだと思うんだ」

「わかった」と透が云った、「私も学問所へ通学することには、それほど大きな意味は感じられなかった、なにかもっと学問らしい学問がある筈だと思っていたんですが、なにしろ給費生という立場なものですから」

「しかし水谷さんという人がいるでしょう」と川上和助が云った、「じつを云うと、われわれにこういう書物のあることを教えてくれたのは、あの人だったんですよ」

「おみ、——いや、水谷さんがですか」

「杉浦が学問所へはいれたのも水谷さんの助力だと聞いた」と内藤が云った、「私は水谷さんは好きではない、たしかに、これらの書物のあることを教えられたし、これからの学問がどうあるべきか、ということについても啓蒙《けいもう》された点が少なくない、しかし水谷さん自身は犬儒派《けんじゆは》きどりで」

「いや、その話はべつだよ」と平石が遮《さえぎ》った、「いまここで水谷さんの批評をしてもしようがない、あの人はあの人でいいよ」

「いや、おれはあの人が危険だということを云っておきたいんだ」と内藤が静かに云った、「水谷という人は中邑藩宗間家の一族だから金にも不自由しないし、あのとおり博学多識なうえに人品もぬきんでている、学生たちばかりでなく、学問所の教官たちの中にさえ心酔している人があるくらいだ、平石などもその例だが、いや、これは平石を非難するのではない、おれ自身もひところは心酔者の一人だったよ、しかし或《あ》るとき気がついたんだ、あの人の知識は物を創造したり積みあげたりするものではなく、そういう人間的努力を嘲弄《ちようろう》するものだということ」

「それは過酷な評だ」と平石が遮った、「たしかに、水谷さんは皮肉だし、我儘《わがまま》であったり放蕩もするようだ、しかし人間的努力を嘲笑するなどということはない、そんなことは決してないよ」
「水谷さんのことはそれでいいじゃないか」川上和助が云《い》った、「とにかく杉浦には水谷さんという助力者があるんだ、藩の給費生だとしても、水谷さんに相談すればなんとかなるんじゃないかな」
「それはやってみますが」と透が云った、「聞くところによると洋学所でも、蘭学者の門人とか、特に語学の才能のある者だけが選ばれるのではありませんか」
「蘭学閥のあることは事実だ」と内藤が答えた、「けれども蕃書調所が開校されることになれば、そういう閥だけで独占できるものではないし、養成する学生も必要になって来ると思う」
「それで杉浦もわれわれの集まりに加わって、こういう勉強をやってみたらどうか」と平石が云った、「そう思ってここへ来てもらったんだが、やってみる気持はないか」
「やりたいと思いますね」
透は写本の一冊を取って、頁《ページ》をめくりながら云った、「すぐ水谷さんに話してみましょう、おそらく問題はないと思いますが、この写本を借りることはできないでしょうか」
「一冊ずつでよければ」と内藤が云った、「窮理通のほうを貸そう、版行されているそうだが、まだ手にはいらないので、われわれにとっては大事な書物なんだ」

「一冊で結構です」透はその一冊を取った、「巻之四の引力というのを拝借していいですか」

「算数がうまくないとわからないが、まあ見るだけでもいいだろうね、面白いよ」と内藤が云った。

さっき透を案内した少女が茶を淹《い》れ替えに来た。

「こちらは杉浦透」内藤はそう云って透を見た、「妹のふくというんだ」

二人は挨拶《あいさつ》した。

透は少女が赤くなるのを見て、ちょっとどきりとした。房野なほに似ている、伏せた睫《まつげ》毛の下から、ちらっと見あげたまなざしが、なほの少女時代にそっくりのように思えた。

「こんなやつもないものだ」と内藤が云った、「十五にもなるのに、まだ母親と寝たがるんだからな」

「嘘《うそ》ばかり」と少女はやさしく兄を睨《にら》んだ、「お兄さまこそ母さまに甘えてばかりいらっしゃるわ」

ふくが笑いながら去り、みんな茶を啜《すす》った。

「世間のようすが変って来たようだな」平石頼三郎がふとそう云った、「諸藩の革新派や、勤王志士《きんのう》とかいう連中が、これまでは多く公武合体、つまり朝廷と幕府を一つにした政体、というものを目標にしていたようだが、近ごろでは王政復古、倒幕という論が強くなって来たらしい」

「倒幕か」と松浦紀が云った、「おれもよくそれを聞くが、実際にやれるとは思えないな」

「それはわからないさ」川上和助が少し吃《ども》りながら云った、「尊王思想というものは、日本人ぜんたいの心の深部にゆきわたっているし」

「水戸家からだな」と平石が口を挟《はさ》んだ、「大日本史が根本で、会沢安《やすし》の新論が筒先になった、ああいう狂気じみた、ものに憑《つ》かれたような主張が、人の心をひきつける時代なんだろう」

「佐藤（一斎）先生もそう云われていた」と内藤が静かに云った、「水戸藩の思想はかたくなで偏し過ぎる、あれは水戸学とでもいって区別すべきものだと」

「そういう鑑識のある者はいいが、この騒然とした時勢では声の高い、表現の激しい言葉が人の耳をとらえる」と平石が云った、「それに浪人問題もあるしね、うっかりするとと倒幕という事が実現するかもしれないぞ」

「そうなれば日本じゅうが焼け野原だな」

松浦紀が云った、「幕府だって黙って潰《つぶ》されはしないだろう、もし大藩がこぞって倒幕に踏み切れば、米、英に武力援助を求めても応戦するだろうと思う、関ヶ原などとは戦法がまるで違うから、国土を焼け野原にする覚悟がない限り、倒幕などということは実行できやしないよ」

「しかし幕府が」と平石が云った、「外国の武力援助を乞《こ》う、などという不面目《ふめんぼく》なことをするだろうか」

すると内藤が云った、「こちらで援助を求めなくとも、米、英諸国は黙ってはいないね、かれらは長崎、横浜などの諸港で、すでに貿易を始めているし、商館も持っている、かれらはその権益を護《まも》るために、必ず武力関渉をして来ると思う」

「鴉片《アヘン》戦争の例があるか」

「鴉片戦争のようにだ」と内藤が頷いた、「イギリスは鴉片という麻薬の権益を護るため清国《しんこく》に戦争を仕掛け、その結果として香港《ホンコン》を奪い取った、僅《わず》か十二三年まえのことだ」

四人は暫《しばら》く黙った。

それは暗くて不安な、重苦しい気分に圧倒されたためのようであった。毒素を含んだ空気の中で、いまにも呼吸困難におそわれるような不安。一寸先もわからない闇《やみ》の中で道を見失い、すぐ爪先《つまさき》に断崖《だんがい》があるのを感ずるような不安に似ていた。

「仮に倒幕が実現したとして」と川上和助が云った、「われわれはいったいどうなるだろう」

誰もそれには答えなかった。

四人が四人、同じことを考えていたのだ。倒幕という目標のために、戦国時代のような状態が起こるとすれば、たとえ外国の武力介入がなくとも、国内は相当ひどいことになるだろう。——透は学問所の馬場で、野試合をしている青年たちの、勇壮な叫び声を思いだしながら、深い溜息《ためいき》をもらした。

「われわれがどうなるか」と暫くして松浦が云った、「ここで考えてもしようのない問題だが、こんどは覇者《はしゃ》交代ではない、幕府という政体が崩壊するとすれば、この国ぜんたいの変革だからな」

「それはどうだかな」平石が云った、「これだけ長い武家政治の歴史が、十年や二十年で転覆できるものかどうか、おれはやはり覇者交代、おそらく薩長《さっちょう》のあいだで天下を料理《りょう》るだろうと思う」

「おかしいな」内藤が微笑しながら云った、「こうやって話していると、みんなが幕府の潰れることを信じているようじゃないか、一人くらい異論は出ないものかね」

「杉浦はまだなにも云わないな」

四人が透を見た。

「私は政治のことは考えません」と透が云った。

するとと松浦が云い返した、「考えないと云っても、現に、われわれの当面している現実だとは思わないか」

「それぞれの立場によるでしょう」と透はゆっくり答えた、「じつは私の身辺にもいろいろ問題が起こっています、その背後にあるのは尊王攘夷《じょうい》の動きで、その人たちにとっては身命を賭《と》する価値のあることでしょう、しかし、どんなにそれが重大であっても、あらゆる人間がなにもかも棄《す》ててその事にうちこむ、という必要があるでしょうか」

「おれにはおれの道があるということか」

「私はそう思います」透はやわらかに云った、「政治だけが大切なのではなく、米を作り魚を獲《と》り布を織ることも欠かせないし、学問はさらに大切な、ゆるがせならぬものだと信じます、特にこういう学問」

彼は脇《わき》にある写本に眼《め》をやって続けた、「舎密加《セイミカ》とか物理などの新らしい学問は、幕府の興亡よりはるかに大切であり、しかも急を要することだと信じます」

内藤伊一郎がさっき云ったばかりである。われわれの祖先に手の出なかった、銃、砲、汽船なども、こういう基礎的な学問がなかったためだと。現に当面している情勢の中で、王政復古派と幕府のあいだに戦争状態が起こったとすると、なにより恐れなければならないのは外国の武力介入であろう。どうして恐れなければならないか。

——鴉片戦争の前例があるということ。

また、そういう不法な侵略を強行するに必要な力、つまり格段にひらきのある武力をかれらが持っているということ、その力はかれらの学問によって生れたものだということであろう。とすれば、国力の根源となる新らしい学問こそ、なにより大切であり急を要する問題ではないか。

透はこう思ったのであるが、口には出さなかった。もちろん、四人にもその意味は通じたのであろう、内藤がそっと首を振りながら云った。

「どうやら杉浦にさらわれたようだな」

「それは本心かね」と川上和助が透に訊《き》いた、「そう割切ってしまって、不安というものは少しも感じないかね」

透はちょっと返答に詰った。

「仮に幕府が潰れるとして」と川上はたたみかけた、「日本ぜんたいに変革が起こった場合、学問にうちこむような自由やゆとりまで奪われてしまう、という不安はないかね」

内藤は飲んでしまった茶碗《ちゃわん》をみつめてい、松浦は片手でうしろ首を揉《も》んでいた。

「私はこう思う」と透は慎重に云った、「こんな時代、いや、どんな時代にも若い世代の者には不安がつきまとうのではないか」

「おれの云うのは現実の問題についてだ」

「ではそれを先にしよう」

透は温和《おとな》しく受けた、「われわれの将来がどうなるかわからない、という不安は私も感じます、しかしそのために足を取られなければ、その不安は却《かえ》って学問にうちこむ力になってくれはしないか、将来どうなるか不明だとすれば、できるうちにやるだけのことをやる気になるものだろう」

「世の中が泰平なら泰平で」と透は静かに続けた、「若い人間にはやはり不安とか不満とか怒りや失望がつきまとう、なぜなら、若い人間は既にある社会状態の中へ割込んでゆくので、初めて海へ漕《こ》ぎだす船のように、事の大小強弱の差はあれ、不安や怖《おそ》れを感じない者はない筈《はず》だ、われわれにとって大事なのは、自分の信ずる道に迷わないことだと思う」

「杉浦もやっぱり不安なことは不安なんだな」と内藤が微笑した、「いまの杉浦の一般論はべつとしても、現在おれたちのぶっつかっている大きな不安、——怖れと云ってもいいだろうが、おれたちは学問をすることに腰を据《す》えて、この道を守りとおすよりしようがない、幕府が存続しようと、公武合体になろうと、また幕府が潰れて政体の変革が起ころうと、この国の進歩のためにはこういう基礎的な学問がなにより必要であるし、その学問をやりぬくことがおれたちのたたかいなんだよ」

「少し饒舌《しゃべ》りすぎたかな」

平石が苦笑しながら、自分の脇に置いてあった本を取りあげて云った、「どう考えたって不安は不安だよ、むりにそれを避けることはないし、避けられるものでもない、大事な点はいま杉浦の云った、それに足を取られるな、ということだけだな、昌平黌《しょうへいこう》の馬場でぽんぽんやっている連中や、わけもわからずに尊王攘夷派へとびこむ連中は、いずれもこの不安に耐えきれなかったんだ、少数の、まじめな、正しい信念をもっている者はべつとしてね」

「おれたちのようにか」

「この不安な状態を、それなりに認めることだ」と平石が構わずに続けた、「不安を感じたり怯《おび》えたりするのも、おれたちが人間であり、生きている証拠だからね」

「平石も饒舌りすぎたな」と川上和助が云った、「それはそのくらいにして、そろそろ輪講にかかろうじゃないか」

平石が本をひらき、内藤が透を見た。

「杉浦も聞いてゆかないか」

「いや、今日は失礼しよう」

透は風呂敷《ふろしき》包を解いて、借りた写本をしまいながら云った、「途中から聞いたのではわからないだろうし、みんなの邪魔になっては悪い、自分で少しやってみてからにするよ」

「それもいいだろう」内藤は机の上の鈴を振った、「毎月二の日と七の日に集まることになってるからね」

透は頷《うなず》いた。

妹のふくが来、内藤が「お帰りだ」と云った。透はみんなに会釈《えしゃく》して立ちあがり、廊下へ出ると、ふくがにっと頰笑《ほほえ》みかけた。

「杉浦さまだけお帰りですの」歩きだしながらふくが訊き、透のほうを見あげた。

頰がきりっと緊《し》まって、眉《まゆ》のはっきりした、愛くるしい顔だちである。ちょっと尻《しり》下《さが》りな眼つきや、いま切った傷痕《きずあと》のような、鮮やかに赤く湿った唇《くちびる》などには、少女期から娘時代に移りかけていることを示すような、無意識の媚《こび》が感じられ、透はわれ知らず頰笑み返した。

「またいらっしゃるのでしょう」とふくは問いかけた。

透は頷いた、「うかがいます」

ふくは大胆に透を凝視した。長い睫毛の蔭《かげ》から上眼づかいにみつめる眼は、まだ少女らしい好奇心と、好意に満ちたものであった。

――なほとは似ていない。

透はそう思った。座敷でひきあわされたとき、彼女はいまと同じまなざしを見せ、そのときは房野なほにそっくりだと思ったが、それはまったくべつのものであり、似ているところなど少しもない、ということに、透は気がついた。

「あ、杉浦さまちょっと」

廊下を曲ったところで、ふくは透の腕に触りながら立停《たちどま》り、庭のほうを指さした。

「あの鳥、知っていらっしゃいまして」

中庭の小さな池の脇に、六尺に八尺ほどの大きな金網を張った小舎《こや》があり、その中に幾種類かの小鳥と、一羽の白鷺《しらさぎ》がいた。

「どの鳥ですか」

「あの白い、大きいほう」

ふくは透の軀《からだ》により添った。着物をとおして、少女のやわらかい躰温《たいおん》が感じられた。

「白鷺でしょう」

「まあ、よく知っていらっしゃるのね」とふくは云った、「あの白鷺、足が片っぽびっこですの」

透は少女を見た。ふくは鼻柱へ皺《しわ》をよせて笑い、その鳥が「ちょうげん坊」とか「りょうげん坊」とかいう鷹《たか》に足をやられ、庭へ落ちて来たところを自分が救ったのだ、と語った。そのなんとかいう鷹は庭まで追っかけて来、ふくはちょうど庭にいたので、竹棹《たけざお》でもって追い払ってやったのだ、とも云った。

「でもね、餌《えさ》がたいへんなの」

ふくは歩きだしながら云った、「どじょうとか鮒《ふな》とか、活《い》きたのか新らしい小魚をやらなければならないでしょ、お金がかかるし、そのうえ臭いのよ、お父さまもお母さまも放してしまえと仰《おっ》しゃるんだけれど、ふくは足が治るまで面倒をみてやるつもりなんです」

透は微笑しながら云《い》った、「あなたは妹か弟が、欲しいのでしょう」

ふくは「あら」と眼をみはった、「どうしておわかりになって」

「冗談ですよ」と透は云った、「もうここで結構です、あとはわかりますから」

「またいらしって」

「うかがいます」

きっとね、と云ってふくは透をみつめた。透は頷いて会釈をし、玄関のほうへ出ていった。

内藤家を出て雉子《きじ》橋《ばし》御門のほうへ向いながら、透は平石頼三郎の云った言葉を、頭の中で繰り返してみた。

——不安を感じたり、怯えたりするのも、おれたちが人間であり、生きている証拠だからね。

透は歩きながら、静かに額をあげた。

血の絆《きずな》

水谷郷臣は酒肴《しゅこう》の膳《ぜん》を前に坐《すわ》っていた。黒い紋服に継ぎ裃《かみしも》で、月代《さかやき》も髭《ひげ》もきれいに剃《そ》り、剃りあとが青ずんでみえた。

ここは大手外にある宗間家の上屋敷で、その座敷は別棟《べつむね》の数寄屋《すきや》、郷臣の脇《わき》には生《い》駒《こま》小十郎という若者が、給仕のために坐っていた。郷臣がそこへとおされて、もう半《はん》刻《とき》以上になる。家老と側用人《そばようにん》が挨拶《あいさつ》に来、膳部は運ばれたが、兄の出て来るようすはなかった。

——兄ではない。

郷臣はそう思う。

——彼は大膳太夫《だいぜんのだいぶ》充邦、自分はその家臣にすぎない。

父の長門守《ながとのかみ》益邦には男女九人の子があった。長子の充邦が家督をし、二、三、五男は他家へ養嗣子《ようしし》にゆき、四男の郷臣は水谷を名のって、千二百石で家臣になった。中《なか》邑《むら》藩にはべつに水谷姓があり、郷臣は「一門」と区別されている。

その区別はかなりはっきりしたものだ。少年時代から、周囲の者は敬称を付けて彼を呼んだ。郷臣を名のるようになると、かれらは「臣《おみ》さま」或《ある》いはもっと親しく「おみさん」と呼ぶようになった。

そう呼ぶ者の気持には、尊敬と親近感があったであろう。しかし、郷臣がそれに馴《な》れるには、かなりな年月と忍耐が必要であった。なぜなら、彼のような立場にある者の多くは、周囲の者の蔑視《べっし》に対して敏感だからだ。

――一門といっても家臣にすぎないではないか。

臆測《おくそく》ではない、現実にそういう態度を示す者が少なからずいた。

たとえば、他家の養嗣子になった三人の兄弟が、祝宴などで宗間家へ招かれると、長兄である藩主充邦と同席に坐るが、郷臣は家臣の席に並ばなければならない。そういうとき、意地の悪い家来たちの中から、わざと聞えるような囁《ささや》き声が起こる。

――臣《おみ》さまも不運なお生れつきだ、本来ならあのお席に坐れる筈《はず》だったのにな。

――なに、御自分でまねかれたことさ。

そんなたぐいのもので、悪意というほどのことはないが、実際には「悪意のない蔭《かげ》口《ぐち》」ほどやりきれないものはない。悪意があるなら問い詰めて、是非の裁きをつけることもできるが、その場だけの蔭口では聞きながすよりしようがないからである。

郷臣はもうそれには馴れた。

彼は剣術とやわらに熱中し、学問に没頭した。それには二つの目標ができ、その目標が彼を力づけたからである、――これについてはのちに語るが、やがてその目標は、泡《あわ》の消えるように彼の眼《め》から消え去り、彼の放蕩《ほうとう》が始まったのである。

兄の充邦とは、そのころからうまくゆかなくなった。九人きょうだいの中で、充邦と彼と、松平宗弘へ嫁《か》した妹の三人だけが、正室である同じ母から生れた。それで郷臣は特に長兄とその妹とに親しい愛情を感じていたし、長兄もまた自分に対して、他の弟妹とは違った愛情をもっているように信じていた。

――他家へ養子に出さないのもそのためだろう。

水谷を名のって家臣の列に加えられたとき、郷臣はひそかにそう思った。けれども、いまではそうは思っていない。自分が変ったためかもしれないが、よく考えてみると、初めから兄は自分のことなど念頭になかった、というように思えるのであった。

今日は正月十七日、郷臣は兄の大膳太夫から呼ばれて、この上屋敷へ来た。

一昨年から、年賀の宴には出られなくなっていた。べつに呼ぶから、年賀には遠慮するように、と云《い》われたのである。

った。

そんな面白くもない席に、出ないで済むのは有難いと思った。それは正直な気持だったが、疎外《そがい》された、のけ者にされた、という感じが付きまとうことも避けられなかった。

——それは有難い。

宗間家には大藩の親族がある。これは大名諸侯ならどこでもそうだろうが、代々にわたって他藩との婚姻がむすばれるので、糸をたぐると、どこまでが親族関係であるか、判断のしにくい場合さえもあった。

あとでわかったことだが、郷臣が疎外されたのは、親族に当るその北国の大藩の意向によるものであったようだ。

郷臣にとって次兄に当る義教《よしのり》と三兄の義治《よしはる》とは、その大藩の支族の養嗣子になっていた。そうして、いま東北ぜんたいが「奥羽連盟」という紐帯《ちゆうたい》によってむすばれ、幕府護立の勢力を固めようとしている。——だが、そのかたちは絶対なものではない、どこの藩にも時代の動きに敏感な人間がいるし、京都からのひそかな手ものびて来る、その一は「密勅」という形容にあらわれていて、各藩とも拒絶することができない。

要約していうと、奥羽連盟を裏返しにすれば、最小限そのまま「公武合体」のかたちになるので、さればこそ各藩の当局者は、藩論の偏向をきびしく警戒していた。

――郷臣どのの行動は好ましくない。

親族の諸侯から、そういう注意が充邦にしばしばあった。それはこれまでに二度、郷臣が充邦に呼びつけられたとき、その叱責《しっせき》する口裏からはっきり感じられたことであった。

――今日もまた小言だろう。

郷臣がそう思っていると、脇に控えていた生駒小十郎が、「あ」と小さく声をあげた。

「鶯《うぐいす》でございます」

郷臣が振向くと、小十郎は中庭のほうを手で示した。若木の松林の中に、梅ノ木が枝を張っていた。遠くてよく見えないが、まだ花は咲いていないようだ。その梅ノ木のあたりで、おぼつかなげに鶯の鳴くのが聞えた。

小十郎は笑って云った。

「まだ片ことでございますね」

郷臣は頷《うなず》いた。

「お城から飛んで来るのです」と小十郎が云った、「初めはいつもあのように片ことで、ちょうど人間の子供のようで可笑《おか》しゅうございます」

鶯はまた鳴いた。

ちち、きょきょっ、という声で拍子を取って、ほけきょうと鳴くのだが、音がずれて妙なふうに崩れてしまい、自分でも恥ずかしいのか、あとをあいまいにごまかして鳴きやむ。もちろん、小鳥にそんな感情がある筈はないけれども、その鳴き尻《じり》にはいかにも「自分のぶきようさが恥ずかしい」といった感じがあらわれていて、郷臣もつい可笑しくなった。

「いかがでしょう」と小十郎が云った、「盃《さかずき》をお取り下さいませんでしょうか」

郷臣の顔色がゆるんだのを認めたらしい。郷臣は振向いて小十郎を見た。小十郎は銚子《ちょうし》を取ろうとしたが、郷臣は首を振った。

「そう気を使うな、私はこれでいいのだ」

小十郎は手を引込めた。

おまえは江戸の育ちか、郷臣がそう訊《き》こうとしたとき、渡り廊下に人のけはいがして、近習《きんじゅう》がしらの渡辺理兵衛が、すべるようにはいって来、あけてある襖際《ふすまぎわ》に坐って

「お成りです」と云った。

郷臣は両手を膝《ひざ》に置き、頭を垂れた。

数寄屋なので上段はない。小姓二人を伴《つ》れた充邦は、まっすぐに来て、設けてある上座に坐り、坐るとすぐに人払いを命じた。

「みなさがれ」と云って充邦は小姓に顎《あご》を振った、「そのほうも刀を置いてさがれ」

生駒小十郎は給仕に残るべきかどうかと、迷っているようすだったが、充邦の眼を見て座をすべった。小姓は捧《ささ》げていた刀を、充邦の脇にある刀架《かたなかけ》にかけ、他の者といっしょに出ていった。

「挨拶には及ばない」と充邦が云った、「呼ばれた意味はわかっているだろうな」

畳へおろした手を、郷臣は静かに膝へ戻しながら充邦を見た。

充邦は三十八歳、郷臣は二十六歳になったのだから、年は一とまわり違う。充邦は角張った肉付のいい顔で、眉《まゆ》が太く、唇《くちびる》が厚く、眼が大きい。郷臣とは反対に、すべてが大づくりで、背丈も六尺たっぷりはあるだろう。手首から手の甲へかけて、ちぢれた毛が生えていた。

「年賀のお招きだと存じました」と郷臣は答え、まだ手をつけてない膳部へ眼をやった。

「知らぬふりをするな」充邦の口がひき緊《し》まった、「素性も知れぬ浪士や、無謀な家臣どもを近よせるなと云った、二度も念を押してあるのに、どうして守ることができないのだ」

「できるだけ守ろうとしているのです、しかしそれは仰《おお》せつけられたからではなく、私自身そういうことに興味がないためで、これはまえにも申上げたとおりです」

「安方という者はどうだ」充邦の眼がするどく光った、「安方伝八郎のことを、どう弁明するつもりだ」

郷臣はすぐにはその名を思いだせなかった。充邦はそこで怒った。郷臣がとぼけていると思ったらしい。珍らしく高い声で、隠すなと叫んだ。

「おれにはみんなわかっている、その者に多額な金を与えたこともわかっているぞ」

郷臣は思いだした。

去年の十一月末か十二月になってからか、杉浦透に金の用意をさせたことがある。安方伝八郎が金に困っているというので、側用人の泉屋半兵衛から金を引出し、杉浦に預かっておけと云った。安方が来たらその中から二十両だけ渡せ、とも云った。

——杉浦とはその後しばしば会っているが、安方のことも聞かないし、もちろん金を渡したという話もまだ聞かない。もしそういうことがあれば、杉浦なら報告しない筈はないので、さては安方が捉《つか》まったな、と郷臣は直感した。

「それはなにかのお聞き違いです、私はその者に金を与えてはおりません」

「安方が自白しているぞ」

「とすれば、それは偽りの自白です」

「対決させようか」

「お望みならどうぞ」と云って彼は充邦を見た、「但《ただ》しうかがいますが、その者が私から金を受取ったと申した場合、どちらをお信じになるでしょうか」

充邦はじっと郷臣の眼をみつめた。まるで錐《きり》を揉《も》み込むように、するどい眼でみつめ、その視線を動かさずに云った。

「そう云われる覚えがあるのか」

「こんどだけではありません」

「安方がそう云うだろう、ということがわかっているのだな」

「前例がたびたびあるからです」

「どういうことだ」

「私を宗間家から除こうとする者がいて、それらが殿に、私の素行を歪《ゆが》めて伝えるのです、いやお聞き下さい、私は繰り返して申上げましたとおり」

充邦は強く首を振った、「聞きたくない、さようなめめしい言葉は聞きたくない」

「しかし、どういうことだとお訊きになりました」

「家中に中傷者がいるなどという、みれんな言葉を聞こうとは思わない、安方と対決したとき彼がなにを申すかということを、どうして事前に断わるのか、それについて前例があるとはどういう意味か、ということを訊いているのだ」

「私はそれを申上げたのです」郷臣は声を低くした。

――兄は知らないのだろうか。

知っていてそんな顔のできる兄ではない。おそらく兄は知らないのだ。ではうちあけて云うべきときではないか。云っても信じないかもしれないが、黙っていては事がうるさくなるばかりだし、少なくとも、兄の指図によるものであるかないか、ということだけはわかるだろう、郷臣はそう思った。

「めめしいとか、みれんな気持などで申すのではありません、宗間家から私を除こうとする者はいるのです」

郷臣は低い声で云った、「私はこれまでに二度、刺客に襲われました」

充邦の眼が細められた。

「一度は十月の地震の夜、次はそれから三十余日ののちのことです」

「よもや、――」と云いかけて、充邦はいちど口をつぐみ、それから、疑わしげに訊き返した。

「思い違いではあるまいな」

「少なくとも、刺客の一人は名をあげることもできます」

「なに者だ」

「いまは申せません」

「この上屋敷の者か」

「時が来たら申上げます」と郷臣は答えた、「そうでなくとも騒がしいおりですから、いまは申上げかねます」

充邦は懐紙を出して唇を拭《ふ》き、庭のほうへ眼をやってから、すぐに郷臣のほうへ振向いた。

「おれには信じられない」

「その必要もございません」と郷臣が静かに云った、「あれが殿の御意志によるものでない、ということがわかれば、私の申上げたこと、すなわち、私を宗間家から除こうとする者がいる、と申したこともわかって頂けると思います」

「自分の素行に誤りはないと云うのか」

「そうは申しません」郷臣はじっと充邦を見た、「私にはいろいろ欠点もございますし、自分でも救いがたいほどの乱行も致します、けれども、素性も知れぬ浪士や、無思慮な若者どもを近づけるようなことはございません」

「では安方とのことは無根なのだな」

「会ったこともないのです」と郷臣は答えた、「国許《くにもと》において異人館焼討ちの隠謀があらわれ、捕えられた中より脱走した者があると聞きました、それからほどなく、中屋敷の一人が途上で安方に呼び止められ、私に金の無心を頼まれたというのです」

「安方はそのとき町方の役人に捉まったということだ」

「――それでは」と郷臣が反問した、「浪人者として扱われたのですか」

「町方はそう思ったそうだ、むろん辞儀にすぎないだろうが、穏やかならぬことを高声に申しながら通るので、訊問《じんもん》しようとすると逃げた、そこで追手をかけて捕えたところ、初めは身分も名も秘していながら、ついには中邑藩士と名のったという」

「ばかな男だ」

「生田《いけだ》がうまく捌《さば》いた」

「生田、――家老ですか」

「留守役の外記《げき》だ」と充邦が云った、「異人館焼討ちの件と、一味捕縛のことは届けであったので、同人を国許へ護送すると答えたところ、書類をもって大目付へ申達されたい、と内意を述べてまいったそうだ」

「異論が出たのですね」

「大部分は、藩士にあらずとすべしという意見だった、どこの藩でも、脱藩者で幕吏に捕えられた者はそうするというのだ、しかしおれは外記の意見をとった」

郷臣は膳部《ぜんぶ》を見て云った。

「頂戴《ちょうだい》してよろしゅうございますか」

「冷えたであろう、替えさせるから待て」

「いや、これを頂戴いたします」郷臣は膳部を引寄せた。

すると、充邦が立って来て、郷臣と相対して坐《すわ》り、銚子を取ろうとした。郷臣は辞退をし、次に、ではまず殿にと、自分で銚子を取った。

「私はおながれを頂きます」と郷臣は云った、「御同席では恐れいります、どうぞお席へお直り下さい」

「今日は兄と弟だ、おれも真五郎《しんごろう》と呼ぶから、おまえも殿などと申すな」

郷臣は眼を伏せた。

充邦は飲んだ盃を郷臣に与え、酌《しゃく》をしてやった。郷臣は気をゆるさなかった。充邦は気分の変化の激しい性質である。十二歳も年の差があるのに、向きあっていると、郷臣はいつも自分が兄であるように感じたものだ。

充邦はそのように育てられた。

天明、天保と続いた饑饉《ききん》で、中邑藩は徹底的な打撃を受け、財政再建のために非常な困難を克服して来た。維徳院《いとくいん》と呼ばれるかれらの父、先代の益邦は、そういう困難の中で充邦をできるだけ寛闊《かんかつ》な、細事にこだわらない人間に育てようとした。それはそのとおりにいったが、充邦の生れついた性質とは反対なものだったので、その二つの面、——先天的なものと後天的なものとが、充邦の中で互いに反撥《はんぱつ》しあってい、それがしばしば、そのまま喜怒哀楽にあらわれるのであった。

「二人でこうして飲むのも久方ぶりだな」

幾たびか盃を重ねるうち、充邦は赤くなった顔に、逞《たくま》しい笑いをうかべながら、うちとけた調子で云《い》った、「このまえ会ったときより、ずっと若やいでみえる、いつも年よりずっと分別くさい顔つきをしていたぞ」

郷臣は頭へ手をやった、「このためでしょうか」

充邦は不審な眼をした。

「月代《さかやき》を入れたのです」と郷臣が云った。

「うん、そうか」充邦は微笑した、「なるほど、気がつかなかったが、それで若やいだのだな、うん、このほうがいい、男ぶりも一段とあがったようにみえるぞ」

そう云ったとき、充邦の顔に一種の表情があらわれた。郷臣は敏感にそれを認め、次に充邦がなにを云いだすかわかっていたので、すぐに話を変えようとした。しかし充邦もまたそれを察したとみえ、大きな唇に微笑をうかべながら云った。

「男ぶりのあがったことで思いだしたが、生田図書のはなしはどうなった」

「いま考えているところです」

「考えている、――なにを」と充邦は云った、「あのはなしが出てからもう半年以上になるだろう、娘が気にいらぬとでもいうのか」

「そういうことはありません」

「ではなにが故障だ」

「卒直に申上げますと、私は生涯《しょうがい》、妻は持たないつもりです」

「どうして」

「理由はいろいろありますが、理由をべつにして、妻を持ちたくないのです」

郷臣が酌をすると、充邦はそれをくっと呷《あお》って、その盃をまた差出し、郷臣に酌をさせて、またそれを一と口に呷った。

「それは本堂の娘のためか」と充邦が云った、「正直に云え、あの娘のためなのか」

「卒直に云うと申しました、私はただ独身でいたいだけです」

「今日は兄と弟で飲むと云った筈《はず》だ」と充邦はまた盃を差出した、「きょうだいの中で、おれはおまえが誰よりも好きだ、他家へ出さなかったのも、この宗間家に残して、ゆくゆくはおれの力になってもらいたかったからだ」

郷臣は頭を垂れた。

「それがおまえには、わかっていない」と充邦は続けた、「おまえは家臣にさげられたことを不満に思い、それをおれが疎《うと》んじたためだと誤解して、いつもおれを恨み、おれに反抗することばかり考えている」

郷臣は顔をあげて云った、「私が殿を恨んでいますか」

「殿はよせと申したぞ」充邦がするどく遮《さえぎ》った、「たったいま、おれも真五郎と呼ぶから、おまえも殿などと云うな、今日は兄と弟だと申した、おれはここへおりておまえと対座している、互いに盃を取り交して飲んでいるではないか、なぜおれを殿などと呼ぶのだ」

郷臣はなにか云いかけたが、口をつぐんで低頭した。

「この場だけでもいい」と充邦はまた云った、「男のきょうだいはおれとおまえの二人だ、同じ母上から生れたきょうだいとして、不満なことがあったら正直に云ってくれ、おまえにはおれのどういうところが不満なんだ」

「不満などはございません」

「おれは信じない」

「もういちど申します、私には不満も不平もございません」


充邦の顔から血がひいた。

健康そのもののように肉付いた、逞しい顔は、酔のために活《い》き活きと赤くなっていたが、頬のあたりが急に硬《こわ》ばり、顔の赤みがすっと薄らいで、その眼には刺すような色があらわれた。

「それなら訊くが」と充邦は云った、「おまえは二度も刺客に襲われたと云ったな」

「申しました」

「そして、それがおれの意志によるものと疑った、と云ったようだな」

「そう思う理由があったのです」

「理由の有無はどっちでもいい、おまえはこの兄に、おまえを殺す意志があると思った、たとえどんな根拠があるにせよ、そんな疑いをいだかせるほど、おれは悪い兄なのか」

郷臣はまた頭を垂れた。

「本気な話になると黙ってしまう、じつに悪い癖だ」

充邦はいかにも自分を抑えるかのように、銚子《ちょうし》を取って酒を注《つ》ぎ、こんどはゆっくりと啜《すす》った。あまり酒に強くない充邦が、もうかなり酔っていることは、銚子を取る手つきにもあらわれていた。

「真五郎、返辞をしろ」と充邦は低い声で云った、「おまえにとってこのおれは、そんなにも悪い兄か」

「善悪を申せば、私こそ悪い弟だと思います」と郷臣が答えた、「それは云うまでもないことですが、もし私の申したことが、多少なりとも兄上を疑っていたように聞えたとすれば、いや、――正直に云えば疑っていたのですが、それは兄上の人となりを疑ったのではなく、この時勢の複雑さと、その複雑な情勢の中で一藩の興廃をになっている兄上の立場、ということを考えたからです」

「話をそらすな」

「しんじつを申しているのです」と郷臣は続けた、「たとえば兄上は、無思慮な家臣たちや、素性も知れぬ浪士どもを近よせるなと仰《おっ》しゃる、私は幾たびもお答えしたとおり、政治には関心がないので、そういう人間を好んで近づけたことはございません、けれども、時勢がこのように複雑になり、人の気持も動揺して来、いつ世の中が転覆するかわからないとなると、ただ伝統を固執することは却《かえ》って危険だと思うのです」
「真五郎にどんな危険がある」
「私ではございません、宗間家、中邑藩ぜんたいのことです」と郷臣は云った、「兄上を云いこめるわけではありませんが、宗間家にも密勅がさがり、京屋敷では朝廷とひそかに往来があると聞きます、いや、これはもちろん兄上と私だけの話ですが、一面においては、そういう工作がやむを得ないこと、幕府護立が第一義であるにしても、その一本だけに藩の運命を賭《か》けることはできなくなっていること、これが現実ではございませんか」
「そのくらいのことは子供にもわかっているだろう」と充邦が云った、「だからこそ、よくよく素行に注意しろと申すのだ、本堂の娘のことがあって以来、おまえは気性が変って放蕩《ほうとう》を始めた、みれんなはなしだがおまえにはおまえの云い分があるだろう、それならそれでいい、しかし軽薄に政治をあげつらい、血気に任せて暴挙をくわだてるような者を近づけることは、結果においておれの責任となり、中邑藩の安危にもかかわりかねない」

「もう一度だけ申しますが」

郷臣はくたびれはてた者のように、深く息をついてから云った、「私は好んでかれらを近づけたこともなし、これからもそんなことはないでしょう、しかし、かれらのほうで手をまわし、私に近づこうとするのを拒むことはできません」

「どうしてできない」

「私はまだ生きています」と郷臣は云った、「げんざい生きていて、げんざいから逃げだすことはできません、たとえ私が耳を塞《ふさ》ぎ眼をつむり口を押えても、この世に生きる限りこの世と絶縁することは不可能です」

「つづめて云えば、おれの云うことはきけないというのだな」

「あなたは私の申すことを、理解して下さろうとしないのです」

郷臣の口ぶりは、殆《ほと》んど助けを求めるようであった、「あなたが私を弟だと思われるように、家中の者はもちろん、他藩の人間までそう考えています、したがって、勤《きん》王《のう》派にしろ佐幕派にしろ、私に接近し私を通じてなにかを動かそうとする者に対しては、はっきりした態度がとれない、右か左かを判然とすることは、そのまま中邑藩の実情であると解されるおそれがあるからです」

「おまえは同じところを廻《まわ》っている」

充邦は冷笑するように云った。

「態度をはっきりさせるもさせないもない、事は極めて単純だ、つまりおれの云うとおり、そういう人間を近づけなければいい、火へ近よらなければ火傷《やけど》もせず消す必要もない、そうではないか」

郷臣はがっかりした。

——兄はこんなに頭が悪かったろうか。

彼は軽侮とともに胸がむかむかしてきた。けれどもすぐに自分を抑えた。兄は一藩の責任を負っている。激しくなるばかりの変動の中で、右か左かを見極めることはできない。おそらく、勤王を唱える大藩諸侯でも、その見極めはつかないであろう。中邑などという小藩は、うっかりするとこの「変動」のさなかでさえ揉《も》み潰《つぶ》されるかもしれない。兄にとって大切なことは、この変動をいかにして無事にきりぬけるか。公武合体にせよ王政復古にせよ、いずれかにおちつくまで、藩を無瑾《むきず》のままに保ちたい。それが兄にとって最大の望みなのだ、と郷臣は思った。

「わかりました」と彼は力のない声で答えた、「これからはもっと注意することに致します」

充邦は頷《うなず》いて、酒臭い太息《といき》をつき、声をやわらげて訊《き》いた。

「刺客の一人を知っていると申したが、名は云えないのか」

「いまは云えません」と郷臣は答えた、「その者は私怨《しえん》でやったのではないでしょうし、指図した人間はほかにあると思います、おかしな話ですが、私はその者の命を救ったのです」

「その刺客をか」

「詳しくは申上げられませんが、その者は溺《おぼ》れかかって、助けてくれと叫んでおりました、こちらは知らずに助けあげ、見ると家中の者だったので、初めてそうかとわかりました」と云って郷臣は苦笑した、「その者もずいぶん驚いたことでしょう、一と言の挨拶《あいさつ》もせずに逃げ去りましたが、その後はまだ一度も顔を見たことがございません」

「ではその者だけはもう手を出すまい」と充邦が云った、「いまおまえは私怨ではないと云ったが、おれの家臣で真五郎を刺殺しようとする者があるということは、おまえ自身の素行が原因だ、それをよく覚えておくがいいぞ」

郷臣は黙って目礼した。

「席を変えて飲み直そう」充邦はそう云って、ふと思いだしたように郷臣を見た。「もういちど訊くが、生田図書の娘を貰《もら》うつもりはないか」

「それはもう申上げました」

「どうしてもか」

「相手が誰にせよ、妻を娶《めと》る気持はございません」

そして郷臣は座を退《しさ》った、「席を変えてとのことですが、学問所の刻限がございますので、よろしければこれで失礼を致します」

「兄と弟にはなれなかったようだな」と充邦が云った、「戦国の世には親子兄弟が殺しあったという、いまこのように激しい時勢となっては、同じような事が起こらぬとも限らない、血の絆《きずな》は強いけれども、激発すれば他人同志よりも反感や憎悪が深くなるものだ、――真五郎、おれたち二人だけは、どんな事態になろうとも、そういう無残なことは避けようと思うぞ」

郷臣は静かに充邦を見た。

――それができれば幸いです。

彼は心の中でそう呟《つぶや》きながら、黙って両手を突き、低頭した。

充邦が近習《きんじゅう》の者を呼び、郷臣が立とうとすると、充邦はなにやらもの足らぬようすで、近いうちにまた会おう、と云った。

数寄屋《すきや》を出て、中庭を表御殿のほうへ歩いてゆくと、松林のほうでまた鶯《うぐいす》が鳴いた。例のたどたどしい、片ことの鳴きかたであるが、郷臣は気がつかなかった。

中の木戸に生駒小十郎が待っていて、近習の者から郷臣を引継いだが、小十郎は鶯の声を聞いていたとみえ、郷臣を見ると微笑しながら、まだ鳴いておりますな、と云った。

「あの鶯の子供です」訝《いぶか》しそうに見る郷臣に向って、小十郎は木戸のかなたへ手を振った。「いまもまた、あの舌っ足らずな鳴きかたを致しました、そら、また鳴いています」

郷臣は急に立停《たちどま》った。

表御殿は広庭に面している。郷臣は勘定役所の手前から廊下へあがるのだが、その役所を囲っている塀《へい》の木戸口から、一人の若い侍がとびだして来、三人の侍たちが追って出て、それを押止《おしとど》めるために争っているのを見た。

「放せ、お家のためだ」と若い侍は絶叫した、「放してくれ、お家のためにはやむを得ない、たのむから放してくれ」

「よせ、はやまるな」引留めている三人の喚《さけ》ぶのが聞えた、「一存でそういうことをしてはならない、仕損じたらきさま一人では済まないぞ」

郷臣は立停って見ていた。

「おあがり下さい」と小十郎が低い声で云った、「逆上しているのでしょう、危のうございますからどうぞ」

郷臣は黙って頷いた。

「放せ――」と若侍はつんざくように叫んだ。そのとき右手で、抜身の光るのが見えた。だが、三人は彼を押えつけ、ずるずると引きずるように、木戸の中へ伴《つ》れ去った。

郷臣は静かに廊下へあがった。

椿《つばき》の散るとき

正月十八日に、杉浦透は昌平黌《しょうへいこう》の学寮で郷臣に会った。

そのまえの日、つまり郷臣が兄に呼ばれて本邸へいった日に、松崎かの子がいなくなったのである。あとには風呂敷包《ふろしき》と、一通の手紙が残してあり、――事情があって暫《しばら》くいどころを変えなければならない、いずれ戻って来るか、または使いをよこすから、それまでこの包を預かってもらいたい、御迷惑ではあろうが決して誰にも見せないように頼む、ということが書いてあった。

透はすぐ並木第六にそのことを告げ、その包を渡そうとした。

――独り住居ではあるし、学問所へいったあとは留守になるので、大事な物は預かれないから。

そう云《い》ったが、並木は相手にしなかった。自分はただ橋渡しをしただけで、松崎とはなんの関係もない。預けたのは杉浦を信用したのだろうから、関係のない自分に相談されてもどうしようもない、と云うのであった。

事情を聞いてから、郷臣はちょっと考えていて、云った。

「包の中を見たか」

「いいえ、手は付けません」と透は答えた、「ただ、持ったぐあいでは書類か冊子のように思われました」

「佐伯角之進に話したか」

「話しません」

「彼は中目付で、その女を下女に入れた責任があるだろう」

「しかし直接その話をしに来たのは並木ですし、佐伯に話してもし自分は知らないと云われると、却《かえ》って面倒になるかと思ったものですから」

「うん、――」と郷臣は頷《うなず》いて、また暫くなにか考えていた。

「うん、そうかもしれない」と郷臣はまた頷いた、「初めに寄宿したときから、なにか裏に企《たくら》みがあるように感じられた」

「橋本左内という人物の」

「そう、――左内とおれが近づくとみて、その動静をさぐりに来たのではないか、とも思ったし、それにひっかけて、おれを除く材料を作ろうとしたのかも知れないと考えた」

「あなたを除く、――」透は訝《いぶか》しそうに訊《き》いた、「それはどういう意味ですか」

「宗間家からおれを除く、言葉どおりの意味だ」

「私にはわかりません」

郷臣は片手を振った。そんなことを気にするな、というようでもあり、わかる必要はない、というようでもあった。

「その包はおれが預かろう」と郷臣は云った、「そのほうがいいだろう、明日にでも持って来てくれ」

透は承知して立とうとした。すると、郷臣が呼びとめた。

「教官の一人から聞いたんだが」と郷臣が云った、「このごろ講義ちゅうに雑書を読んでいるそうじゃないか」

「はあ、お許しを受けるつもりで、つい機会がありませんでしたが、じつはべつにやってみたい学問があるものですから」

「どんなことだ」

「まだ始めたばかりですが、帆足万里の窮理通です」

郷臣は「そうか」と云った。

「奥田采女《うねめ》がさそったんだな」

「いいえ内藤伊一郎です」透は首を振って答えた、「奥田は佐藤一斎先生の塾へはいらないかと云いました、内藤も一斎先生の愛弟子《まなでし》だといわれていますが、平石、松浦、川上という三人と、まえから窮理通をはじめ物理や舎密加《セイミカ》一般の書物を、お互いに輪講していたということです」

「その四人なら知っている」と郷臣が云った、「そういう書物もまなんだらどうかと云ったことがある筈《はず》だ、奥田がもっともその方面に才能を生かすだろうと思ったが、

——采女は加わっていないのか」

「よくは知りませんが、集まるのは四人だけのようです」

郷臣は指で机を叩《たた》いた。

「それから、——」と透は咳《せき》をして続けた、「近いうちに九段の洋学所が、蕃書《ばんしょ》調所とかいう新らしいものに変るそうで、それが開所されたら、四人はそちらへ移るつもりだというのです」

郷臣は透の顔を見た、「杉浦も移りたいんだな」

「できることなら、そうしたいと思います」

郷臣はまた机を指で叩いた。

「語学はどうなんだ」

「蘭語《らんご》の初歩を少しやっただけです」

「語学が先だな」郷臣は考えながら云った、「洋学所そのものに学閥があるから、改正されるにしても割込みはむずかしいと思う、しかし語学の力があればなんとかやってみてもいいよ」

「蘭語のほかにどんなものをやればいいんですか」

「英、独、仏だな」

「手引き書がございますか」

「ごく簡単なものだが」と云って、郷臣は立ちあがり、壁際《かべぎわ》に並べてある本箱の一つをあけ、五六冊の筆記帳を取出して戻った。

「長崎の通辞につてがあって作らせたものだ」と郷臣はそれを透に渡して云った、「それが英、次が独、下のが仏語で、あとのはおれがこころみにやってみた作文だ」

透は一冊ずつめくってみた。

「奥田に貸した読本があるから、そのうちに取返しておこう」と郷臣は付け加えた、「どっちにしろ舎密加などをまなぶには語学ができなければだめだ、まず字に馴《な》れることだな」

借りていいかと訊くと、おまえにやる、と云われた。

「忘れるところだった」

透が立とうとすると、郷臣がふと思いだしたように云った。

「安方伝八郎は捉《つか》まったぞ」

透はどきっとしたような眼《め》で郷臣を見た。

「杉浦と会ったときらしい」と郷臣は云った、「町方役人に捉まって、それからこちらへ引渡されたということだ」

「江戸にいるのですか」

「いずれ国許《くにもと》へ送られるだろう、例の異人館焼討ちを企んだ連中と処罰される筈だ」

透もそれで思いだし、では預かっている金を持ってまいりましょう、と云った。

「いや、金はそのまま預かっておいてくれ」と郷臣は云った、「それより、講堂ではそういう書物は読まないほうがいい、青竜組のことなどで教官たちが神経を尖《とが》らしているようだから」

透は「そう致します」と答えた。


その日、透は内藤に声をかけ、平石、川上、松浦らと共に、学問所の帰りに内藤家へ寄った。

透は郷臣から貰《もら》った筆記類を示し、訳書でまなぶよりも、原書に就くほうが早いし正確であろうと、云った。内藤は吉雄《よしお》権之助の「英和対訳字書」を出して来てみせ、近く「ハルマ辞書」が手にはいる筈だ、とも云った。

「それには蘭語と仏語が対訳になっているそうだから、仏語の手引にはいいと思う」

と内藤が云った、「ここでちょっと杉浦に云っておくが、諸外国との条約で、幕府の当面しているいちばん重大な問題は、軍事力の確立ということだ、したがって造船技術とか、銃砲、火薬などについて、いちおう知っておかなければならない、そうしておけば蕃書調所へはいるのに好便だと思う」

そして、もしやる気ならそれらの書物や筆記を貸してもいい、と云い、透はよく考えてみようと答えた。

透が考えてみようと云ったのは、徳川幕府という武家による政治から、また軍事力を基本とする政治に移る、ということが不合理に思えたからである。現に、条約をむすんだ欧米諸国に比べると、文物のあらゆる面で日本は非常におくれている。軍事力だけに精力を集中すれば、或《あ》る程度まで追いつくことができるかもしれないが、それでは国が片輪になるし、その片輪な「力」に引きずられるおそれがある。

――公武合体にせよ、幕府が倒れて王政復古が実現するにせよ。

一国の進化には体系がなければならない。他国が何百千年にわたって順次に発明し発達させて来たものを、その結果だけ取入れ、その借りた結果を土台として文明をつくりあげるとすれば、根のない木に咲く花のように、しんじつの実をむすぶことはないだろう。

――自分たちがまなばなければならないのは総合的な基礎学問であり、新らしい学問に体系をつくることではないか。

たとえ蕃書調所へはいる便法としても、軍事力に関する知識を身につける、などということは好ましくない。力で勝つ者は力によって制せられるという、武家政治が終るときは武力から脱却するときだ。こう思ったのであるが、彼は口には出さなかった。

その日は「集会」の日ではなかったが、透は一人で先に帰った。送りに出たのはふくで、きれいに髪をあげ化粧をし、美しい衣装を着ていた。

「これから平河町の親類へおよばれにいきますの」

廊下の途中で、ふくは秘密なことでもうちあけるように囁《ささや》き、千草を染めた、眼もあやな振袖《ふりそで》を左右にひらいてみせた。

「きれいでしょ」

「きれいですね」透は実感のこもった口ぶりで云った、「友禅模様というのですか、私は初めて見ます」

「わたくし十六になったでしょ、ですからね、お父さまが京まで染めにやって下すったの、江戸ではとてもこうは染まらないんです、川本のみちよさまのお召がそうよ、あのお振袖は銀座の辰岡《たつおか》で染めさせたのだそうだけれど、ちっとも色が冴《さ》えてませんわね」

「そうですか」

「そうですかって、——あら」ふくは両手で口を押えた、「いやだわ、わたくしばかね、杉浦さまがみちよさまを知ってらっしゃるわけがないのに、どうしましょう」

透は笑った。ふくも笑ったが、すぐ笑いやんで、訝しそうに訊いた。

「どうしてお笑いになるの」

「失礼、——」透は歩きだしながら云った、「しかし自分でも笑ったでしょう」

「ふくは自分で可笑《おか》しくなったんですもの、杉浦さまはそうじゃないのでしょ」

「たぶん同じでしょうね」

「あらいやだ、あなたふくの心の中がおわかりになって」

透はまた笑って云った、「心の中というほどたいそうなことでもないでしょう、こんなときには誰だって笑いますよ」

「そうかしら」ふくは上唇《うわくちびる》を捲《まく》り、鼻に皺《しわ》をよらせて、気まりが悪そうな、てれたような笑いをうかべた。

透はまたどきっとした。

——なほに似ている。

房野なほが少女時代に、同じような笑いかたをした、と思ったからである。しかしこんどはすぐに、それが誤りだということを認めた。

——いや、まるで違う。なほはそんなにあけはなしな、溢《あふ》れ出る感情をそのまま顔にあらわす、というようなことはなかった。これはなほとはまったく違うものだ、と透は思った。

「またいらしってね」

別れるとき、ふくはないしょごとのように囁いた、「きっとよ」

透が頷いた。ふくは上眼づかいに、長い睫毛《まつげ》の下からじっと透をみつめた。

内藤家の門を出ると、街には黄昏《たそがれ》の色が濃く、人や駕籠《かご》の往き来も、追われるもののようにせかせかしてみえた。

——どうして二度もなほに似ているなどと思ったのか。

歩きながら、彼は自分で自分を訝った。松崎かの子はどこかつじに共通するところがある、顔かたちよりも、動作や、口のききかたや、芯《しん》の固い、しっかり者、という感じに似たところがある。

——だがふくは誰とも似ていない。

田舎育ちと江戸育ちの差だろうか、それとも内藤の家風だろうか。身ぶりや表情、言葉つきなど、のびのびと明るく、見ているだけでこちらの心があたたまるように思える。

巧緻《こうち》な友禅模様の、華やかに美しい振袖を左右にひらいて、きれいでしょ、と誇らしげに問いかけた態度は、躾《しつ》けや作法で歪《ゆが》められない、自然な人間らしさと、人間らしい魅力に溢れていた。

こんなことを考え、透はゆたかな気分で微笑した。雉子橋《きじばし》御門に近く、片方が外堀《そとぼり》、片方は武家屋敷がとぎれて、四番空地という、広い空地になっているところへ来たとき、透はうしろから呼びかける声と、小走りの足音を聞いた。

――安方伝八郎。

頭にその名が閃《ひらめ》き、いや、安方は捕えられて国許へ送られる筈だと思いながら、振返ると、一人の若侍が近よって来た。

「杉浦さんですね」とその若侍は云った。言葉の訛《なま》りで、中邑《なかむら》の者だなとすぐにわかった。透が頷くと、相手は大きく息をしながら云った、「あの人はどこです、房野さんはどこにいるんです」

透はじっと相手の顔を見た。

相手は貧相な男だった。

年は透と同じくらいだろう、軀《からだ》も痩《や》せているが、顔も中だかで細く、顎《あご》が尖ってい、眼と口が不自然なほど大きかった。特にその大きな三白眼はおちつきがなく、しかも偏執者のような異常な光りを帯びていた。

「私は仲上藤六という者です」とその若侍は名のった、「どうか隠さずに云って下さい、房野さんはどこにいますか」

「房野とは誰です」

「しらばっくれるんですか」仲上という男は歯を見せた、「私は五日まえに出て来て、すっかり突きとめているんですよ、あなたは知らないかもしれないが、私と房野さんとは婚約ができているんです」

透は屹《きつ》と唇をひき緊《し》めた。

「仲人《なこうど》も立ち、親と親とが許した正式な婚約です」と仲上は云った、「去年の十一月に結納《ゆいのう》も済ませ、十二月十日に祝言《しゅうげん》をする筈だった、それを病気だと云って延ばしたうえ、年の暮になって家出をしてしまった、なんのためだかあなたにはわかるでしょう」

「それは、房野なほさんのことですか」

「あなたはよく知っている筈だ」

「なほさんが家出をした、というんですか」

「自分でよく知っているでしょう」

「いや、――」透は動揺する感情をけんめいに抑えながら首を振った、「私はなにも知らない、房野又十郎ともずっと疎遠《そえん》になっているし、婚約のことはもちろん、家出などということはいま聞くのが初めてです」

「では昨日まであなたの家にいた女はなに者です」

仲上の眼が狂的に光るのを透は見た。仲上の強くひき緊めた唇のあいだから、色の悪い不揃《ふぞろ》いな歯が覗《のぞ》き、怒った毛物《けもの》のように、喉《のど》でいやな音をさせるのが聞えた。

「あれは関係のない人だ」

「関係がないとは、どう関係がないんです」

「私とは無関係だということだ」

「下女だと云《い》うつもりでしょう」

仲上の呼吸が荒くなった、「ばか云っちゃいけない、そんなことでごまかせるものか、足軽たちみんなが知ってますよ、下女どころか、立派に武家の娘、それも珍らしく躾けのいい、凛《りん》とした娘だと噂《うわさ》をしています」

「武家の娘だということは事実だが、私とはまったく関係がない、私は不本意だが、頼まれてやむなく預かっただけだ」

「誰が証明しますか」

「並木第六という者に訊《き》けばわかるよ」

「口を合わせた訳ですね」

「いっしょにいって会おう」透は歩きだそうとした。

「いや、だめです、私はいっしょにはゆけません」と仲上は云った、「私は事情があって屋敷へは顔が出せない、また屋敷へいってみたにしても、房野さんがよそへ移された以上、誰と会いどんな証言を聞いたところでむだなはなしです」

「しかしあの娘は越前の者で」

「よせ、たくさんだ」仲上はかっとしたように叫んだ、「おれを騙《だま》せると思うなら間違いだ、おれはきさまとあの人のことはよく知っている、きさまが出府するまえに、岩古の『江戸新』であの人と密会したことも知っているんだぞ」


透は背骨のあたりが熱くなるように感じた。

――岩古の「江戸新」。

松川湖畔の料理茶屋で、なほと最後に逢《あ》ったときのことが、なまなましい現実感をもって思いだされたからだ。

「それに相違ないだろう」と仲上は詰め寄るように云った、「そんなことはなかったと、云えるなら云ってみろ」

「いまここでそんなことを云い争ってもしようがない、私は房野さんが家出をしたことも知らないいし、まして自分の家に匿《かく》まったこともない、私が預かったのは福井藩の人で、それは中目付の佐伯角之進も承知しているし、並木第六という者が伴《つ》れて来たことも、おちついて調べればすぐにわかる筈《はず》だ」

仲上は下唇を嚙《か》み、左手で刀の鍔元《つばもと》を摑《つか》みながら、透の顔をするどく睨《にら》んだ。

供を伴れた侍が通り、物売りがいそぎ足に、天秤棒《てんびんぼう》をきしませながら黙って通った。

「私は帰る」と透が云った、「どんな事情があるか知らないが、いっしょに来たらどうだ」

「いやだめだ」仲上は首を振った、「水戸に用事があると届けて出て来たのだ、屋敷へゆくことはできない」

それから急に、仲上の硬《こわ》ばった表情がふるえ、大きな眼が、涙でもあふれ出たようにうるみを帯びた。

「お願いです、杉浦さん」仲上は哀願するように云った、「私はまえからあの人が好きでたまらなかった、あの人が作田へゆくまえから好きだったし、作田へ嫁《か》したときには死ぬほど苦しいおもいをしたものです」

「そういう話は聞きたくない」

「ひと言です」仲上はくいさがった、「あの人とあなたが幼な馴染《なじみ》で、仲がいいということも知っていました、しかしそれ以上の関係があるとは知らず、あの人が作田と離別したとき、私はすぐ親たちに婚約のことを頼んだのです」

透は空地に沿って歩きだし、仲上も並んで歩きながら語った。

――なほが出奔した。

仲上との結婚を嫌《きら》って、つまり自分との約束を守るためであろう。年の暮というと、少なく数えても二十日にはなるだろう。どうして自分に知らせなかったのか、手紙ぐらいはよこしてもいいだろうのに、いまどこにいるのか、と透は思いめぐらしていた。

「こうしてようやく親たちを承知させ、房野家でも承知してくれたのです」と仲上は続けていた、「私はこれで長いあいだの望みがかなえられると思った、私は家柄《いえがら》も低いし才能もないが、あの人も年だし、いちど結婚した出戻りということもあるから、まさかこんなふうに足をすくわれようとは考えもしませんでした」

「失敬だが、――」透が思わず口をはさんだ、「いまの言葉は人間を侮辱していると思いませんか」

「どういうことです」

「年が年だとか、出戻りだとかいうことだ、そういう条件があるから拒絶しないだろう、と本当に考えたとすると、あの人を侮辱するだけではなく、自分で自分を侮辱することになりはしないか、そうは思わないか」

「侮辱だなんて、そんな」と仲上は吃《ども》った、「そんなつもりは、少しもないつもりです」

透は立停《たちどま》って相手を見た。

——無神経なやつだ。

この男も無神経だし、親たちも同様に無神経で、年だとか出戻りだなどということを、それとなく匂《にお》わせたのではないか。ありそうなことだ、と透は思った。

「これで別れよう」透は冷やかに云った、「いくら事情を聞いたところで、なにも知らない私にはどうしようもない、もし納得がいかないなら、いま云った佐伯と並木の二人に訊いてくれ」

「あなたは結婚した」仲上は不自然に声をひそめた、「中邑には妻女がいる、こんなことがわかったら岩崎家では黙っていないぞ」

「おれを通してくれ」

「まだある、もっと大事なことがある」仲上は前に立塞《たちふさ》がり、右手の食指を出して透の鼻先をさしながら、ひそめた声に威嚇《いかく》の調子をこめて云った、「中邑藩では結婚の掟《おきて》は特にきびしい、また女が領外へとつぐことは禁じられている、親と親とが結婚の約束をし、結納も済んでいるのにそれを嫌い、家出をして領外へ逃げるということが、どんな罪に当るか知っている筈だ、当人はもちろん、房野家も、そこもともその責任を遁《のが》れることはできないぞ」

「そんな威《おど》しを云ってなんの役に立つ」透はうんざりした、「そのことでもし私に責任があるなら、よろこんでその責任を問われよう、あの人だってその覚悟なしに家出などはしない筈だ、掟は不変ではない、時勢に応じて改廃されるものだ、そんなものを枷《かせ》に人の心を自由にできると思うのか、そこをどいてくれ」

「あの人のいどころを聞こう」仲上は刀の柄《つか》へ手をかけた、「あの人をどこへ隠した、云え、どこにいるんだ」

透は黙って歩きだした。

仲上は刀を抜いた。透は内堀のほうを見たまま、ゆっくりと、雉子橋御門のほうへ足を進めた。仲上はいちど刀を振りあげ、透のうしろへ小走りに詰め寄った。幾人かの侍が、同じ方向へ歩いてゆきながら、仲上の抜刀しているのを見て立停った。

「おれは捜し出すぞ、杉浦」仲上は刀を鞘《さや》へおさめながら云った、「どんなことをしても、命に賭《か》けても捜し出してみせるぞ、忘れるな」

透は振向きもしなかった。

——刀をぬぐいもかけずにおさめたな。

鍔の音がするまでのまで、ぬぐいをかけなかったことがはっきりわかった、こけ威しなことをする軽薄な男だ、なほが嫌うのも当然だろう、と透は思った。

住居へ帰り、行燈《あんどん》に火を入れてから着替えをしていると、足軽長屋から中年の女房が来て、勝手口から声をかけた。出ていってみると、川口弥兵衛《やへえ》の妻でふみといい、これから自分がお手伝いにあがる、と述べた。

松崎かの子が来るまえは、中沢恭助という足軽の母親の世話になった。その人はどうしたかと訊くと、痛風が出て立ち働きが不自由になった、ということであった。

「まだお好みを存じませんが、夕餉《ゆうげ》の支度をしましたからいま運んでまいります」と川口の妻は云った、「お口に合わなかったらそう仰《おっ》しゃって下さいまし、お火鉢《ひばち》の火は……」

川口の妻女は片手で口を押え、会釈《えしやく》をして去っていった。

「――火鉢の火か」透はそっと苦笑しながら、部屋へ戻った。

江戸の寒さについては、いつかなほに手紙で書いた。しかし若い彼はいつか馴《な》れたのだろう、火鉢に火が欲しいと思うようなこともなくなった。

国許《くにもと》で「焚《た》きおとし」と称して火鉢に火を入れる者があるように、こちらでもひそかに火鉢や手焙《てあぶ》りを使う者がいるようである。それらは半ば公然でありながら、やはり隠れてするという申し訳をともなっているのに、下級の人たち、ことに足軽とか小者たちは、経済的には苦しいだろうのに、平気で火鉢の火を絶やさないことは皮肉であった。

川口の妻女が夕餉を運んで来、膳立《ぜんだ》てをすると、一通の手紙を膳の脇《わき》へ差出した。

「半刻《はんとき》ほどまえに届きました」と妻女は云った、「御門番へ預けて、お使いの人はすぐ帰られたそうです」

透は取りあげてみて、なほの手跡であることを知り、危うく声が出そうになるのを抑えた。川口の妻女が給仕をしようというのを断わり、帰ってゆくまも待ちきれずに封を切った。

「危なかった」封を切りながら彼は呟《つぶや》いた、「半刻まえといえば仲上とすれすれではないか、よく出会わずに済んだものだ」

たとえなほが自分で来なかったにしてもと、仲上藤六の偏執者めいた相貌《そうぼう》や、逆上したような動作や言葉つきを思いだし、透はもういちど身の竦《すく》むような感じにおそわれた。

手紙は簡単なものであった。

——仔細《しさい》があって江戸へ出て来た、おめにかかって話したいことがあるから、おひまなときに来ていただきたい、どうぞお叱《しか》りにならないように。

いどころは向島の小梅瓦《こうめかわら》町で、施薬《せやく》所と訊けばすぐにわかる筈である。名は杉野いい、浪人の娘ということになっている、と書いてあった。

施薬所のことはまえから聞いていた。去年十月の大災で、よるべを失った老人や子供たち、病人などを収容する施設で、市の内外に幾カ所かあるという。市中のものはまもなく廃止されたと聞いたが、それでは残された一つであろう、と透は思った。

明くる朝彼は、松崎かの子の置いていった包と、郷臣から預かっていた金を持って学問所へゆき、すぐに寮長の部屋を訪ねた。——少し早めにいったので、寮生の少年が廊下の掃除をしてい、郷臣に取次を頼むと、その学僕はすぐにいって来て、どうぞと云った。

「寝ていらっしゃるのか」

「いや、起きておいでです」と少年は云った、「すぐにお茶を持ってまいります」

寮長部屋の障子をあけると三帖《じょう》、そこの襖《ふすま》の向うが居間、次に寝間がある。郷臣は居間で仰臥《ぎょうが》していた。両手の指を組合せて頭の下に敷き、立てた足の片方を片方の上へのせていた。火鉢には鉄瓶《てつびん》が湯気をたてていて、温かい部屋の空気は酒の匂いがした。――火鉢の脇には、酒徳利《どくり》や、燗《かん》徳利、盃《さかずき》、手をつけてない肴《さかな》の皿や鉢や椀《わん》などの並んだ膳があり、その傍《かたわ》らに、抜き身の刀が一口《ふり》、畳の上に投げだされたまま、窓の障子にさす明るい朝の光りを映して、まるで生き物のように、ぎらっと青白く光っていた。

透は立停ってその刀を見、仰臥している郷臣を見た。

――どうしたことだ。

寝ころんでいる郷臣を見ることも初めてだが、飲みちらした膳部や、抜いたまま投げだしてある刀など、すべてが、なにか異常なことが起こったあとを示すように思えた。

「やあ、早いな」郷臣が寝ころんだままで呼びかけた。

「お邪魔をします」と云ったが、透はどこへ坐《すわ》っていいか迷った。郷臣はすぐに気がついたらしい、だるそうに起き直ると、刀を拾い、片方にあった鞘を取って、刀にぬぐいをかけた。

「手入れをしようと思ったが」と郷臣はぬぐいをかけながら、さりげない口ぶりで云った、「酔っていたんで面倒くさくなってね」

透が黙っていると、郷臣は刀を鞘におさめてから、透を見てにやっと笑った。

「おい、勘ちがいをするな」と郷臣は云った、「本当に手入れをしようと思ったんだ、――まあいい、火のほうへ来て坐らないか」

透は火鉢からはなれて坐った。

郷臣は酒徳利を振ってみた。かなり残っているらしい音がし、彼は膳の上から燗徳利を取って、それに酒を注《つ》ぎ入れた。

「私は酒についてはやかましいんです、か」郷臣は口の中で呟き、肩をすくめてふんと笑った、「市造もしゃれたやつさ」

酔ってるんだな、と透は思った。郷臣は火鉢で湯気を吹いている鉄瓶の蓋《ふた》を取り、熱かったのだろう、いそいで手を振りながら、燗徳利を湯の中へ入れた。

「こんなに早く、なにか用か」

「これを持ってまいりました」透は包を差出した、「昨日お話した松崎かの子の置いていった物です」

「うん、覚えてる」

郷臣は向き直って包を取り、両手で持って振ってみたり、指で風呂敷の上から、押したりさぐってみたりした。

「なるほど」と彼は包を脇へ置いて云った、「書類か冊子のたぐいらしいな、よし、おれが預かっておこう」

「それから、もう一つお願いがあるのです」透は金包をそこへ出した、「これはお預かりした金子《きんす》ですが、この中から少し拝借させて頂きたいのです」

「必要なら使ってもいいよ」

「必要かどうかまだわからないのです、たぶん必要だろうと考えますので、念のために拝借してゆきたいと思うのです」

郷臣は燗徳利を出し、指で触ってみてから、膳の上に置き、盃を取って注ぎながら、ふと、その手を止めて透の顔を見た。

「なにかあったのか」

「はあ——中邑から出奔して来た者があるものですから」

「またか」郷臣は注いだ盃を呷《あお》り、続けて二杯、くっくっと呷ってから、盃を置いた。

「国許では出奔がはやるようだな、こんどはなに者だ」

「ちょっと申上げにくいのです」

「それなら云《い》うな」

「しかし、もしよろしかったら」と透は頭を垂れて云った、「聞いて頂いたうえ、御意見をうかがいたいのですが」

郷臣がなにか云おうとすると、障子のあく音がし、襖の向うで「吉岡さまです」と云う少年の声が聞えた。

「だめだ」と郷臣が答えた、「午《ひる》すぎに来いと云え」

そうして、少年の去るもの音を聞きながら、盃に酒を注いで透を見た。

「云いにくいのか、聞いてもらいたいのか、どっちなんだ」

透は赤くなった。

「まことに申上げにくいことなのです、話せばお叱りを受けるかと思うのですが」

「女だな」

透は頭を垂れた。

「これは思いがけなかった」郷臣は酒を啜《すす》った、「およそそんなことには縁のない男だと思っていたが、まあ話してみろ、どういうことだ」

透は房野なほとのことを語った。

郷臣は手酌《てじゃく》で飲みながら聞き、酒がなくなると、次の燗をつけ、鉢の甘煮《うまに》をさもまずそうに喰《た》べた。額の高い、頰の線のまっすぐな、端正な彼の顔に疲れたような色がうかび、窓のほうを向いた眼《め》には、やはり疲れたような、冷やかなものが感じられた。

透は語り終った。

郷臣は燗徳利を出し、黙って手酌で一杯飲んだ。そして透を見たが、また一杯注いで飲み、窓のほうを見たままで云った。

「杉浦は結婚したんだろう」

「致しました、しかし」

「しかし枕《まくら》は交さない、藩の掟として、親同志のきめた縁談を拒むことができないから、形式だけの結婚をした、と云ったな」

透はまた頭を垂れた。

「そのままでいいじゃないか」と郷臣は続けた、「親同志がきめたにせよ、お互いが好きあったにせよ、男と女の関係は同じようなものだ、頭で考えると、美しい不滅の愛とか恋などがあるように思えるが、現実にはそんなものはありゃあしない」

郷臣は乱暴に酒を飲み、少し伸びた月代《さかやき》をごしごしと擦《こす》った。

「これは愛とか恋とかがたのみがたいと云うんじゃないぜ」と郷臣は云ったが、その口ぶりには、自分に云い聞かせるような調子が感じられた。

「そういうものは人間感情のごく僅《わず》かな、一部分しか占めないということなんだ、男は生活を支えるために仕事をしなければならない、杉浦がこれから勉強しようとしている学問は、おそらく一生を賭けても終らないだろう、結婚すれば女だって同様だ」

郷臣はまた手酌で飲んだが、まるで苦い物でも飲んだように、するどく顔をしかめ、唇《くちびる》を片方へ曲げた。

「結婚すれば、女だって同じことだ」と郷臣は繰り返した、「食事拵《ごしら》え、掃除、縫い針、洗濯《せんたく》、子供が生れれば、子供の世話、殆《ほと》んど坐る暇もないようなことになってしまう、――こういう考えかたはもちろん俗だ、わかりきったことだ、どんなに強い非難や困難を凌《しの》いでむすびついた恋でも、生活の些末《さまつ》な雑事が、たちまちそれを磨《す》り減らし、色褪《いろあ》せさせてしまう、わかりきったことだ」

透は静かに郷臣を見た。

「あけすけに云えば」と郷臣は続けた、「男と女との愛情は、お互いが求めあうときにだけある、夫婦になろうとなるまいと、互いに求めあうときにしか愛も恋もありゃあしないんだ」

透は反問しようと思った。

――好ましく美しい愛こそ、人間を力づけ、仕事や勉学を正しく支えるのではないだろうか。

慥《たし》かに「交歓」という意味に限れば、求めあうときにだけある、とも云えるだろう。けれどもそれは、逆に愛の一部分であって愛そのものではない。男と女が愛しあうということは単に「交歓」が目的ではなく、生活し、仕事をすることのなかに溶け込むものではないか。そう云いたかったのであるが、郷臣の言葉つきの中に、なんとなくあざけりのような調子が感じられたので、口には出さなかった。

「女なんかに構うな」郷臣は酒を呷って云った、「ばかなことを云って、酔ったらしい、酒にも弱くなったらしいな」

いつもの郷臣のようではなかった。決して感情を表にあらわしたことのない人だが、いまはなにか支えが崩れて、脆《もろ》く、弱よわしく、自分を制御しかねている、というふうにみえた。

「金はみんな持っていってやれ」と郷臣は云った、「しかしなるべくならそれで縁を切るんだな、その仲上とかいう男が付きまとっているとすると面倒なことになる、危険を冒すほどばかげたことはないぜ」

「では、——」透は両手をおろした、「いちおう拝借してまいります」

「用心門から出るほうがいいぞ」と郷臣が云った。

透は不意を突かれたように振向いた。郷臣は燗徳利へ酒を移していたが、横から見たその軀《からだ》つきには、譬《たと》えようもない孤独な、さみしさが感じられた。

昌平黌の建物には、大成殿に通ずる東の正門、南の御成門《おなりもん》と、学問所のための門があり、後者を「裏門」といった。これらのほかに、馬場へ出るのや、火除《ひよ》け空地へ出る木戸があり、べつに北東の隅《すみ》に用心門というのがあって、そこから聖堂の裏へ出ることができた。

——よく気のつく人だ。

仲上が待伏せていると思ったのだろう、透はひやっとした。学問所へ来るときは忘れていたが、そのおそれは充分にある。昨日の口ぶりから察すると、仲上藤六は江戸へ出て来てから、ずっと透の行動を看視していたようだ。おそらくいまも看視していることだろう、命に賭けても捜し出すと云ったのだから、どこかで自分を待伏せているに相違ない。

「迂闊《うかつ》だったな」透は舌打ちをした、「もっと慎重にしなければだめだぞ」

用心門を出るとき、彼は道の左右を注意ぶかく眺《なが》めやった。

道の向うは藤堂家の中屋敷で、町家に続く坂のおり口まで、ずっと一と眼で見とおすことができる。それらしい人間の姿がなかったから、透はいそぎ足に坂のほうへゆくと、ちょうど空いた辻駕籠《つじかご》が通りかかるのをみつけ、彼は呼びとめてそれに乗った。

——おみいさんはどうしたんだ。

初めて見た郷臣の、常にないようすが気にかかった。つい先日、吉岡市造との話で、郷臣の命を覘《ねら》っている者がある、ということを知った。真偽はむろんわからないが、二人の会話が事実だとすると、相当に複雑で、きびしい問題があるようだ。非常にむずかしいことらしいな、と透は思った。

郷臣のことを案じながら、透は同時になほのことを考え、仲上藤六のことを考えて、気分が少しもおちつかず、ときどき駕籠の垂れの隙間《すきま》から、追って来る者がありはしないかと、うしろを覗《のぞ》いて見たりした。

施薬所は枕橋を渡って右へ、堀端《ほりばた》を八丁あまりいったところにあった。もとは大名の下屋敷だったようで、黒い長屋門があり、門番がいた。一町四方もあるかと思われる広い構えで、門内には深い樹立《こだち》があったが、築地塀《ついじべい》も門も半ば壊れかかっているし、邸内も荒れたままであった。

門番で訊《き》くと玄関へゆけといった。玄関の前には小屋があって、町役らしい中年の男が二人、地面に掘った炉の火にあたりながら、一人が小説本らしいものを音読し、一人が渋い顔をして聞いていた。

「杉野いしい」と本を読んでいた男が首をかしげた、「――それは御病人ですか」

「わからない、ここにいると聞いたので訪ねて来たのだ」

「ちょっとお待ち下さい」

その男は持っていた本を置き、畳の敷いてある小部屋へあがると、机の上の台帳のようなものをめくってみた。すると、こっちにいた男が、ものぐさそうな声で、病人じゃねえ、と呟くように云った。

「なんだって」と机の前の男が振返った。

「病人じゃあねえさ」こっちにいる男が面倒くさそうに、舌ったるい調子で云い、大きな欠伸《あくび》をした。

「丹波屋さんはよく知ってるじゃねえか、おいしさんってえば杉野さんのこった、手伝いの杉野さんだよ」

「知ってるならなぜ早く云わねえんだ」上の男は帳面をとじてこっちへ来た、「その人ならおりますが、玄関をあがって、——いや、私が御案内いたしましょう」

丹波屋と呼ばれたその男は、小屋を出てせかせかと歩きだした。男の話によると、そこはやはりもと中国筋の大名の下屋敷で、五年まえ土地替えになったあと、そのまま放ってあったのを、施薬所に使っているのだということであった。——もともと古かったうえに、五年も無住のままだったから、建物も庭もひどいありさまで、手入れをするのにお上から金は出ず、この付近の地主や商人が資金を集めたり、職人を雇ったりするのにずいぶん苦労をした。それより困ったのは、病人や孤児たちの世話である。

「なにしろあの大地震と火事ですから」と丹波屋が云った、「病人も孤児も着のみ着のまま、もちろんみんな身より頼りもありゃしません、米麦だけはどうやらお上からさがりますが、薬代はもとより、食事から洗濯、着る物、夜具、病人の面倒まで、すべて町役が背負わされるわけですからな、金を出す私どもはまあ諦《あきら》めてますよ、地震にも火事にもあわなかった代りだと思えば、そのくらいの御奉公はやむを得ないと話しあっているんですが、——その世話をする人間がたいへんです、ええ、なにしろ汚ないのと、臭いのと、手がかかるので、十日もいればみんな逃げだしちまいます、半月と続いた者は一人もいなかったんですが」

透が急に左へとびのき、丹波屋は吃驚《びっくり》して口をつぐんだ。

透は右の肩を押えながら、頭上を見あげた。右手に大きな椿《つばき》の木があり、こちらへさし伸ばした枝の一本に、赤い花が疎《まば》らに咲いていた。


透は足もとを見まわした。そこにはいちめんに椿の花が散っていた。

——これが肩に当ったのだ。

透は歩きだしながらそう思い、丹波屋に問いかけた。

「杉野はその、世話役になっているのか」

「はい、もう半月以上になりますかな」と丹波屋が云った、「水戸さまお出入りの磯《いそ》屋《や》五兵衛どののお世話でここへ来られたのです、さよう、暮の三十日だったでしょうか、御浪人の出でやはり地震にあい、いまでは身よりもないから、施薬《せやく》所ではたらきたいと仰《おっ》しゃる、磯屋が請人《うけにん》になるということですから、そのままここにいてもらうことにしました」

枯草の中の踏みつけ道を歩いてゆくと、ぼろを着た子供たちが遊んでいて、こっちの二人、とくに透を認めたらしく、十人ばかりがばらばらと走って来たが、いっしょにいるのが丹波屋だと気づいたようで、十間ばかり向うで立停《たちどま》ると、そこからさぐりを入れるように呼びかけた。

「おじさん、銭おくれ」

「銭くんなよ」

「一文でも二文でもいいからよ、おじさん」

「こら、またそんな行儀の悪いことを云うか」と丹波屋が叱《しか》りつけた、「そっちへいって温和《おとな》しく遊んでいろ、云うことをきかないやつは追い出してしまうぞ」

子供たちはぴたっと沈黙し、けれどもそこに立ったまま、くいいるような眼で、じっと透の顔をみつめていた。

「いいえ構わないで下さい」丹波屋は、透がふところへ手を入れるのを見て首を振った、「私が云うのじゃあない、杉野さんから云われたのです」

丹波屋は歩きながら続けた、「知らない方がみえるとああやって銭をねだるんです、ええ、遣《や》るほうは一文か二文、なんでもないことでしょうが、子供たちにそういう癖を付けたくない、と云いましてね、ええ、それからは固くお断わり申しているんですが、さすがにお武家育ちだと思いますな」

「とにかく驚きました」とさらに丹波屋は云《い》った、「病人の中には身動きのできない者も五六人いまして、しもの面倒までみてやらなければならない、これまでは軽い病人がその面倒をみてやるくらいで、手を出す者などは一人もなかったんですが、杉野さんは汚なさも臭さもいとわず、みんな自分でみておやんなさる、後架《こうか》なんぞも見られたもんじゃなかったんですが、いまでは舐《な》めてもいいくらいきれいになってますよ、ええ、おかげでこれまでいつかなかった世話人たちも、どうやらおちつく者が出てきたようで、私たちも肩の荷がおりたような気持でございます」

建物をまわって北側へゆくと、そこに朽ちかかった木戸があり、二人はそこから裏庭へはいった。

広い敷地に倒れかかった厩《うまや》があり、取壊した建物の跡が並んでいて、そのうしろに椿の木が、ずっと地境の垣《かき》をなしていた。武家屋敷では椿は禁木とされている、花がそのまま落ちるので「首が落ちる」と嫌《きら》われるらしいが、この屋敷にはその椿が多いので、透には珍らしく感じられた。

「ああちょうどいい」丹波屋が立停って云った、「あそこへ杉野さんが出ていらっしゃいました」

台所と思われる戸口から、房野なほが出て来た。頭に手拭《てぬぐい》をかぶり、襷《たすき》を掛け、裾《すそ》を端折《はしよ》っているが、なほだということはすぐにわかった。透は丹波屋に礼を云うと、静かにそっちへ近よっていった。なほは屋根のある井戸端へいったが、人のけはいを感じたのだろう、片手を襷に掛けながらこっちへ振向き、小さく口をあいた。

「しばらく、——」透は側《そば》までいって微笑した、「手紙を見ました、元気なようですね」

なほは眼を伏せてじぎをした。

「どこか話のできるところがありますか」

「あがっていただくところはございませんの、中はもうひどうございますから」

「では、——」

透はあたりを見まわした。丹波屋の姿はもう見えず、荒れた裏庭は広く、ひっそりとして人影もなかった。

「外へ出られますか」

「はい、いま手はあいたんですけれど」

「待っていましょう」と透は云った、「支度をなさるならしていらっしゃい」

なほは「はい」と云った。

彼女は井戸水を汲《く》み、そこにある半挿《はんぞう》に入れ、かぶっていた手拭をとって、顔を洗いはじめた。透は向き直り、ゆっくりした足どりで庭はずれのほうへいった。——いちめんに枯草が立っていて、袴《はかま》の裾にからまり、陽《ひ》が高くなっているのに、踏む足の下で霜柱の砕ける音がした。

——変ったな。

窶《やつ》れたのかもしれないが、ひどく変った感じだ、と透は心の中で呟《つぶや》いた。なほは決して美貌《びぼう》ではないが、顔も躯つきもおっとりとして、ぜんたいがぼうと光《こう》暈《うん》に包まれているような雰囲気《ふんいき》をもっていた。表情も硬いようでいて、じつはこまやかに、微妙な変化をあらわしたものだ。

いまはそういうものが感じられない。着ていたものを脱ぎ捨てたように、ゆたかさや温雅な印象が失われ、あぶらけのぬけた、冷たく、かさかさした女になったように思われた。

「よく見もせずになんだ」透は庭の端で立停りながら呟いた、「仲上とのごたごたもあったし、出奔して来る途中の苦労や、ここへ住みついてからの疲れもあるだろう、変ってみえるのはあたりまえじゃないか」

彼は頭上を見あげた。

地境に垣のように並んでいる椿の木から、また音を立てて、椿の花が幾つか散り落ち、黒いような緑の葉のうち重なった枝の奥で、小鳥の声が聞えた。

透は眼《め》を戻して向うを見た。

右手に平たく、町外れの貧しい家並がかたまっているだけで、正面から左へかけては、遮《さえぎ》る物のない平野がひらけ、枯れた芦《あし》の茂みや、樹立に囲まれた農家などが、ところどころに点在する彼方《かなた》に、青くかすんだ山が遠く眺められた。

——中邑にもこんな景色があったな。

透は肺いっぱいに息を吸いこみ、それをゆっくりと吐きだした。うしろに枯草の音がした。なほが来たのであろう、透はそう思ったが、振向こうとはせずに、じっと遠い山を眺めていた。

「お待たせ申しました」

なほがそう云い、透は初めて振返った。黒っぽいこまかな縞《しま》木綿の着物に、模様もわからない地味な帯をしめ、油けのない髪はうしろに束ねたままだし、足には擦り減った下駄《げた》をはいていた。顔はかなり陽やけがして、肌《はだ》も乾いているように見えた。

「事情はもう知っています」と透は低い声で云った、「話しておくほうがいいと思うのだが、じつは昨日、仲上藤六という者に会ったのです」

なほの見あげる眼に、透は頷《うなず》いた、「あなたが家出をされたと知って、五六日まえにこっちへ追って来た、私のところにいると思ったのでしょう、ずっと見張っていたらしく、昨日の夕方、友人の家から帰る途中で捉《つか》まったのです」

「なにか乱暴なことでも」

「いや、――」と透は首を振った、「それよりも悪いことは、事情があって某藩の娘を一人、私の家に預かっていました、詳しいことは知らないのですが、私はおみさん、いや、水谷さんに相談をして預かっていたのですが、その娘がちょうど前日に出ていったのです、簡単な書置を残しただけで、どうして急に出ていったのかわかりません、それをどう訊きだしたものか、仲上はあなただと思っているのです」

椿の花がまた二つ三つ散り、その音を聞きつけたのだろう、なほがゆっくりとそちらへ振向いた。驚いたというようすではなく、極めておちついた動作であり、それが透には意外に感じられた。

「仲上はそう信じているし」と彼は続けた、「事情を知らない私には、その娘について説明することができない、仲上は刀を抜いて私を威《おど》しました、いや、乱暴なことはしません、ただ刀を抜いて威しただけですが、彼は命に賭《か》けてもあなたを捜しだすと云っていました」

なほは頷いて云った、「そういう人ではないかと、わたくしも思っていました」

「縁談のことは手紙には書かれなかったようですね」

「はい、初めから断わるつもりでございましたから」

「どうして江戸へ来られました」

「運がよかったのでございます」となほは俯向《うつむ》いたままで、云った、「岩古の『江戸新』から舟を出してもらい、漕《こ》ぎ出してから船頭にわけを話したのです」

船頭は老人であった。中邑から女が脱出することは、重い禁制を犯すことであった。まえにも記《しる》したことであるが、天明、天保の大饑饉《だいききん》で、領内の住民が極度に減少し、これを恢復《かいふく》するために、他領からの移民を募った。中でも女は金を出して買い求めたくらいだから、身分のいかんにかかわらず、女が他国することは厳重に禁じられていた。

老人の船頭はなほの話を聞くと、迷うふうもなく頷いて、どこへゆくつもりかと訊いた。なほは仙台領へゆきたいと答えた。

自分が出奔すれば、江戸へいったと思われるに相違ない。だから逆に仙台領へゆき、そこで江戸へゆく船を捜したい、と思ったのだという。

「それなら私にいい考えがある、と船頭が申しました、きっと望みはかなえてあげようと云って、舟を鎌原へ着けました」


老船頭は磯屋五兵衛という、仙台藩の御用商人を知っていた。五兵衛は隔月に一度、江戸と仙台を往復する習慣で、帰りにはきまって「江戸新」へ寄り、二日ほど軀《からだ》を休める。そのときもちょうど「江戸新」に滞在ちゅうで、船便を待っているところだ、と老船頭は語った。

鎌原海岸の岩蔭《いわかげ》に舟を繫《つな》ぐと、老船頭は歩いて「江戸新」へ戻り、磯屋五兵衛をくどきおとしたのだろう。幸運なことにその翌日、緒浜へ仙台からの船が着き、磯屋といっしょに乗ることができた。

磯屋五兵衛は二人の供を伴《つ》れていたが、ほかに三人、伊達《だて》家の侍が船に待っていて、五兵衛と江戸までいっしょだった。積荷は酒と味噌《みそ》だということだったが、かれらの話を聞くと、鉄炮《てっぽう》とか火薬などという、武器のことがしばしば出たし、江戸へ着いてからも、船はずっと沖に停《と》め、夜になって、五兵衛主従となほだけ、小舟をおろして深川の岸へあがった。

「磯屋に自分の家へ来いと云われたのですけれど」となほは続けて云った、「船の中でこの施薬所のことを聞いたものですから、少しでもなにかお役に立ちたいと思いまして、むりにお世話をしてもらったのです」

透は眼をそらした。

話を聞くうちに、女のひたむきな気持がたとえようもなく哀れで、いたわしく、抱き緊《し》めてやりたいという激しい衝動を感じた。よほどつきつめた気持でなければできないことだ。武家育ちではあっても、見知らぬ人間に頼っての船旅、途中でどんな危険があるか知れたものではない。

――無事だったのはふしぎなくらいだ。

一刻一刻が、不安とおそれで満たされ、おちついて眠ることもできなかったろう。ただ生きて江戸へ着くこと、自分に会えるということだけに縋《すが》って、はるばるここまで辿《たど》り着いたのだ、と透は思った。

「私の考えが足らなかった」と彼は囁《ささや》くように云った、「三年待つなどと云っても、当然あなたに縁談の起ることは考えなければならなかったのです」

「これは杉浦さまには関係のないことでございます、わたくしの気持は初めからきまっていたのですから」

「しかしこういう話が起こることを、考えもしなかったということは、――」

透は頭を振って、いまさらこんなことを云っても申し訳にすぎない、とでも云うように、はっきりした声で話を変えた。

「問題はこれからのことですが」と彼は云った、「御存じのように私はまだ学生の身の上ですし、あなたがこういう事情でもすぐにどうするというわけにもいきません、いや、まあ聞いて下さい、詳しいことはいずれ話しますが、私は昌平黌とはべつに、新らしい学問を始めるつもりです、それにはどれだけの年月がかかるかわかりません」

「わたくし」

「いやわかっています、そのことはべつとして、あなたがこれからどうするかということです」透はふところから金包を出して云った、「これは水谷さんから借りたもので、当座のお役に立てばと思って持って来たのですが」

「いいえ、――」なほはかぶりを振った、「そういう物はいただきません、自分でも少し持ってまいりましたし、僅《わず》かながらお給銀も出ますから」

「給銀が出る」と透は訊《き》き返した。

「はい、額は僅かですけれど」なほはそう云いながら、ようやく透を見あげ、眼と唇《くちびる》でそっと微笑した、「自分で働いて給銀をいただくのは初めてですし、なんですかたいそうこころ丈夫で、どんな辛抱にも耐えてゆける、というような気持が致します」

「だが聞くところによると、仕事はずいぶんたいへんなようだ、あなたはひどく疲れてみえますよ」

「いままでとはくらしかたが違うからでございましょう、もうまもなく馴《な》れると思います」

「それにしても、とにかくこれは持っていて下さい」透は金包を差出した、「水谷さんにもそう断わって来たものだし、またどんなことで必要にならないとも限りませんから」

「いいえそれだけは」なほはきっぱりと云った、「わたくしお金だけは頂きません、こんどのことで悟ったのですけれど、岩古の船頭にしろ磯屋さんにしろ、みなお金をはなれた御親切でした、もしわたくしがお金を持っていて、そのお金でなにかをしようとしたら、却《かえ》って悪い結果になったかもしれないと思いますの」

自分は躯も丈夫であるし、施薬《せやく》所の世話もやり甲斐《がい》がある。金などは持たないほうが、むしろ気持を支えてくれるであろう、となほは云った。

「わかりました」透はやむなく頷いた、「ではこの金は私が預かることにしますが、もう一つ、仲上藤六のことがあります」

「わたくしはここを出ませんから、決してみつかる気遣《きづか》いはございません」

「あなたはそうだろうが、彼は私を跟《つ》け廻《まわ》していますから、あなたと逢《あ》うのにも、よほど機会を選ばないと危険だと思うのです」

なほは頷いて云った、「仰《おっ》しゃるとおりですわ、ここの仕事もいそがしくて、なかなか暇がございませんし、こうして江戸へまいっていちどおめにかかったのですから、ほとぼりのさめるまでお逢いしないほうがいいと存じます」

「なにか不自由なものはありませんか」

「手紙を差上げるとき、——」なほはちょっと躊《ため》らいながら云った、「やはりお屋敷のほうがよろしいでしょうか、そんなことはないと思いますけれど」

「そうですね、仲上に気づかれるといけませんから、学問所の水谷さん宛《あて》にして下さい、そのほうが無事です」

「学問所の、——」

「学寮の水谷郷臣、もとは郷里の郷と書きます、そこなら必ず私に届きますから」

なほは頷いて、足もとに眼をおとし、口の中でその名を呟いた。そのとき、一人の少年が走って来、十二三間はなれたところから、大きな声で「おばちゃん」となほに呼びかけた。

なほは振返って、微笑しながら頷いてみせた。

「ではこれで失礼します」透が云った、「どうかあまりむりをしないように」

「透さまもどうぞ」

透は踵《くびす》を返して歩きだしたが、すぐに、散り敷いた椿《つばき》の花を踏んでいるのに気づき、脇《わき》のほうへ避けて歩いた。

脱　走

安方伝八郎は寝ころんだまま、はいって来た男を見た。

「私は中目付役の佐伯角之進という者だ」

安方は舌で歯を吸い、人を愚弄《ぐろう》するような眼《め》つきで、佐伯を見あげた。

「中邑《なかむら》から引取りの使者が来たので、こん夕そのほうは国送りときまった」と佐伯は云《い》った、「神妙にすれば腰縄《こしなわ》、さもなければ本縄、唐丸駕籠《とうまるかご》の送りにする、どっちにするかはそのほうの心得しだいだ」
「唐丸か」安方は声を出さずに笑った、「家臣を曝《さら》し者にして道中すれば、さぞ中邑藩の面目になるだろう」
「籠《かご》には油単《ゆたん》を掛ける、われわれも本縄にするには忍びない、神妙にすると誓えば、道中もゆるやかにしよう、どうだ」
「口で誓うだけでいいのか」
「侍は恥を知るものだ」
「縄を掛けられてか」
「覚悟のうえだろう」と佐伯が云った、「脱藩するときに、失敗すればこうとわかっていた筈《はず》だ、しかもやまだち盗賊の罪ではなく、御家法にはそむくが国事のためにしたことで、誰に恥じる必要もない筈だ」
「笑わせるな」安方は唇《くちびる》を曲げた、「口でおだてて首は斬《き》るやつさ、どうせやるならてまをかけずに、ここでやったらいいじゃないか」
「――これは内聞《ないぶん》だが」佐伯は声をひそめた、「国許《くにもと》では金剛院の慈竜和尚《じりゆうおしよう》が老臣がたを説得して、一同の罪科が減ぜられることになったそうだ、そこもとには脱藩という余罪があるが、和尚は決してみすてはしまいと思う」

「あのくわせ坊主《ぼうず》が」と安方は歯を剥《む》きだした、「おれたちに異人館焼討ちを唆《そそのか》し、壮士の詩などを書いてよこしたのはあの坊主だ、あいつはいつも若い者を集めて天下の形勢を語り、倒幕と王政復古を唱えておれたちを煽動《せんどう》していた、信念があったからではない、単なる虚栄心と自分の見聞をひけらかすためだった、虚栄心と、若い者のいいにんきを集めておきたいばかりに、自分では信じもしないことをおれたちに吹き込んだのだ」

「いまさら和尚の悪口を云ってなんの足しになる」

「あいつが減刑嘆願をしているというからだ」安方は起き直った。

乱暴でもすると思ったものか、そこにいる四人の番士がさっと緊張した。安方はかれらには眼もくれず、あぐらをかき、毛脛《けずね》を手で叩《たた》きながら云った。

「こんどの騒ぎの発頭人はあの坊主だ、縄にするならまず第一にあの坊主を縛らなければならない、それにもかかわらず、その発頭人が減刑嘆願をするって、――笑わせるな、そんな茶番はまっぴらだ」

佐伯は立ったままであったが、少しも感情をあらわさない眼で安方を見まもり、小さく、極めてゆっくりと首を振った。

「おれの聞きたいのは」と佐伯が云った、「国許まで神妙にしているかどうかという点だ」

「口だけでいいなら、神妙にしよう」

「それでいい」佐伯の唇に、それとわからないほどの微笑がうかんだ、「おれは侍の約束として、その言葉を受取っておく」


佐伯が出てゆくと、安方伝八郎は番士に向って、茶を一杯くれと云った。

――この部屋ともお別れか。

正月にこの部屋に監禁されてから、約三十日になるな、と彼は思った。町方に捕まってから、宗間家本邸のこの仕置き部屋へ移された。中邑藩の者だと名のらなければ、幕吏の手にかかって斬られるだろう。それは耐えられなかった。

――たとえ死ぬにしても。

幕府の獄舎で刑吏の手にかかり、犬猫《いぬねこ》のように殺されるのはがまんできない。しかも、王政復古はまぢかに迫っているのだ、王政復古のために一命を捨てた、という証拠を残して死にたい、それなら本望だと思った。

――斬られるなら同志といっしょだ。

そう考えて名のったのだ。

宗間家へ引渡されてから、この仕置き部屋へ押し込められた。六帖《じょう》ほどの板敷で、三方が壁、長四帖の寝間と厠《かわや》が付いている。番士は四人で、昼夜四交代。縄は掛けられなかったが、刀はなし、四人を相手では脱出することは不可能であった。

――もうじたばたするな。

これがおれの運ならいさぎよく死んでやろう、と彼は肚《はら》をきめた。

吟味があったら、自分たちの主意を述べてやろう。もはや王政復古は避けがたいこと、たとえ倒幕がものにならず、公武合体におちつくとしても、朝廷の威力はしだいに増大するばかりだろう。奥羽連盟に加わっている中邑藩は、それまでになにごとか為《な》さなければならない。伝統と地理的条件とで連盟には加わったが、尊王《そんのう》の意志は不変だったという、はっきりした証拠を示さなければならない。

――攘夷《じょうい》の宣旨は天下に公示されたものだ。

異人館の焼討ちは宣旨に則《のっと》ったもの、すなわち中邑藩に尊王の誠意のあることを立証することだ、と答えるつもりだった。

だが吟味はなかった。今日まで一度の呼出しもなく、こんどは国許へ送るという。

――かれらは吟味ができない。

吟味をするだけの勇気が、かれらにはないのだ。幕府の眼も恐ろしい、朝廷の眼も恐ろしい。変動する情勢の中で、どの道を選ぶかという決断がなく、ただ宗間家大事と風向きをうかがっているだけだ。

「おい、茶をくれ」と伝八郎は云った、「もうきさまたちともお別れだ、茶ぐらい飲ませてもいいだろう」

四人の番士は答えなかったし、立とうともしなかった。

「ふん、哀れなやつらだ」彼は壁へ背で凭《もた》れながら嘲笑《ちょうしょう》した、「役目さえ守っていれば、それで安全に生きていられる、と思ってるんだろう、耳があっても聞かず、眼があるのに見ようとせず、役馬のように命ぜられたことをはいはいとやっている、それで自分も妻子も安全だと信じているんだろうが、こんな世の中は長く続きゃあしない、もうすぐにひっくり返るぞ」

伝八郎は舌で歯を吸った。十日ほどまえから、右の歯の一本が痛みだしたのだ。彼は舌の先でその歯をさぐり、音を立ててその歯ぐきを吸った。

「世の中はひっくり返る」と伝八郎は繰り返した、「そうなれば、きさまたちは一と纏《まと》めに打首だ、きさまたちも妻子も、並べておいて打首だぞ」

四人の番士は黙っていた。

——そうだ、こいつらはみんな打首だ。

安方は心の中で思った。

「きさまたちは自分では、いっぱし生きてもいるし、人間だと思っているんだろう」

彼は公平な判断を聞かせるつもりらしいが、その顔つきや口ぶりはいい気持そうで、自己満足が感じられた。

「だがそうじゃない」と彼は続けた、「おまえたちは本当に生きちゃあいない、譬《たと》えてみれば道傍《みちばた》の石ころか雑草のようなもんだ、石ころは蹴《け》とばされれば飛んでゆく、車が来て、轢《ひ》き砕かれそうになっても動けない、道草は踏まれても挘《むし》られても、そこにしがみついているだけだ、つまり、置かれた場から動けないし、動こうとする勇気もない、石ころか雑草、ちょうどそういった物なんだ」

安方はまた歯を吸った。

「だが世の中が変る」と彼は云った、「大きな掃除が始まるんだ、新らしい世の中に必要な物は残るが、必要のない物、邪魔な物はきれいに纏めて片づけられる、石ころや雑草などは有ると邪魔だ、おまえたちはこれだよ」

安方は手刀で首を叩いてみせ、にっと歯を出して微笑した。

四人は黙っていた。相手になるなと命じられているのか、これまでの交代に、ずいぶん変った顔ぶれの番士が来たが、安方の相手にならないだけでなく、かれら同志でも決して話はしなかった。型に箝《は》めたように、みな黙って番に坐《すわ》り、黙ったままで交代した。もちろん、幾たびか番に当って、顔を覚えた者もあるが、それらもまったく初対面であるようにそっけなく、名まえさえもわからなかった。

伝八郎はかれらに向って、飽きずに毒舌をあびせた。かれらを甲乙丙丁と呼び、繰り返し「きさまたちはやがて打首だ」と云った。ふしぎなことに、そう云い続けていると、彼自身もそれがまもなく実現することのように思えたし、番士たちの表情にも、あるかなきかの動揺があらわれるのを認めた。

——みんな恐れている。

かれらも時勢の変動を知っているのだ。公武合体か、王政復古か、いずれにせよ大きな変動がやって来る。三百年続いた徳川幕府が、たやすく崩壊するとは思えないが、大きな変革が起こった場合、自分たちがどうなるか、現在の生活が保てないだけならいいけれども、命まで奪われるようなことになるのではないか。

——新らしい時代が生れるためには、三百年の伝統が破壊されなければならないだろう。

そういうとき犠牲になるのは、将軍や大名たちではなく、いつも最大多数の者、富もなく権力もない人間だけだ。

——かれらはそれをよく知っている。

だが自分ではどうする勇気もない、と安方は思った。

「哀れなもんだ」と彼は口に出して云った、「こんな小藩の扶持《ふち》をたのしみに、明日のことにも眼を塞《ふさ》ぎ、肩腰を折って勤めている、食って寝て子供を生んで、それで泰平無事だと顎《あご》を撫《な》でているんだろう、いつの時代でもそうだ、そういう連中はいつもきまって、時代が大きく変るときには薙《な》ぎ倒されてしまう、新らしい時代のためにはなんの役にも立たず、それればかりか、却《かえ》って邪魔な古い時代の垢《あか》が付きすぎているからだ」

安方はますますいい気持そうで、四人の顔を眺《なが》めまわし、子供でもからかうように「茶をくれないか」と云った。

四人はやはり答えなかった。

ちょうど同じころ、宗間家の中屋敷では、佐伯角之進と並木第六が話していた。佐伯は本邸から来たばかりであり、並木はなかまと飲んでいたらしく、空いた燗徳利《かんどくり》や、食い荒らした皿小鉢《さらこばち》の膳《ぜん》が三つ、第六の分とはべつに並んでいた。

「先手を打たれましたよ」と並木は云った、「温和《おとな》しそうな顔をしていて、あいつなかなかくえない人間です」

「なんのことだ」

「一杯どうですか」

かなり酔っているとみえ、燗徳利を持つ第六の手は、ぐらぐらと左右に揺れた。

「おまえ酔っているな」佐伯は云った、「今日がどういう日か知っているか」

「私は諄《くど》いことは嫌《きら》いだ」

並木は片手を伸ばして、うしろにある刀を取り、膝《ひざ》の上に置いて鞘《さや》を撫でた。

「半日がかりで手入れをして、あとは使うときを待つばかりです、あなたがいっしょなら見せてあげるんですがね」

「先手を打たれたとはなんだ」

「そのことです」

刀を膝に置いたまま、並木は手酌《てじゃく》で一杯呷《あお》った。

「松崎さんの例の包、あれがすり変えられていました」

佐伯は黙って、並木の顔をみつめていた。

「杉浦のやつ勘づいていたんでしょうか、留守には手伝いの女、さよう、なんとか云いましたな、長屋の足軽の女房がいすわってたんです、ずうっとね」並木はおくびをして続けた、「こっちは杉浦がばか正直だから、預かった包に間違いのないようにと、留守番を頼んだものと思ってました、ところが今日、その女房がいないのをつきとめた、大丈夫と慥《たし》かめてから、はいっていってしらべたんです」

「手短かに云え」

「もう終りです」並木は頭をぐらっとさせた、「松崎さんの云ったところに風呂敷《ふろしき》包はありました、けれども中は杉浦の古い筆記や反故《ほご》みたような物ばかりです」

「包を間違えたのではないか」

「三つ四つあったのを全部しらべましたが、着古した下着とか古足袋の類です、松崎さんの云ったような物はぜんぜんなし、要するにあいつが中身をすり変えたか、どこかへ捨てちまったんでしょうな、みごとに裏を掻《か》かれましたよ」

佐伯はなにごとか考えこんだ。

「ああそれから」と並木は思いだしたように顔をあげた、「こいつは役に立つかどうかわからないが、中邑から娘が一人、杉浦を頼って出奔して来ているらしいですよ」

佐伯はなお考え続けていた。

「苗字《みようじ》はわかりませんが、なほという名の娘でね」と並木は続けた、「本所のほうの施薬《せやく》所に身を寄せているそうです、その包の一つにはいっていた手紙なんですがね、武家の娘だということは間違いなし、なにか事情があって家出をして来た、そういうことが書いてありましたよ」

佐伯は聞いていなかったのだ。

並木第六の口許を見まもったままで、彼の話が終らないうちにふと息を吸いこみ、並木の話を遮《さえぎ》って云《い》った。

「包はかの人のところだ」

「え、——なんです」

第六はめんくらったような眼《め》をした。

「松崎かの子の包だ」

「それが——」

「水谷さまのところだ」と佐伯は云った、「おそらく杉浦が相談をしにいったのだろう、危険とみて学寮へ移したに相違ない」

「そんなところまで気がまわりますかね」

「正月に殿が召されたとき、殿のお言葉に仰《おお》せられてはならぬ事があった、かのお人は頭の切れる方だから、いや、――そうではない」

佐伯は自分の云いかけたことに自分で首を振り、舌打ちをした。

「そうではない、包を移したのはもっとまえだ、松崎が立退《たちの》いたとき、なにか企《たくら》みがあると察したことだろう、ことによると松崎が寄宿したとき、すでに勘づいていたかもしれない」

「包の中を見られると、どうなります」

「それは水谷さまの御方寸しだいだ」佐伯は珍らしく顔を歪《ゆが》めた、「詳しいことは云えないが、あの中には倒幕を謀《はか》る各藩の志士たちの往復文書や、名簿などが入れてあった、かの人を幽閉するには充分な材料だが、向うの手に渡った場合どうなるか、それはかの人の思案できまることだ」

「私にはさっぱりわからない」並木は首を振りながら、燗徳利に手を伸ばした、「あなた方のすることは手がこみ過ぎている、かの人もおみさんもないでしょう、お家にとって邪魔な人間なら、さっさと始末をつけるがいいでしょう、私でよければいつでもお役に立ちますがね」

そして、彼はまた飲んだ。

「その役はもう渡してある」と佐伯が云った、「安方は国許《くにもと》では名を知られた使い手だ、そんなに酔って、仕損じると取返しがつかぬぞ」

「それは冗談ですか」並木は肩を揺りあげた、「飲んだ酒は必ず醒《さ》めるものです、やるのは明日の晩でしょう、安方がどれほどの腕か知らないが、道場の試合としんけん勝負は違うもんです」

「よく聞くせりふだな、しかし仕損じると取返しがつかぬ、ということを覚えていてくれればいい」

「ちょっと、――」立とうとする佐伯を、第六は片手で押えるような身ぶりをした、「よけいなことかもしれないが、念のために聞いておきましょう、いったいどうしてこんな手のこんだことをするんです、どうせやるなら、この屋敷でやるほうが手っ取り早いじゃありませんか」

「それは簡単には云えない」

簡単には云えないのだ。

勤王に傾いている勢力を、そのゆえに弾圧することはできない。もし王政復古ということになれば、その弾圧の責任を問われなければならない。これは佐伯角之進の問題ではなく、一部を除いた重臣ぜんたいにかかる難問である。

——安方は脱藩した。

その罪は明らかなものだが、そこに到《いた》ったのは攘夷の精神からで、手段は矯激《きょうげき》であったが、一味は事前に捕われた。安方だけを脱藩の罪で斬《き》ることは、一旦《いったん》おさまった火に油をそそぐことになる。


——彼を法によって斬罪《ざんざい》にはできない。

だが国許へ生きたまま帰すこともできない。安方伝八郎はいまや英雄である、同志がみな捕われた中で、彼だけが江戸へ脱出し、どうやら勤王浪士たちとの交渉もあったようだ。

国許の血気な青年たちは、安方の帰国を待ち望んでいる。安方を死罪にすれば、却って英雄としての価値を高め、「彼に続け」という声を呼び起こすに相違ない。

また、生きたまま帰せば、そうして、もし金剛院慈竜の減刑運動がものになれば、安方らの妄動《もうどう》は倍加するばかりであろう。つきつめたところ、安方は「脱走を謀って斬られた」というかたちで始末するほかに、手段はないのであった。

「仔細《しさい》は事が終ってから話すとしよう」と佐伯は云った、「これ以上、家中に騒ぎを起こさないためには、是非の論をべつにして彼を仕止めなければならない、いまはこれだけを心得ておいてくれ」

「私はものごとをすかっとやるほうが好きだ、黒か白か、はっきりどっちかに片づけるほうが、あとくされもないしやるにも気持がいい、こんなふうに手のこんだ、持って廻《まわ》ったやりかたはどうも気にくいませんな」

佐伯の眼が冷たく光った。

「いや、やることはやります」並木はいそいで手を振った、「いなやを云うわけじゃない、自分の正直な気持を云ったまでです、大丈夫、安心して下さい」

「では、――」佐伯は立ちあがった、「諄いようだが」

「諄いですね」と並木は首を左右に振って遮った、「念には及びませんよ」

立ちあがったまま、佐伯はちょっと唇《くちびる》を噛《か》んだ。

――杉浦のところへ、中邑から出奔して来た娘がいる。

並木がそう云ったのを思いだしたのだ。なに者で、どういう事情だろう、訊《き》いてみようかと考えたが、事の終ったあとでもいいと思い直して、並木の家を去った。

同じ日の夕刻、――

宗間家本邸の不浄門から、安方伝八郎をのせた唐丸駕籠《とうまるかご》が担《かつ》ぎ出された。護送の人数は七人、宰領は藤延《ふじのぶ》伊平で、みな国許の者ばかりだった。

油単を掛けた唐丸の前に二人、両脇《りょうわき》に二人、うしろに三人という配置で、藤延は駕籠の右脇に付いていていた。

安方は本邸で引渡されるとき、初めて藤延を見て笑った。それ以来ずっと、唐丸の中から悪口を云い続けた。

「きさまとは杉浦の家で会ったのが最後だったな」揺れる駕籠の中から安方は呼びかけた、「杉浦の結婚の祝いの晩だ、西郡《にしごり》の粂《くめ》、原田主税《ちから》、永沢、それからもう一人、うん、池田の与次郎がいたっけ、おれは招かれざる客で、おれの顔を見るとみんないやな面《つら》をした、特に粂のやつがはっきり眉《まゆ》をしかめたのを覚えているぞ」

安方は声をあげて笑った。油単に蔽《おお》われているため、唐丸の中の声は含んだ口から出るように、抑揚がはっきりしなかった。

「あのとき集まった五人の中でも、きさまがいちばん小心で度胸がなかった、おれが刀の舞をみせたとき、きさまは二尺もうしろへとび退いた、まっ蒼《さお》になってな、そうだろう」

藤延は黙って歩いていた。

「そのきさまが護送の宰領とは」安方は続けて云った、「ことに安方伝八郎の護送とはおどろきだ、誰の人選かは知らないが、きさまよく引受ける気になったな」

「おい、聞いているか藤延」と彼は続けた、「受取るときに承知だろうが、おれは腰《こし》縄《なわ》だけだし、宿の泊りは唐丸から出されるんだぞ、おれがこのまま、温和しく中邑まで送られるとは思ってやあしないだろうな、慈竜和尚《おしよう》の奔走で罪が軽くなるなどと云っていたが、脱藩の罪はべつだ、異人館焼討ちは計画倒れになったが、おれは現に脱藩したんだし、いちど公儀の手にかかってる、それを放免することなんてできるもんか」

安方は急に黙った。

彼は藤延を嘲弄《ちようろう》するつもりであったが、そこまで云いかけると、怒りがこみあげてきたのだ。

――そうだ、それは不可能だ。

初めからわかっていたことだ。幕吏に捉《つか》まってから、中邑藩士だと名のるまでに、おれはどう転んでも死罪はまぬがれないと思った。どうせ死ぬなら藩へ帰って、自分が大義のために死ぬ、ということをかれらに見せてやるつもりだった。

――安方伝八郎は死んで大義を生かす。

そう叫ぶつもりだった。

それが佐伯の言葉で崩れた。もしかすると死なずに済むかもしれない。奥羽連盟には加わっていても、ひそかに京都へ糸をつなぐことも忘れないんだから。国許へ送るのは幕府の目を避けるため、少なくとも情勢をみるため、すなわち、家中の輿論《よろん》を慥かめるためかもしれない。……こんなふうに考えると、それを裏付けるような条件は幾らでも挙げることができた。だが、いま自分でいい気持になりたてているうち、「幕府の手にかかった」という点で、自分のあさはかな考えが微塵《みじん》になるのを感じた。

――中邑へ送っても幕府の目は昏《くら》ませやしない、幕府が藩に引渡したのは処刑すると認めたからだ、国許へ帰れば仙台という大藩の看視がある、まして脱藩というはっきりした罪があるのに、どういう理由で生かしておくことができるか。

佐伯にいっぱいくった、と安方は思った。あいつは国許まで無事に送ろうとして、おれに餌《えさ》を嚙ませたのだ。ことによると助命になるかもしれない、そう思わせるために、わざと警護もゆるめたのだろう。このほうが慥かだ、このほうが真実らしい。おい伝八郎、いい気になって笑われるなよ、と彼は自分に云った。

「そういそぐなよ藤延」安方はどなった、「いそぐことはない、早く着けば早く着くほど、おれの首も早くとぶ勘定だ、同藩のよしみがあったらゆっくりやってくれ、おい、聞いているのか」

やはり返辞はなかった。

「中邑まで早くて七日」と安方はまた云った、「おれの命も七日ときまると、これでちょいとした感慨ものだ、きさまが責任者では駕籠やぶりもできないしな、これが西郡か原田なら、少しは心得もあるからやってみてもいいが、藤延ではあまりに可哀《かわい》そうだ、赤ん坊の首をひねるようなものだからな、うん、きさまを選んだのもおおきにその辺が覘《ねら》いかもしれない」

伝八郎は顔をしかめた。

もうよせ、きさまは泣き言を云ってるだけだぞ、と彼は思った。

市川を過ぎるころ雪になった。安方は知らなかったが、入口川というところの舟渡しで、船頭と藤延が問答するとき、そのことを知った。

その渡しは夜の八時まで通じているが、江戸川の渡しは暮六つの刻限があるので、一行は手前の新宿で泊った。

藤延は伝八郎を唐丸から出さなかった。駕籠のまま座敷へ担ぎ入れ、食事も駕籠の中でさせようとした。

「約束が違う」安方は怒った、「宿では唐丸から出して寝かせると、中目付の佐伯が確約をした、きさまは聞いた筈《はず》だぞ」

「私は知らない」

「知らぬで済むか」安方は叫んだ、「おれは盗賊でもなし逆徒でもない、佐伯はおれを侍として送ると云った、宿では駕籠から出して、楽に寝かせるとはっきり約束したのだ」

「私はそんなことは聞かない」

藤延はそっぽを向き、警護の者たちに、交代で風呂《ふろ》へはいれと云った。

「ここから出せ」と安方は絶叫し、唐丸を揺すぶった、「おれを出せ、藤延、おれはこんな中で食事などとらんぞ」

「油単を掛けろ」藤延伊平が云った、「ほかの客に聞えては外聞が悪い、もっと騒ぐようなら蒲団《ふとん》でくるんでしまえ」

「よし、やってみろ」安方は声かぎり喚《わめ》いた、「好きなようにやれ、おれを黙らせてみろ」

唐丸にまた油単が掛けられ、安方が喚き続けると、唐丸の上とまわりが蒲団で包まれた。安方は暴れた。唐丸駕籠は青竹を割って編んだもので、人間ひとりがあぐらをかいて坐《すわ》れば、殆《ほと》んど身動きができない。したがって、暴れるといってもせいぜい揺すぶるか、唐丸ごと倒れて転がるくらいのものだ。伝八郎は唐丸を揺すぶり、横に転がって喚いた。すると侍たちが押えつけ、壁際《かべぎわ》まで転がしてゆくと、そのまわりに夜具を積んで、動けないようにしてしまった。

安方は仰向きになって、足をちぢめた恰好《かっこう》のまま喘《あえ》いだ。手も足も伸ばせない、不自然にちぢめた脚が、腹と胸を圧迫するし、蒲団蒸しにされているため、息苦しさのあまり眼が昏むように感じられた。

「起こせ、藤延」耐えかねて彼は叫んだ、「これでは息が詰ってしまう、起こせ」

だが返辞はなかった。

伝八郎は苦しさに喘ぎ、どうしたら楽になるかと、足や軀《からだ》のぐあいを直してみた。横になるほうが少しは凌《しの》げたが、頭を支える物がないので、すぐに首が痛んできた。

「あいつ、殺してやる」と彼は口の中で云った、「藤延のやつ生かしてはおかぬ、おれはこのままで死なん、石にかじりついても、もういちど必ず逃げてみせる、必ず逃げて、第一に藤延を斬ってくれる」

呼吸が少し楽になった。

軀が不自然な姿勢に少し馴《な》れたのだろう、駕籠の割り竹に押しつけられるので、左の脇腹と腰骨が痛むが、息苦しさはずっとやわらいできた。伝八郎は縛られている両手を、縛られたままで、左のほうへ、少しずつずらせた。

——自業自得だ。

安方伝八郎は自分を嘲笑した。

——いいざまだぞ。

なんの必要もないのに、からいばりにいばった。かれらはかれら、おれはおれじゃないか。かれらを路上の石ころとみ、役にも立たぬ雑草とみるなら、石ころや雑草にいばってみせるおのれはなんだ。

伝八郎は口をあいて呻《うめ》いた。

「きさまは軽薄な、おっちょこちょいだ」と彼は云った、「そんなことで国事に奔走するなどとよく云えたものだ、どんな臆病者《おくびょうもの》だって、口だけなら天下も取ってみせるだろう、打首だって、ふん、打首になるのはきさま自身だ、曳《ひ》かれ者の小唄《こうた》」

曳かれ者の小唄、と繰り返しながら、彼は喉《のど》で泣きだした。

自分を卑《いや》しめ、罵《ののし》ることによって、彼は肉躰《にくたい》的な苦痛と、精神的な屈辱と怒りをまぎらわそうとしたのだ。彼は土牢《つちろう》の中の皇子《みこ》を思い、去年の地震で圧死したという藤田東湖のことを思った。ほかにも救いようのない苦痛をなめた者、非業の死をとげた人たちのことを聞いたようだが、すぐには思いだせなかった。

陽《ひ》もささない土牢の中に、幾年も押込められていた皇子は、どんな気持でおわしただろうか。

また、尊王攘夷《そんのうじょうい》の大志をいだきながら、崩壊する家の下敷きになり、これで死ぬと知ったとき、東湖はどんな気持だったろうか。

「それに比べたらおれなんか」伝八郎は喘ぎながら云《い》った、「このくらいの苦しみなんかなんだ、たとえ千に一つにもせよ、おれにはまだ機会が残っている、少なくともこのくらいの苦痛で死にはしない、どなったり泣き言を云う暇に、脱出のくふうでもすべきじゃあないか」

安方は仰向きになった。

どっちへ向いても、割り竹の当るところがすぐに痛くなり、呼吸が苦しくなる。その苦痛をそらそうとして、できるだけ他の事を考えてみるが、現実に圧迫してくる苦痛から長くのがれることはできなかった。

「藤延、起こしてくれ」安方は叫んだ、「これでは息ができない、頼む、起こしてくれ」

返辞は聞えなかった。

伝八郎はなお叫んだ。すると上の蒲団が取り除《の》けられ、唐丸が起こされた。そのとき、油単の一部が捲《まく》られ、唐丸の中へすばやく、なにかが差入れられ、「あとで」と囁《ささや》くのが聞えた。

伝八郎は気がつかなかった。

なにか差入れられたことも、低い囁き声も感じたことは感じたのであるが、苦痛から救われたという安堵《あんど》のほうが強く、すぐにはそれがなにごとであるか理解できなかった。

「食事をするか」と云う藤延の声が聞えた。

「やられたね」安方はてれ隠しに笑った、「子供のじぶんいたずらをして、折檻《せっかん》されたときのことを思いだした、兜《かぶと》をぬいだよ」

「食事をするか」

「貰《もら》おう」と安方は答えた、「正直なところいまそれどころじゃないが、すなおに云うことをきくほうがよさそうだ、おまえなかなか負けないんだな」

藤延は黙って向うへいった。

食事と用をたすときだけ手首の縄が解かれる。その唐丸駕籠には一尺五寸四方くらいの差入れ口があり、護送の者がそこから手を入れて、縄を解いたり、食事や用器の出し入れをする。食事といっても日に二回、握りめし二個に梅干一つ、白湯《さゆ》が一杯ずつであった。

——すっかりぼろを出したな。

握りめし一個を、なまぬるい白湯で、むりに喰《た》べてから、ついでに用を済ませたあと、彼は唐丸に背でよりかかって溜息《ためいき》をついた。

——恥をさらした。

だが忘れまいぞ、土牢の中の皇子、圧死したときの東湖、どちらも死んだのだ。大《だい》塔宮《とうのみや》も東湖も、私利私欲で動いたのではない、二人とも国家のため、天皇のためにはたらき、宮は賊の手にかかってはてられたし、東湖はこころざし半ばにして圧死した。どちらも、いかに苦しく無念であったか。倒された唐丸の中で、蒲団蒸しの苦痛をなめながら、おれはこの軀でそのことを実感した。二人の苦しみや絶望そのままではないだろう、けれどもそれを実感したことは事実だ。

——これを忘れまいぞ。

おれはまだ生きているし、脱走する機会も絶無ではない。いや、万に一つの隙《すき》でもあれば脱走し、王政復古のために身命を捧《ささ》げよう。そのためにはできる限りのことをするぞ。

——おれは兎《うさぎ》のように温和《おとな》しく、狐《きつね》のように狡猾《こうかつ》になるぞ。

安方はそう思った。

彼は自身が成長したように感じ、自分の内部に新らしく、充実した闘争心が、わきあがるように思った。

この宿か、それともほかの宿でか、絃歌《げんか》の声がときをおいて、高くなり低くなり聞えて来た。

「世の中はさまざまだな」彼は眼をつむった、「天下がどうなるかわからないというときに、酒を飲み女を抱いて、うたい興じている人間もいる」

杉浦透などもそうだ、と安方は思った。

この緊迫した激しい時代に、役にも立たない学問などをしている。時代が変るといってもせいぜい公武合体ぐらいに思っているのだろうか、とんでもない、時勢の動きはもっと急だ。

——倒幕、王政復古。

それが朝廷をとりまく動かせない空気になっている。幕府は崩壊するんだ。天皇親政による、まったく新らしい天下になるんだ。しかもかれらは、それを知ろうとはせずに、暢《のん》びりと学問などをやっている。

――絃歌をたのしみ、女にたわむれる連中と差別はない。

杉浦も哀れなやつだ。

安方は嘲笑を唇《くちびる》にうかべながら、自分の出会った勤王浪士や、長州、土佐、肥前、石州などの志士たちと、その話していたことを思いだした。

狭い唐丸の中で、坐ったまま眠る、などという経験は初めてであった。蒲団蒸しの苦痛には比べられないが、それでも同じ姿勢であぐらをかき、両手首を前帯のところで縛られたままだから、軀の節ぶしが凝ってくるし、いたるところがむずむずしたり、たまらなく痒《かゆ》くなったりするので、とうてい眠れそうにはならなかった。

あぐらにかいた足を、幾たびか組み変え、よりかかっている背中の位置を変えなどしていたが、そのうちにふと、伝八郎は脛《すね》のところになにか触るのを感じた。

安方は息をのんだ。

脛に当った物がなんであるかを慥《たし》かめるまえに、さっき油単をあげてなにかが差入れられたこと、また誰かが「あとで」と囁いたのを思いだしたのであった。

――なんだろう。

彼は脛を動かしてみた。幾たびもやってみて、それから身をよじり、縛られた手先をくふうして、その物をようやく取りあげた。油単が掛けてあるから、外から見られる心配はないが、それでも伝八郎は軀のふるえを抑えることができなかった。行燈《あんどん》は遠くにあるらしい。唐丸の中は殆んどまっ暗だ。取りあげたのは紙に巻いた短刀で、紙にはなにか地図のようなものと字が書いてあるが、その暗さでは判読はできなかった。

「あとで、――」

安方は口の中で呟《つぶや》いてみた。

あとでまたなにかする、ということか、それともいまは暗いからあとで読め、ということか。暫《しばら》く考えたが、どちらとも見当がつかなかった。

――とにかく待ってみよう。

短刀を抜いてみてから、彼はそれを膝《ひざ》の下に隠した。それで縄《なわ》を切れというのであろう、割り竹で編んだ唐丸は、そんな物で簡単に切りやぶれはしない、これは縄を切るために入れたのだ。

いつ切るかは「あとで知らせる」というのかもしれない、と安方は思った。

「朝の食事までは切れない」

食事のときは縄を解かれるから、切っていればわかってしまう。やるのはそのあとに相違ない、仔細《しさい》はこの紙に書いてあるのだろう。こう思うと、彼は急に腹へ力がたまるように感じた。

——だがなに者だろう。

眠るまで、安方は相手が誰であるか考えていた。藤延か、護送の者の誰かか。これまた考えただけではわからず、そのうちに彼は眠ってしまった。

あぐらをかいたままだから熟睡はできなかった。夢うつつに軀のぐあいを直しながら、ほんのいっとき眠ったと思ったら、食事をするので起こされた。

「まだやみそうもないな」

「さかんに降ってる」

「二月だというのに、こんなこともないな」

「ひどい旅になるぞ」

そんな話し声を聞きながら、伝八郎は食事を済ませ、また用も済ませた。

——雪が降ってるんだな。

悪くないぞ、と彼は思った。

気のせいか、今朝は縛った縄も少しゆるいようである。伝八郎はいざというときのため、そのゆるめに縛られた縄を、歯で咥《くわ》えて引張り、さらにできるだけゆるめておいた。

宿を出たのは何刻《なんどき》かわからないが、道へ出ると、馬の鈴の音や、往来の人ごえなどで、そう早くないことが察しられた。油単の隙間からもれる光りで、伝八郎はゆうべの紙片を取出し、音のしないように披《ひら》いてみた。

それは脱走の指示であった。

図面は取手《とりで》町と利根川左岸の見取図で、渡し場の対岸と、町に入るところに△印が入れてあり、そのどちらかで合図をする、とあった。

逃げ道は川添いに下流へ約一里、長い中洲《なかす》があって、その枯芦《かれあし》のあいだに舟が隠してある。それで布川町までくだり、「布屋治右衛門」という宿へゆけ、と書いてあった。

——なおまた。

唐丸の差入れ口の下辺に、三ところ印が付けてある。そこを短刀で切れば、かぶせてある籠《かご》と底がはなれるから、渡し場にかかるまえに切っておくこと。

合図は「咳《せき》三つ」それを二度。初めに印のところを切り、二度めに籠をはねて、右側へ出る。そこにいる者の刀を奪えばよい、その男は抵抗するだろうが、まねごとだから忘れないように。宿の布屋には金や必要な品が預けてあるが、脱走したら江戸へは戻らぬこと。

簡単ではあるが、文面は極めてはっきりしたものであった。伝八郎はそれを二度、繰り返して読み、手順を頭に入れてから、紙をこまかく引裂いてまるめ、脱出したら川へ流すつもりで袂《たもと》へ入れた。

舟渡しで松戸、それから小金の宿《しゆく》で休んだ。そのとき初めて、熱い茶を一杯くれたが、縄は解かず、若い護送者の一人が、手で支えて啜《すす》らせた。

――この男ではないか。

安方はそれとなく相手のようすに注意したが、その若者の表情からはなにも読みとることができなかった。

やがてそこを出発したとき、伝八郎は藤延に呼びかけた。それまでずっと、唐丸の右脇《みぎわき》には藤延が付いていたので、脱走の計画に加わっているのが彼かどうかを、知っておきたかったのである。

「なんだ」右側ですぐに藤延が答えた。

「雪とは思いがけなかったろう」と安方が云った、「だいぶ積ってるらしいが、予定どおりはこぶつもりなのか」

「予定どおりとはなんだ」

「予定は予定さ」安方は用心して云った、「護送には日程があるだろう、天気に構わず日程どおりやるのかというんだ」

藤延は十歩ばかり黙って歩いてから、ふきげんな声で答えた、「こんなくだらない役は、一刻も早く終らせたいからな」

にべもない、という言葉を絵に描きでもしたような調子だった。

「そいつは気が合っていい」と安方も云った、「早く終らせたいのはこっちも御同様だ」

そして彼は眼《め》をつむった。

それだけの問答では判断がつかない。一刻も早く終らせたいというのが、「予定どおりやる」という意味かもしれないし、その調子のにべもない冷淡さは、脱走と無関係なことを示すのかもしれない。

――合図を待とう。

彼はそう思いきめて、唐丸の指定のところをしらべた。差入れ口の下をよく見ると、籠と底を編み着けた、細い割り竹の合せ目が籐《とう》で縛ってあり、その籐の三ところに、小刀で小さく筋目が刻みつけてあった。

——ここだな。

伝八郎はそこを切ったつもりで、割り竹がどのようにほぐれるかを、ずっと手でさぐってみた。細い割り竹は、籐の下辺の目と底とを、一つ一つ絡《から》げてあり、籐を三ところ切っても、その目を一つずつほぐしてゆかなければ、籠をはねることはできそうもない。

これをこう切る。

彼はもういちどやり直してみたが、紙に書いてあったようにたやすくいくとは、どうしても考えられなかった。

「——わからん」彼は舌打ちをした、「なにか仕掛があるのかもしれないが、そのときになってみなければわからん、ことによると」

そう呟きかけて、伝八郎は首を振った。

ことによるとすべてが作りごとで、ぬかよろこびをさせられたのかもしれない。そんな疑惑が頭にうかんだのであるが、短刀まで入れる危険を冒そうとは思えなかった。

——すべてそのときのことだ。

安方は楽に坐《すわ》り直した。

揺られているうちに、いつか眠ったのだろう。動きが停《とま》ったので気がつくと、宿場《しゅくば》にかかったようで、往来の人馬や、宿屋の女中の呼び声などが聞え、唐丸の脇で藤延がなにか云っていた。

その宿《しゅく》は我孫子《あびこ》で、そこへ泊るか、川越しをするか、という相談らしかったが、まだ充分その暇があるということで、すぐに一行は進み始めた。

雪はやんだようだが、もう昏《く》れがたに近いとみえて、油単の外はすっかり暗くなっていた。我孫子から利根川の渡しまでは、約一里と覚えている。安方は緊張のため、軀《からだ》が硬《こわ》ばるように感じた。

——おい、固くなるな。

軀の力をぬけ、あの指図書がほんものなら、たいしてむずかしいことじゃないぞ、おちつくんだ伝八郎、と彼は自分に云った。

縛られたままの手で、静かに短刀を抜いた。鞘《さや》を脇に置き、ちょっと考えてから、短刀の柄《つか》を口に咥え、刃のほうで手首の縄を切りにかかった。

忘れていた歯が痛みだし、顎《あご》もすぐに疲れた。涎《よだれ》のために咥えている柄が滑り、細《ほそ》引《びき》には僅《わず》かな切れ目しかつかない。彼は短刀を手に取って、呼吸をととのえながら、こんどは膝がしらで短刀の柄を挟《はさ》んでみた。

——女の膝は五人力。

そんな言葉が頭にうかんだ。

力いっぱい挟みつけたが、縄を切るだけ支える力はない。そこで彼は、刃を上に向け、切尖《きつさき》を唐丸の目に入れて、柄を膝がしらにのせると、上から細引縄を擦りつけた。

こんどはうまくいった。

「また降って来たな」と右の脇で声がし、安方は吃驚《びつくり》して手の動作を止めた。突然だったので、発見されたかと思ったのだが、そうでないことと、その声が藤延でないことに気づいた。

「この調子だと夜どおし降るぞ」

「風流なことさ」

「藤延さんはどうした」

「渡し場へいったよ」と唐丸の先頭のほうで云《い》った。

「刻限が危ないからな」

「まさか戻るなんてことにはなるまいな」

「まさかね」と右の脇で云った、「そのために藤延さんがいったんだから」

それで話し声が途絶えた。

縄の一本が切れ、歯で咥えて引くと、手首が自由になった。藤延は渡し場へいったというが、いま右側に付いている若者が味方だろうか。安方はにわかに高まる動悸《どうき》を抑えながら、静かに縄を解き放し、短刀を鞘におさめて、袴《はかま》の前へ差しこんだ。

「道が下りになるぞ」と唐丸の前方で声がした、「足もとに気をつけろ、滑るぞ」


伝八郎は足首を揉《も》んだ。

まる一昼夜、同じ姿勢のままいたので、軀の関節がみな固まっているようである。彼は脛から腿《もも》の筋を揉み、肩を叩《たた》き、肱《ひじ》から腕を交互に揉んだ。

云うまでもなく、これは関節を揉みほぐすというより、緊張しきった神経をそらすためで、耳はがんがん鳴るほど鋭敏に、「三つの咳」をとらえようとしていた。

道は利根川のほうへ下ってゆくらしい、どこかで人の話し声が聞えるが、雪のために吸いとられるのだろう、遠近感がなく、なにを話しているかわからなかった。

「中邑のお侍衆かね」

太いしゃがれ声で、そう呼びかける者があった。こちらは「そうだ」と答えた。

「そんならどうか早くしておくんなさい」と相手が云った、「もう渡しの刻限が切れちまってますから」

「先に来た者がある筈《はず》だが」

「その人はもうお渡んなさいましたよ」

唐丸の右で咳が三つ聞えた。

安方はびくっとした。合図か、それともただの咳か。ちょっと迷ったが、三つだけ、はっきり咳《せ》いたので間違いないときめた。

舟へ棹《さお》の当る音がし、唐丸が不安定に揺れ、ぐんと突きあげられたと思うと、こんどは乱暴に下へおろされた。

船頭と護送者たちとが話しだし、舟の動きだすのが感じられた。

伝八郎は短刀を抜き、話し声にまを合わせて、印のところを指でさぐり、注意ぶかく、三ところを切った。切られた籐がはねるかと思って、指先で押えながらやったが、するっと、巻きがほぐれただけで、大きな音はしなかった。彼は腋《わき》の下に汗をかき、息が止るかと思った。

――これからどうする。

暗がりの中で、彼は深い呼吸をした。

籐を切っただけでいいのか、それとも、籠と底を絡めてある割り竹をほぐすのか。

ほぐすとすれば、護送の者に気づかれずにはやれない。唐丸の左右に、一人ずつ護送者が付いているのである。安方は腋を伝って、冷たい汗のながれるのを感じた。

舟がぐるっと廻《まわ》った。

「ここが本流でね」と船頭が云った、「静かに見えても、この川はゆだんがならねえ、ほんの五つばかり櫓《ろ》を使うあいだだが、ここでゆだんするととんでもねえところへもってゆかれるだ」

「篝火《かがりび》はずっと下《しも》だな」

「へえ、あそこまで下《くだ》るですよ」

舟の動きが早くなり、舟底で水が騒いだ。櫓の音が小刻みになって、ほんの暫くするとまた、舟がゆっくりと廻った。

安方は籠を摑《つか》んで、そろそろと動かしてみた。すると、竹と竹の擦れあう軋《きし》みにつれて、籠の下辺が一寸ほど底部からはなれ、彼は狼狽《ろうばい》して手を止めた。

――大丈夫、やれるぞ。

伝八郎は口をあいて息をした。

まもなく舟が着き、藤延の声がした。みんな揃《そろ》っているか。揃っています。足許《あしもと》に気をつけろ、駕籠《かご》に手を貸してやれ、などと云うのが聞え、唐丸が担《かつ》ぎあげられた。

――こんどの咳三つだ。

安方は下腹に力をいれ、また、革足袋の紐《ひも》を緊《し》めた。唐丸は舟からあがった。

舟着き場をはなれて歩きだしたが、右脇の護送者は変らなかった。

渡し場から、平らなところを暫くゆき、ちょっと急な勾配《こうばい》があって、それから道になった。みんな草鞋《わらじ》だろうが、かれらの足の下で、かすかに雪のきしみが聞えるほか、なんの物音もなく、あたりはきみの悪いほどしんとしずまりかえっていた。

安方はまた深い呼吸をし、左右の肩と肱の筋を揉んだ。

咳の声はしない。

取手の宿外れにかかったのだろう、雪にこもった馬のいななきが聞え、子供を呼ぶ女の声が聞えた。

――宿へはいってはまずいぞ。

どうするのだ、安方は激しい喉《のど》の渇きと、声いっぱい喚《わめ》きたいような不安感におそわれた。まだか、手筈が狂ったのか、どうするのだ、と彼は心の中で絶叫した。

唐丸は明らかに宿場へはいり、左右で宿の女たちの呼び声が聞えはじめた。

そのとき咳が聞えた。

唐丸の右側で、はっきりと三度、いかにも合図とわかるような咳きかたであった。安方は唐丸の籠に手を掛けて、ぐっと上へ持ちあげた。絡んである割り竹がきしみ、もういちど力をいれると、籠の下辺は底を放れて、うしろへはねあがった。

そのあとは夢中だった。

唐丸から転げだすと、右脇にいた若侍の足に抱きつき、二人で雪の中へ転倒し、相手の刀を奪ってはね起きた。相手は抵抗しなかった。唐丸を担いでいた小者が叫び声をあげ、護送者たちが駆け寄ったとき、安方は奪い取った刀を抜いていた。

左右の家の灯明《ひあか》りに、雪の舞うのが見え、安方は刀を振りあげて喉いっぱいに叫ぶと、身をひるがえして、右側にある路地へ走り込んだ。

以上の経過はほんの一瞬のことのようでもあり、じれったいほど長い時間のようでもあった。どうして刀を奪い取ることができたか、殆《ほと》んど記憶がなかった。おそらく相手が取りやすいようにしてくれたのだろうし、駆け寄った護送者たちも、刀に柄袋を掛けていたので、すぐに抜き合せることができなかった。それともまた、かれらもこの事の起こるのを知っていたのか。

——藤延はどうしたろう。

藤延の姿は見なかった。

伝八郎は走りながら、これらのことを断片的に考えていた。うしろで二三度、人の叫び声が聞えたが、路地を幾たびか曲るうちに、その声をうしろへひきはなした。貧しげな長屋に挟まれた路地は、やがて土蔵につき当り、それを廻ると急に空地へ出た。

「川へゆくんだ」と彼は云った、「川だ、川だ」

走りながら刀を鞘におさめ、それを腰に差し、袴の股立《ももだち》を高く絞った。吹き溜《だま》りの雪が二尺あまりも積ったところをぬけ、土堤《どて》のような斜面を登ると、向う側が急に低くなっていて、彼は足を取られ、尻《しり》もちをついたまま、およそ六七尺ばかりずるずると滑り落ちた。

枯芦《かれあし》の茂みらしいところで停ったとき、安方は息苦しさのため、雪の中に坐ったまま、声をあげて喘《あえ》いだ。肺が潰《つぶ》れるかと思うほど呼吸が苦しく、心臓が肋骨《ろっこつ》を突きあげるように感じた。

「こっちです」と叫ぶ声が聞えた、「ここに足跡があります」

安方ははじかれたように、枯芦の茂みへ転げ込んだ。

——かれらが追って来た。

足跡がある、と叫んだ声は、雪のために反響が消されるので、およその距離すら計ることができなかった。

――このままいるか。

それとも逃げるか。雪はさかんに降っているから、足跡はすぐに消えるだろう。そうだ、へたに動かないほうがいい、そう思いながら、しかも恐怖のほうが強く、彼は立ちあがって、川のある方向へ走りだした。

唐丸から脱出したあと、暫《しばら》くは逆上したような気持だったが、逃げられそうだと思ってから、却《かえ》って大きな恐怖と、逃げきれないぞという不安に憑《つ》かれた。

突然、走っていた伝八郎の足が空を踏み、雪といっしょにどっと落ちた。

それは細い小川であった。せいぜい幅三尺、腰くらいの深さだが、水は足首のちょっと上までしかなかった。狭いのと、左右から枯草がかぶさったのへ、雪が積っていたためわからなかったのだ。

安方は足首まで水に浸《つ》けたまま、雪を摑んで口へ入れ、うしろの声に耳をすませた。どこかで人が叫んでいるようでもあり、耳鳴りのようにも思えた。

「どうやらやったぞ」と彼は呟《つぶや》いた、「あの指図書どおりだ、もうこっちのものだ」

恐怖と不安はまだ去らない。いまにも思いがけないところから、追手があらわれて取巻くのではないか、というおそれに摑まれていた。伝八郎はそれを振り払うように、また一と握り雪を口へ入れ、次にまた雪をつかんで、顔へこすりつけた。口の中で雪の溶ける、ひなた臭いような匂《にお》いがし、渇いていた喉がこころよく潤《うるお》った。

「もう大丈夫だろう」彼は太息《といき》をついて云った、「だろうな、やっぱり手順はできていたんだ、雪だけはおまけだろうがね」

安方は小川から岸へあがった。

頭から雪まみれだし、眼《め》や鼻へ舞いこむのでうるさかったが、手拭《てぬぐい》まで取りあげられたから、かぶる物がなかった。

「道に迷うなよ」彼は自分に云った、「とにかく利根川の岸までゆくんだ、川について下《くだ》れば間違いはないからな」

水に濡《ぬ》れた革足袋が、氷をはいているように冷たく、その冷たさが脛《すね》を伝って、腹のほうまで這《は》いあがってきた。

地面は平らではなく、枯草や芦の茂みがあり、幾たびも躓《つまず》いたり、滑ったりした、うしろへ振返ってみたが、濃密に降る雪に遮《さえぎ》られて、灯の色さえ見えなかった。

まもなく彼は立停《たちどま》った。

雪のとばりの向うに、ぼんやりと黒く、川の流れが見えた。水の音はしないが、四五間さきから雪がなく、おぼろに黒い流れが見えたのである。

彼は笑いだした。なにも可笑《おか》しいのではない、ただ喉の奥からこみあげる笑いが、抑えようもなく口へ出てきたのだ。乾いた、実感のない笑いとともに、やがて、伝八郎の眼から涙があふれだし、こごえた頬を伝って、それが温かく流れ落ちるのを感じた。

笑いが嗚咽《おえつ》の発作に変り、涙を拭《ふ》きながら、彼は下流のほうへ向って歩きだした。

雪しぶき

並木第六は茶碗《ちゃわん》を腰掛に置き、脇《わき》にいる女の肩を抱きよせた。

取手の町の居酒店から伴《つ》れて来た女である。町には利根川の船着きがあり、水戸街道の本宿なので、あいまい宿を兼ねたような居酒店が少なくなかった。

並木はその日の午前ちゅうに、中洲《なかす》のほうの支度を済ませ、それからずっと「栄屋」という店で飲んだ。相手になったのがその女で、名はお七、年は二十四歳、江戸深川の生れだと云《い》った。並木がいくら飲んでも酔わないのを見て、お七は意地になり、奥の小座敷へ伴れ込もうとしたが、彼は「人と決闘しなければならないから」済んだらゆっくりしようと云った。

釜屋《かまや》元吉という宿が、佐伯の指定した宿屋であったが、外がうす暗くなったころ、宿から知らせがあった。

――まもなく到着する。

もちろん安方護送の一行が着くということである。並木はそれから粥《かゆ》を一杯たべ、酒と、肴《さかな》を包ませて「栄屋」を出たが、お七もいっしょに付いて来た。

――あんたが死んだら骨を拾ってあげる。

お七は笑いながら云った。

――勝ったらどうする。

――あたしの軀《からだ》をあげるから、あんたの好きなようにしてちょうだい。

並木第六は笑って、女の手を引いてやった。

取手から三十町ほど下流の、利根川にすぐ近いその小屋は、以前苫《とま》へ簗《やな》や四手《よつで》網《あみ》を掛けるための番小屋だったそうで、炉のある土間の奥に、四帖半《よじょうはん》ほどの小部屋があった。むろん久しいあいだの無住で、小部屋には畳もなく、板壁も羽目も裂けめや割れめで隙間《すきま》だらけだが、雪を凌《しの》ぐには充分であった。

昼のうち、中洲に舟を繋《つな》がせたとき、その小屋に薪《まき》も運ばせておいたので、二人は小屋へ来るとすぐに、炉へ火を焚《た》き、火の脇へ徳利を置いて、じかに燗《かん》をして飲みだした。

「相手はどんな人」

並木に抱きよせられるまま、軀をぴったりすりつけながら、お七が訊《き》いた。

「侍だ、――」と並木は云った、「田舎者だが、なかなか腕が立つそうだ、気になるか」

「なるわよ」

お七は片手を並木の胸へさしいれた。着物の衿《えり》のあいだから、巧みに右手を入れて、彼の肌《はだ》をじかに手先でまさぐった。

「あんたは馴染《なじみ》だし、その人は他人だもの、どういうわけではたし合なんぞするの」

「どういうわけで酒を飲むか」

彼は酒徳利を取ろうとしたが、熱かったので、声をあげながらその手を振った。

女は笑って、酒徳利を火から遠ざけ、自分で持って、湯呑《ゆのみ》に注《つ》いでやってから、すぐにまた右手を男の胸へさしいれた。

「そこはよせ、擽《くすぐ》ったいぞ」

「お呪禁《まじない》よ」とお七が云った、「ここをこうしていると、女の精分が伝わるんですって、ずいぶんあぶら肌なのね」
「擽ったいからよせ」
「こんなところではたし合をするなんておかしいじゃないの、なにかわけがあるのね」
「こんなところで酒を飲むのはおかしくはないか」
「はたし合のためでしょ」
「雪見の酒さ」と並木は笑った、「気にするな、あっというまに済んでしまうよ」
「ねえ、――」お七は並木の顔を見た、「へんなこと訊くようだけれど、あんたおかみさんがあるの」
「答えにくいことを訊くな」
「じゃあよした」とお七は云った、「いまのは聞かなかったことにして、というのはあんたが聞かなかったつもり、っていうことだけれど、いいこと」
「ないよ」と第六が答えた、「女房なんぞはない、そんなものは生涯《しょうがい》もたないつもりだ」

お七は黙って並木の顔を見た。

彼は湯呑の酒を舐《な》め、不味《まず》そうに口を歪《ゆが》めた。お七は彼のふところから手を抜き出し、徳利を持って酌《しゃく》をしてやった。

「ねえ、——おかしなことを云ってもよくって」

「云いたいのか」

「人間はねえ」とお七はうたうように云った、「——一万だか十万人だか忘れちゃったけれど、そのたくさんな数の中で、どうしてもいっしょになる男と女の一と組があるんですって、どんなにたくさんな人の中でも、その二人が会えばお互いにすぐわかるし、その二人がいっしょになれば、仕合せにやってゆけるんですってよ」

「耳よりな話じゃないか」彼はお七を見た、「そういう男に会ったという、のろけか」

お七は彼の膝《ひざ》を叩《たた》いた、「あんたのことよ」

「おどかすな」と彼は湯呑を持ち替えた、「こんな雪の中のぶっ壊れ小屋で、草鞋《わらじ》ばきのまま徳利酒を飲みながら、折助《おりすけ》のくぜつみたような話はまっぴらだ」

「刀が邪魔なだけよ」とお七が云った、「二本差して武家奉公をしているっていうだけじゃないの、腰に刀がなければ、そんなふうには感じない筈《はず》だわ」

「ちょっと顔をみせろ」第六はお七の肩へ手を掛けた。

お七はすなおに顔を向けた。長い顔である。尋常な眼鼻《めはな》だちで、おちょぼ口だが、唇《くちびる》が腫《は》れているように厚い。細い眼は疲れたような色をしているが、表情の動くときにはきらっと光る。髪は濃く、もみあげも濃くて長いし肌は小麦色で艶《つや》があり、ひき緊《し》まっている。

――ふしぎだ、長いこと会わずにいて、ようやくめぐりあったような感じがする。

彼はお七の顔をみつめたまま、湯呑の酒を啜《すす》り、湯呑を腰掛の上へ置くと、躯を捻《ひね》って、両手でお七を抱いた。

お七は黙って抱かれた。硬《こわ》ばった躯の芯《しん》のほうから、かすかにふるえだすのが、並木の腕に感じられた。

――この女は本当にそう信じているのかもしれない。

十万人もの中で、いっしょになる男女はきまっている。どんなに大勢の中でも、その二人が会えばすぐにわかるし、その二人がいっしょになれば幸福に恵まれる。

――女なんてばかなものだ。

そういう考えのために、女は自分から不幸を招くのだろう。そのたびに「これこそ十万人の中の一人だ」と信じながら。

並木はお七を押し放した、「おい、眼をさませ」

そうどなって、彼はまた湯呑を取った、「おまえあの店に借金があるか」

お七は酌をし、首を振りながら、ぼっとしたような眼で彼を見あげた。

「どうしてそんなこと訊くの」

「訊くだけやぼか」

「借金なんかないわ」

「一杯つきあえ」

「いや、――」お七はかぶりを振った、「飲むならこんなところじゃなく、ぶっ倒れるまで飲まなくちゃだめなの、あんたもそのくらいにしといたほうがいいでしょ」

「倒れるまでか」並木はうれしそうに云った、「そいつは有難い」

「ねえ、もうはたし合の刻限じゃないの」

「心配するな、向うから来るさ」

「ここへですか」

「もっと焚木《たきぎ》をくべてくれ」

並木はまた飲んだ、「雪の中を走って来るんだ、この火を見のがす筈はないさ」

「打合せてあるんですか」

「と云ってもいいだろう」

第六は徳利を持って振った。まだかなり残っている音を慥《たし》かめると、湯呑に注いでから下に置いて、お七を見た。

「おまえ親きょうだいはあるか」

「深川に弟がいるわ、どうして」

「なんでもない」

彼は足許《あしもと》を見つめ、ちょっと黙っていて、それから酒を呷《あお》り、くっくっと喉《のど》で笑った。

「こんなふうに人と話すのは初めてだ」と彼は云った、「こんな荒れはてた川端の小屋で、こんなふうに酒を飲みながら、――風流なような、おちぶれたような、へんなこころもちだ」

「あんた淋《さび》しそうにみえるわ」

「正直に云ってるんだ」と彼は空の湯呑を眺《なが》めながら云った、「江戸の料理茶屋で芸《げい》妓《ぎ》をあげ、大勢のなかまと賑《にぎ》やかに飲む酒も酒、ここでおまえと二人きりで、こんなふうに飲む酒もやっぱり酒だ、ばか騒ぎをして酔うのと、こんなぐあいに酔うのと、いったいどこに違いがあるか、考えると人間なんて妙なもんだ」

お七がまた彼の膝を押えた。

「ねえ、——なんて仰《おっ》しゃるの」

彼は吃驚《びっくり》したように振向いた。

「あんたの名前よ、嘘《うそ》でもいいから教えてくれなくちゃあ、呼びように困るじゃないの」

「忘れっぽいやつだ、さっきおまえのいた店へ、釜屋からおれのところへ使いがあったろう」

「そうだったかしら」

「そのとき、並木というのはこちらかと取次いだのはおまえだぞ」

「そう、並木さんね」お七はにっと微笑した、「店にいるとしょうばいだから、そんなこと片っ端から忘れちゃうのよ」

「江戸なら、しょうばいだから覚える、というところだがね」

「そこがあたしの人と違うところらしいわ」とお七が云った、「こういう性分だから苦労するのね、でもそれでいいわ、自分が好んでする苦労だもの、誰のせいでもないんだから、恨みっこなしでさっぱりしたものよ」

「人生風雪荒しか」彼は徳利へ手を伸ばした。

そのとき、戸口へ人があらわれた。物音がしなかったので、姿が見えるまでこちらは気がつかず、いきなり戸口にあらわれたのを見て、お七が「あ」と声をあげた。

戸口に立ったのは安方伝八郎であった。

彼は小屋の外から、暫《しばら》く二人の話を聞いていた。はたし合のところではなく、そのあとだけを聞いていて、大丈夫だと思ってはいる気になったのだ。

安方はそこに立ったまま、並木をみつめ、お七を見、また並木に眼を戻した。

「失礼だが」と安方が云った、「邪魔でなければ少しあたらせてもらいたいが」

「おはいりなさい」並木は少し脇へよった、「邪魔でないこともないが、こんなときはお互いだ、ここへ掛けたらいいだろう」

安方は会釈《えしやく》してはいったが、腰掛のほうへは近よらず、炉の前に立って、頭から肩、袖《そで》、裾《すそ》の雪を払い、両手を焚火にかざした。

お七は安方の足を見た。

「おや、お履物をどうかなさいましたか」

安方はちょっとまをおいて、答えた、「道に迷ったものだから、あてもなくこっちへ来る途中、穴のようなところへ踏み込んで、そのときなくしてしまったのだ」

「この雪ではな」と云って並木は湯呑を差出しながら、徳利を取った、「寒さ凌ぎに一つどうだ」

安方はためらった。

「遠慮もときによる」と第六は云った、「それとも酒は嫌《きら》いか」

「嫌いではないが、邪魔をしたうえにそれでは、あまり図に乗りすぎるようだ」

「こっちがすすめるのだ、まあ受けるがいい、躓《つまず》く石も他生の縁というからな」

安方は湯呑を受取った。

第六は酌をしてやりながら、安方の腰に刀が一本しかないのを認め、唇の隅《すみ》でそっと微笑した。

安方が飲み終ると、第六はすぐに二杯めを注いでやった。

「ここへ掛けたらどうだ」と第六は云った、「どこへゆくかは知らないが、雪の夜道では楽じゃあないぞ」

「有難いが、休むと立つのが億劫《おっくう》になりそうだ」

「どこまでゆくつもりだ」

「この川下《かわしも》の」と安方は吃《ども》った、「――布川という宿《しゅく》だ」

「布川か」並木はまた微笑して、お七へ振返った、「おまえ知っているか」

「よくは知りませんが、ここからだとかなりあるんでしょう」とお七が答えた、「途中で貝川というのを渡らなければならないようだから、歩いてゆくのはむりだと思いますがね」

「というしだいだそうだ」並木はけむたそうに、眼をそらしながら云《い》った、「今夜は取手泊りのほうがよくはないか」

「そうしたいが」安方は湯呑を返して云った、「布川で人と会う約束になっているから」

「いそぐことはないさ」

並木はたのしそうに、自分で湯呑に酒を注ぎ、口へ持ってゆこうとして相手を見た。

「この雪だからな」と彼は続けた、「先方でこっちへやって来るかもしれないぞ、そうとすれば、いそいでゆくこともないわけさ、そうだろう」

安方の表情が硬くなった。

追われる者の本能で、並木の口ぶりからなにかを感じたのだろう、伝八郎はうしろへ一歩さがって、並木の顔をにらんだ。

「それはどういう意味だ」

「べつに意味はない」第六は酒を啜り、手の甲で口を拭《ふ》いてから云った、「布川までゆくことはなかろう、と云ったまでだ、なにか気に障ったか」

安方は女を見た。

「じれったいわね」とお七が並木に云った、「猫《ねこ》が鼠《ねずみ》をおもちゃにするようなことはよして、いいかげんにはっきりしたらいいじゃないの」

安方は並木を見た。

「気にするな」第六は歯をみせて笑った、「この女はちょっとおかしいんだ」

「なにかわけがあるな」

「むきになるなよ」

第六は片手を振った、「これから布川まではたいへんだ、腰掛けて足を休めたらどうだと云ってるだけじゃないか」

安方はまた女を見た。

「あんたもだらしがないのね」とお七は安方に云った、「この人はあんたの来るのを待ってたのよ、はたし合をするんだって、そうでしょ並木さん」

「きさま口が軽すぎるぞ」並木が眉《まゆ》をしかめた。

安方はもう一歩さがり、左手で刀の鍔下《つばした》を摑《つか》みながら、女を見て云った。

「はたし合とはどういうことだ」

「思い当ることはないんですか」

「口が軽すぎる」並木はそう云いながら、徳利を取ろうとして身を踞《かが》めたが、手に取ったのは燃えている焚木で、取るより早く、安方に向ってそれを投げつけた。

焚木が火の粉を散らしてとび、お七がするどく叫んだ。

安方は戸口の外へとび、焚木はそれて、雪の上へ落ちて炎をあげた。並木第六は腰掛から立ち、雨合羽《あまがっぱ》をぬいだ。下は襷《たすき》を掛け、袴《はかま》の股立《ももだち》を絞っていた。

「卑怯《ひきょう》なまねをするのね」お七が並木に向って叫んだ、「はたし合じゃなかったのね、みそくなったよ」

「きさまは黙れ」

「どういうことだ」と安方が云いかけて、急に眼をみはった、「江戸屋敷の者だな」

「並木第六だ」と彼は云った、「唐丸からぬけて走って来たばかりだろう、疲れを休めてからにしてやるつもりだったが、こんな邪魔がはいった」

「初めからその手筈か」

「おれが悪いんじゃないぜ」

「よせ、ばかなことをするな」と安方が云った、「おれたちが斬《き》り合をしてなんになる、どっちがけがをしても意味はないぞ」

「けがだって」並木は笑った、「冗談じゃない、おれはおまえさんに死んでもらうつもりだ、請合って来たんだからな、そこをあけてくれ」

「やっちゃいなさい」お七がまた安方に叫んだ、「あたしは卑怯なこと嫌いよ、この人あんなことをしたから、あんたに加勢するわ、やっちゃいなさい」

「こいつ」と第六が振向こうとした。


「女に構うな」と安方が叫んだ、「相手はおれだろう、出て来い」

並木はお七と安方を見比べ、たのしそうに笑った。

「妙なことになったじゃないか」並木は女に云った、「また何万人に一人の男があらわれたか、気が多すぎるぞ」

「出て来い」と安方がどなった。

「そうせかすなよ」

並木は蹲んで酒徳利を取ろうとした。安方が刀を抜いて、よせ、と叫んだ。女に手を出すな、そんな暇はないぞ。そう叫んで左の手をひらいた。お七は巧みな動作で、すべるように戸外へ出た。

並木はおちついて徳利を取りあげ、その口からじかに、喉を鳴らして酒を飲んだ。それから徳利をあげて、からかうように云った。

「もう一と口どうだ」

「どうして斬っちまわないの」とお七が安方に云った、「いまならやれたじゃないの、なにを待ってるのよ」

「きさまなどにわかるか」と並木が徳利を置いて云った、「おれが火を投げたのは卑怯じゃない、相手をする値打があるかどうかをためしたんだ、あんなことでぐらつくようなら斬るまでもない、拳骨《げんこつ》の一つもくれて追っ払うつもりだった」

「そうしようじゃないか」と安方が云った、「おれには身命を賭《か》けた仕事がある、王政復古という大きな目的のために、しなければならない事が山ほどあるんだ、おまえはそれを知らない、ただ頑迷《がんめい》な老臣の命ずるままに、わけもわからず危険を冒そうとする、それはばかげているぞ」

「こっちは、ばかげちゃあいないんだ」並木はやり返した、「おれはその勤王《きんのう》とか、攘夷《じょうい》とかいうのが大嫌いでね、この泰平な天下に騒ぎを起こして、どさくさ紛れにうまい汁を吸おうとするやつを見ると、どうしても生かしておけなくなるんだ」

「ばかなやつだ」安方はまた一歩さがった、「江戸詰ならもう少し時勢がわかると思ったのに、こっちにもばか者が揃《そろ》ってる、よしたほうがいいぞ」

「なにをぐずぐずしてるの」とお七が顔にかかる雪を払いながら、じれったそうに叫んだ。「やっちゃいなさいったら、こんなやつ早く斬っちゃいなさいよ」

並木が戸口から外へ出た。

安方は右へ大きくとびのき、並木は刀を抜いた。お七は小屋へ走り込んだが、焚火の火をどうかしたのだろう、まもなく小屋の庇《ひさし》から煙がもれ始め、お七は徳利を持って出て来ると、戸口の引戸を閉めた。

「さあ、明りができたよ」お七は合羽を頭からかぶり、徳利を抱えたまま叫んだ、「邪魔のはいる心配はないからゆっくりやんなさい」

並木が斬り込んだ。

二人の足許で雪けむりが立ち、並木と安方の位置が変った。伝八郎は刀を軽く上下に振ってみ、それが安物の、役に立たない駄剣《だけん》であることを知った。

——こいつは折れるぞ。

強く使うと折れる、気をつけろ、と彼は自分に云った。

並木が叫び声をあげて、左へ廻《まわ》りながらまを詰めた。安方は動かなかった。

二人の上に降りかかる雪が、ふと橙色《だいだいいろ》に染まり、その色がまたたくように明るくなり暗くなったと思うと、こんどはにわかに、あたり一面があかあかと火の色に照らしだされた。

　小屋が燃えだしたのだ。

　その半ば毀《こわ》れかかった、隙間《すきま》だらけの小屋の、あらゆる隙間が、眩《まぶ》しいほど明るい火の条《しま》となり、庇からは赤い炎が噴きだした。

　並木は二度、三度と叫んだ。

　安方は黙って、横顔を赤く火の色に染められている相手の顔を見ていた。火の動きにつれて、並木の顔に明暗の変化があらわれ、そのたびに、表情もまた笑ったり泣いたりするように見えた。

「どうしたのさ」とお七が叫んだ、「二人ともなにしてるの、じれったいわねえ」

　安方は眼の隅で女を見た。

　お七は徳利を下に置き、両手で雪を摑むと、それをまるめて、並木第六に投げつけた。

「よせ」と安方がどなった。

　そのとき第六が斬り込んだ。雪つぶては彼の肩に当り、それが発条《ばね》になったように、非常な勢いで斬り込んで来た。安方は脇《わき》へとべなかった。第六の勢いに圧倒されたのである。安方は急速にのしかかって来る第六をみつめながら、殆《ほと》んど反射神経だけで、自分の刀を横に振った。

異様な音と手ごたえがし、刀が折れた、と伝八郎は思った。第六は右へ走りぬけ、雪けむりをあげてこっちへ向き直ると、手に持った刀を捨て、脇差を抜いた。

折れたのは並木の刀であった。

伝八郎は左手で、額をぬぐった。おそらく、彼は刀の峰《みね》を使ったのであろう、自分ではそうするつもりはなかったが、横に払ったとき自然と峰が当るようになったのだろう。こっちの刀が駄物だけよけいに、それが幸運を示すもののように伝八郎には感じられた。

「よけいなことをするな」と伝八郎は女のほうへどなった、「黙って見ていろ」

こんどはこっちからまを詰めていった。打ち合ってはいけない、斬ってもだめだ、突きの一手だぞ、と彼は自分に云った。

並木がまた大喝《だいかつ》して斬り込み、安方の刀がきらっと、火を映して閃《ひらめ》いた。両者の位置が変り、並木は左手で右の二の腕を押えた。かすり傷かもしれないが、手ごたえがあった。安方の刀は並木の腕を斬ったのだ。

「このくらいでよすがいい」と安方が云った、「勝負はみえているぞ」

第六は歯を剝《む》きだした。絶叫と雪けむりが起こり、二人の軀《からだ》がもつれて、すばやく左右にはなれた。

「これでもか」と並木が喚《わめ》いた。

安方は左のこめかみに手をやった。これも小さなかすり傷だが、温かい血の流れ出しているのが指に触れ、彼の胸は大きくどきっと波を打った。

小屋の火は屋根を吹きぬけ、きらびやかに火の粉が舞い立ち、片側の羽目板が焼け落ちた。まるで無数の羽虫がその火に集まるように、小屋を取巻いてこまかな雪片の渦《うず》が明るく光り、橙色に光りながら、さっと二人のほうへ舞いおりた。

安方の口から初めて叫び声があがり、二人は互いに相手へ襲いかかった。


三度、四たび、斬り合ってははなれ、斬り合ってははなれした。

安方も並木も、互いに幾ところか傷を負った。安方伝八郎は左のこめかみと、右の顎《あご》に傷ができ、半面が血に染まっていた。並木は肩や腰、左の太腿《ふともも》、左の手首などを斬られ、着物や袴が血で濡《ぬ》れていた。顔は蒼白《あおじろ》く、異常に硬《こわ》ばって、激しく喘《あえ》ぐたびに、歯が剝きだされた。

安方はたちまち疲れた。六十余日も監禁生活が続き、軀そのものがふやけたようになっていたし、革足袋のはだしで、襷も汗止もしていない。雪は視界の邪魔になるだけではなく、頭で溶けたのが汗といっしょになって、眼へ流れこもうとする。そのたびに頭を振ったり、隙をみて手で撫《な》でたりしても、すぐにまた流れこもうとするのであった。

――こんなことをしてなんの意味がある。

安方伝八郎はそう思った。

――世の中は転覆しようとしている、幕府は崩壊し、王政による新らしい世の中が生れるのだ、ここでこんな人間と斬り合をすることにどんな意味があるか。

――逃げよう、ばかげている。

安方はやがてそう思った。

――浅手だが彼も傷ついている、いまなら逃げられるぞ。

並木が激しく斬りかかった。

安方は刀を大きく振り、並木が駆けぬけると同時に、反対のほうへ走りだした。

女の叫び声がうしろで聞えた。燃え落ちようとする小屋をうしろに、走りながら

「川だ、川のほうへゆけ」と伝八郎は自分に云った。

「待て、見苦しいぞ」と並木が呼びかけた、「卑怯なまねをするな、逃げられやしないぞ」

安方はとつぜん足をとられて、棒を倒すように転倒した。顔が雪に埋まったとき「刀」と思い、すぐにはね起きると、並木第六がうしろから斬りつけた。

両者は接近しすぎていたため、脇差の柄《つか》を握った並木の拳《こぶし》が安方の肩を打ち、二人は重なって倒れた。

安方の耳に相手の喘ぎが聞え、酒臭い息がじかに鼻をついた。並木が一転する隙に、安方はすばやく立ち、そのときすぐ向うに、川の流れが黒く見えた。

――川の中に洲《す》がある。

彼は走った。

――洲には舟がある筈《はず》だ。

彼は川の中へ走り込んだ。

「どこへゆく気だ」と並木の叫ぶのが聞えた、「きさま、そんなところに舟があると思うのか」

安方は振向いた。

「そうか」彼は喘ぎの中で呟《つぶや》いた、「そうか、舟がある筈はない、みんな仕組まれたことだ」

並木がそこへ駆けよって来た。

伝八郎は流れの中で刀を構えた。水は彼の脛《すね》を浸し、脛を包んでかなり強く流れているのが感じられた。絞った袴の股立の、片方が外れて水に浸り、流れとともに脛へまといついた。

「あがって来い」と並木が云った、「そんなところで勝負ができるか、もう覚悟をきめるときだぞ」

安方は下流のほうへそろそろと、水の中を黙って歩きだした。

右側へ眼《め》をやると、白い雪に掩《おお》われた洲が、ほのかに、平べったく長く、延びていた。

降る雪のために、それは洲であるかどうかよくわからない。川の対岸のようにさえ思えるし、距離はかなり近いようにみえた。

「あがって来い」と並木がまた喚いた、「深みがあって渡れやしない、渡ったところでそれっきりだ、洲の向うは本流だぞ」

安方は用心しながら、足さぐりに洲のほうへ寄っていった。

「きさまそれでも武士か」第六は汀《みぎわ》から云《い》った、「一寸刻みに時を延ばすだけじゃないか、つまらないことはよせ、きさまも志士とかなんとかいうんだろう、恥を知れ」

安方はずぶっと踏み込んだ。

流れに抉《えぐ》られて、川底がひとところ深くなっていたのだ。伝八郎は腰まで水に浸り、そこで足を停《と》めた。さぐってみると、右側はさらに深くなっているらしい。そこは流れも早くて、立停《たちどま》っていると、足の下から砂が崩れていった。

水の音が聞えたので振返ると、並木が川の中へはいって来た。あいだは約三十尺。伝八郎はそれを雪をすかして見届けると、急に左のほうへ、水を押し分けて進んだ。

腰まで濡れたので、元の岸へあがって走りだしても、袴が足にまといつくし、革足袋が氷ったように重く固く、二度も雪に足を取られて倒れた。

「なにしてるのさ」とまた女の声がした、「みっともないじゃないの、子供の喧嘩《けんか》じゃあるまいし、いいかげんにやっちゃいなさいよ、やっちゃいなさいったらね、どうしたのさ」

安方は立停った。用水堀《ようすいぼり》のようなものが川に流れ込んでい、それが相当に深そうなことがわかった。雪のない部分だけでも幅が六七尺あり、疲れて水浸しの軀では跳べそうもない。振返ってみると、並木がそこまで来ていた。

——片をつけよう。

安方は歯をくいしばり、刀を持ち直すと、こっちから逆に、並木のほうへ走りだした。

並木は目測を誤ったとみえ、立停ったときには、安方が斬りかかっていた。こんどは並木が逃げた。

伝八郎が追うと、並木が転倒し、だが、雪の中で敏速に転げながら、伝八郎の刀を避けた。かれらのまわりに雪けむりが立ち、苦しそうな喘ぎと、劈《つんざ》くような叫びが起こった。

安方はおよその見当で斬りつけた。二度ばかり軽い手ごたえがあり、並木が咆《ほ》えた。手ごたえは慥《たし》かではなかったが、並木のすばやい動きが止り、雪の中を這《は》うのが見えた。

「やったのかい」うしろで女の声がした。

まるでその声が火を放ちでもしたように、安方の胸へ激しい怒りがこみあげてきた。彼は並木に対する憎悪のため、眼が昏《くら》みそうになり、唸《うな》りながら這いまわっている並木をめがけて、叫び声をあげながら斬りつけた。

「どうだ、どうだ」安方は斬りつけながら、しゃがれた声で喚いた、「これでも文句があるか、これでもか」

並木はひと声をあげて、手足をちぢめたまま動かなくなった。

それで安方も力を使いはたし、よろめいて片膝《かたひざ》を突くと、前のめりに倒れた。

女が近よって来た。

桃の宵《よい》

杉浦透は筆記をしながら、手指がこごえるのを感じた。

そこは内藤家の伊一郎の居間で、平石と川上が同席し、伊一郎が輪番の講読を続けていた。かれらのそれぞれの机上や、その左右には、参考の書物や筆記帳、硯箱《すずりばこ》などがあり、みんなが一枚の大きな、円と線を描いた紙をひろげていた。

「いま甲なる球躰《きゆうたい》があって」と伊一郎は解読した、「乙、丙の側面を下に転落するとする、これは丁に引力があってはたらくからである、ここで三点に力のはたらくことが知られる、その一の戊点《ぼてん》にあって甲の重さを支えるのは、戊と甲をむすぶ線であり、二は甲の重さで、正立線から下を圧する、三は丁の引力である」

透は筆を置いた。三月にはいったのに、その日はひどく気温が低く、川上和助は風邪ぎみなのだろう、筆記をしながら、しきりに洟《はな》をかんでいた。透は両手の指を交互に揉《も》みながら、窓の障子が黄昏《たそがれ》の色に染まっているのを見た。部屋の中はもうかなり暗く、机上にひろげた紙の反映で、平石や川上の顔が、青白く硬《こわ》ばっているようにみえた。

伊一郎の解読をぼんやりと聞きながら、透は頭の中で、まったくべつの空想を追っていた。

太陽と無辺際の虚空。この地球と同じように、幾千万とも知りがたい星。それらがいちように、太陽を軸として、みずから自転しながら、未知の力に支配されて大回転をしている。

——その「力」はなんによってはたらくのか。

杓子《しやくし》に豆を入れて、杓子の柄《え》をはじくと、豆ははねあがってから、下へ落ちる。それはまえに平石頼三郎がやってみせたことだ。

それは当然なことだ。子供でも知っているだろうが、天躰の運行を支配する「力」ということにむすびつくと、なぜ当然であるかがわからなくなる。

人間が跳躍しても、跳躍する「力」の強さだけ跳びあがるが、やはり地面へ落ちてしまう。つまり未知の「引力」の支配から脱することはできないのだ。この場合、人間は石ころや木片、泥《どろ》や器具の類、つまりあらゆる物躰と少しも差別はない。――とすると、精神的にもその支配を受けているのではないか。

透は眼《め》を細めた。

房野なほの姿が、頭の奥のほうからうかびあがってき、そっと唇《くちびる》で頬笑《ほほえ》みかけた。なほのまわりには、十人ほど、男女の幼児がまつわり付いている。かれらはなほの袖《そで》にとりついて、あまえたり、菓子をねだったりする。なほはやさしくかれらをなだめ、小さな女の子を抱きあげ、片手で脇《わき》にいる男の子の頭を撫《な》でながら、静かな声でかれらに話しだす。

透はこちらからそれを眺《なが》め、手持ちぶさたに、なほの手のあくのを待っている。花の散りつくした椿《つばき》の木、空地の枯草の根に、ひっそりと芽を覗《のぞ》かせた草と、あざやかに青い小さな花の群。

やがてなほが小走りに来るが、やはり用事が溜《た》まっていて話す暇はない。なほの手は荒れているし、髪もうしろに束ねたままで、しばしば灰や藁屑《わらくず》が付いている。

――いいえ、本当に済みませんけれど、またこの次に。

透の誘いを拒むたびに、なほの表情はしだいに彼から遠のくように思えた。

――そんな筈《はず》はない。

幾たびとなくそう否定したが、逢《あ》うたびにその感じが強くなるばかりであった。なほが中邑《なかむら》にいたころは、こんなことはなかった。少し誇張していえば、しいて思いだす必要もないほど密接で、つねになほは身ぢかな存在であった。

いつか郷臣《もとおみ》は云《い》った。

――男と女の愛情に、永遠とか不滅とかいうものはない。

お互いに相手を求めあうときにだけ、愛情はあるのだ。夫婦になろうとなるまいと、お互いが求めあうとき以外に男女の愛はない、とはっきり云ったのを覚えている。

それが真実であるかどうか、いまの透にはわからない。だが、なほが遠ざかってゆくように思えるのは慥《たし》かであるし、その原因の一つは、なほが施薬《せやく》所の多忙な仕事に追われていて、ごくたまにしか逢えないのに、おちついて話をする暇もないことだ。

――子供たちが待っていますから。

――病人に煎薬《せんじぐすり》をやる時刻ですから。

――洗濯物《せんたくもの》が溜まっていますの。

もちろん口実ではない。少し立ち話をしていると誰かしら呼びに来るし、子供たちが遠巻きにして、不安そうに見ていた。

どうしてこんなに付き纏《まと》うのか、と訊《き》いてみたことがあった。するとなほは、微笑しながら、眼を伏せて答えた。

——わたくしが出ていってしまいはしないかと、心配しているらしいんです。それがいかにも哀れでならない、というような口ぶりであった。

「いまここに、乙、丁、戊の梃子《てこ》があって」と伊一郎は続けていた、「乙の一端を丙球と丁とにむすぶとき、甲と癸《き》の正立線と、甲戊の線のこれを支える力は、すなわち」

「もうこのへんでやめよう」と川上和助が云った、「暗くなってきたし疲れた、今日はこのへんでいいだろう」

その声で透はわれに返った。

「気がつかなかった」伊一郎は書物を閉じて、窓の障子を見やりながら云った、「すっかり昏《く》れているな、どうして灯を持って来ないんだろう」

「ひどく寒い」と云って川上は机の前を立ちあがった、「三月だというのに、きちがい陽気だ」

伊一郎は「茶を淹《い》れさせよう」と云いながら、廊下へ出てゆき、川上は筆洗の水を取りにいった。平石は透を見て、中邑藩の者が異人館の焼討ちを謀《はか》ったそうではないか、と話しかけた。

「そうらしい」と透は浮かない返辞をした。

「なにを間違えたのかな」平石頼三郎は机の上を片づけながら、可笑《おか》しそうに云った、「おれはこのあいだ横浜へいって来たが、異人館などはなかったよ」

透は平石を見た。

「堀《ほり》を作ったり、埋立てをしたりしていたし、新らしい家や店をさかんに建てていた」と平石は続けた、「神奈川というところの浜辺では、砲台でも造るのか、石や土で大きな台地を築いていたがね、異人館などは一軒もみあたらなかった、なにかを聞き違えたんだろうな、——こういう話になると、田舎はとかく早耳だからね」

透はその話を避けるように、筆記帳や書物を集めながら、どうして横浜などへいったのか、と訊き返した。

「叔父に伴《つ》れられていったんだ」と平石が答えた、「父の末弟で棋《き》兵衛《へえ》というんだが、商人の家へ養子にいって、結構うまくいってるんだ、いまでは安房屋《あわや》棋兵衛というんだがね」

川上和助が廊下へ半挿《はんぞう》を持って来たので、二人は硯と筆を持ってそっちへいった。

「松浦は今日も欠席だったな」川上が自分の硯と筆を取りにゆきながら云った、「このところ学問所でも見かけないが、なにかあったんじゃないのか」

そのとき廊下の向うから、ふくと小間使の女が、行燈《あんどん》と茶の道具を持ってあらわれた。ふくはよそゆきらしい着付けで、髪をきれいに結いあげ、化粧をしていた。

「みなさまごめんあそばせ」近づいて来ると、ふくは気取った会釈《えしやく》をして云った、「多忙だったものですからつい明りを失念いたしましたの」

そして急に怒った声になった、「なんですか失礼な、こういう日にこんなにおそくまで、なにをぐずぐずしているんですか」

「ふく女《じょ》はなんでまた」と川上がやり返した、「こういう日にそんなおめかしをしているんですか、縁談の客でも来るわけですかね」

「それはおめでとうございます」とふくは一揖《いちゆう》して云った、「和あさまのためにその御縁談がうまくまとまりますよう、わたくし祈っておりますわ」

そして座敷へはいりながら、透に向って一種のめくばせをしてみせた。

伊一郎が蜜柑《みかん》を入れたあけびの籠《かご》を持って来、みんなが火鉢《ひばち》のまわりに坐《すわ》ると、ふくは茶を淹れながら、透に云った。

「お母さまがなにかお頼みしたいことがあるんですって、お帰りにちょっとお寄り下さいましって、申しておりますけれど」

「なんだ、お頼みとは」と伊一郎が訊いた。

「わたくし存じませんわ」

ふくはつんと顔をそらし、透に向って、母にどう答えたらいいか、と訊いた。

透は承知したと答えた。

「いま横浜の話をしていたところだ」ふくが小間使を伴れて去ると、平石頼三郎が茶《ちゃ》碗《わん》を取りながら云った、「内藤は叔父を知っているね」

「知っている」と伊一郎が答えた、「安房屋という海産物商へ婿《むこ》にいった人だろう」

「あの叔父が、こんど横浜でしょうばいをするんだと云って、下見にゆくのについていったんだ」と平石は続けた、「そのとき例の中邑藩の話を思いだして、異人館というのを見ようとしたら、そんなものはまだ一軒も建ってはいないし、これから建つかどうかも決定してはいないというんだ」

「それは驚いたな」川上が蜜柑を剝《む》きながら云った、「おれはまた異人館が建ち、異人がうろうろしていると聞いたように覚えてるがね」

「まだ交渉が纏まらないんだ」と伊一郎が云った、「横浜に異人館が建ち、居留地のできることはほぼ慥からしいが、こまかい点で双方の意見や主張が合わない、だいぶもめているということを聞いたよ」

「それは驚いた」と川上和助がまた云った、「おれはもうてっきり異人の商館が建ち並んでいるとばかり思っていたがね」

「みんなが戸惑っているんだ」と平石が云った、「外国との問題になると、幕府もはっきりした事情を発表しないから、世間には必要以上に疑いや臆測《おくそく》が弘《ひろ》まる、朝廷の攘夷《じょうい》令はどうなっているかわからないし、アメリカと幕府とはしきりに交渉があり、実際には交易も始まっているようだ、これではあらぬ噂《うわさ》がとぶのも当然だろう」

「ちょっとわからないんだが」と川上が云った、「外国との交易なら、古くは泉州の堺《さかい》、それから平戸とか長崎があるし、港としても大阪のほうが適しているように聞いたがね、朝廷の攘夷令が片づかないのに、江戸の近くで、開港しようというのは、なにか目算があるんだろうか」

「あるんだな」と内藤が火鉢に手をかざしながら云った、「これは下田奉行と共にハリスと交渉に当り、幕府の閣老をも動かした岩瀬忠震《ただなり》という目付役の主張だそうだが、従来の交易が西国で行われたため、経済力が西に偏在し、それが朝廷の勢力を強めている、それをここで関東へ持って来て、幕府の経済や政治力を強めるというのが覘《ねら》いのようだ」
「それならいっそのこと、江戸で開港したらいいじゃないか」と川上が蜜柑を喰《た》べながら口をいれた、「江戸なら港にも適しているだろうし、お膝元《ひざもと》で便宜もいいと思うがな」
「お膝元だから避けたのさ」と伊一郎が云った、「佃島《つくだじま》あたりに大砲を装備した軍艦が並ばれては、江戸城もおちおちしてはいられないだろう」
「そんな心配のある相手と、なぜ修交条約なんかむすぶんだ」
「そういう時代なんだ」と平石が答えた、「このまえ鴉片《アヘン》戦争のことを話したが、それはなにも清国《しんこく》だけの問題じゃあない、欧米諸国はずっと以前から、南蛮はじめ東洋に眼をつけ、そのすぐれた武力や知謀で、隙《すき》さえあれば侵略戦争をしかける、その力に征服されて属国になったり、主権を奪われた国は少なくないということだ」
「日本もその例にもれないというのか」
「時代なんだ、時代がそういうところへ来ているんだ」と平石が云った、「われわれの先祖は太陽が地球のまわりを廻《まわ》るものと信じていた、しかし事実はその反対だということが証明された、鉄瓶《てつびん》の湯気にすぎなかったものが、いまではその力を使ってあんなに巨大な黒船を動かし、しかも何千海里とも知れぬ大洋をやすやすと航行することができる」

「おれは叔父からいろいろ話を聞いたが」と平石頼三郎は続けた、「航海技術などもおそろしく進んでいるし、銃砲なども一日ごとに改新されるということだ、つまり、かれらの持っている文明の力は、世界の隅《すみ》ずみまで弘がってゆく、これが避けることのできない時代が来た、ということなんだ」

「ひとくちに云えば」川上は蜜柑の筋を取りながら問い返した、「強い餓鬼大将が弱い子の菓子を奪い、その子を家来にするようにだな」

「外交交渉のむずかしさがそこにあるんだ」と伊一郎が云った、「攘夷でわき立つ世論を押し切って、幕府が諸外国と条約をむすんだのも、港を開き、かれらに居住権を許そうとするのも、侵略戦争から身を護《まも》ると同時に、かれらの力を導入して国力を強めようという、二面の意図があるんだよ」

透は一人で、また自分の考えにとらわれていた。

三人の話は、横浜開港が実現し、幕府が王政復古の勢力に対して、外国の庇護《ひご》を要請するようなことになれば、形式はどうあれ、鴉片戦争と同じ結果になるのではないか、という点の応酬になった。

——勤王《きんのう》倒幕という説が強行されるとすれば、幕府は外国の武力を借りるかもしれない。

——勤王派もそれを考えているだろう。

——そうだ、天皇こそ日本の主権者だと証明すれば、外国がどっちに武力援助をするかはわからない。

——要約すると、朝幕の争いは外国を利することになる。

——倒幕論者はそれを切札にするだろう、幕府はいま国の執政者だから軽率なことはできないが、尊王派はぶち壊す側だからなんでもできる。

——受ける側の幕府は辛《つら》いな。

勉強しているときは、新らしい学問から受ける昂奮《こうふん》で、このほかに自分たちの生きる道はないと思う。幕府が存続するにせよ、王政復古の世が到来するにせよ、自分たちの使命は「この学問をやりぬく」ことだ、という信念に支えられるが、ひとたび時勢の動向に話が及ぶと、かれらもやはり不安や疑惧《ぎぐ》を避けることはできなかった。

——いつ、どんなことが起こるのか。

それは誰にもわからないだろう。おそらく尊王派の人たちも、幕府を倒したあとどんな状態が起こるか、はっきりしたみとおしはついていないに違いない。問題は「公武合体」とか「倒幕、王政復古」という点にあるよりも、そういう大変革によって「どんなことが起こるか」ということにかかっているのだ。

――どんな混乱が起こり、自分たちはどうなるか。はっきり云えば、自分たちの生活が毀《こわ》されずに済むか、自分たちが生き残れるかどうか。そういう根本的な不安と恐怖が、思考の襞《ひだ》にまで深くくいいっているのであった。

「ああ、それで思いだした」と平石がふと透を見て云《い》った、「横浜へいったとき、ふしぎな人物に会ったよ」

透はぼんやり見返した。

「そらあの」と平石は片手を振った、「なんとかいったな、学問所にうろうろしていた、水谷さんの腰巾着《こしぎんちゃく》のような、あの男」

川上和助が側《そば》から云った、「吉岡市造か」

「そうだ、吉岡だ」と平石はまた透に云った、「叔父が店を建てようと捜したのは、本町通りというところだったが、そこで吉岡と出会った、彼は若い女を伴れていたようだ」

「そういえば、ちかごろずっとみかけないようだが」と内藤が云った、「女伴れで横浜にいたとは、いったいどういうことなんだ」

「見物だと云っていたよ」

「女はなに者だ」

「しょうばいにんらしかったな」と平石が云った、「すぐに顔をそむけて、脇のほうへいってしまったから、よくはわからなかったがね、——杉浦はこころ当りがあるんじゃないか」

透は「いや」と首を振った。

「彼はたしか二男か三男だな」と川上和助が云った、「いつもぶらぶらしているのは家が裕福なんだろう、女を伴れて見物に歩くなどとはいい身分だ」

「いろいろな人間がい、いろいろな生活がある、それが世の中というものらしいな」平石がそっと笑って云った、「どうやらおれたちは、親たちの代よりも早く老成してしまうらしい、世の中が複雑になり、考えることがあまりに多いからだろう、世間はこういうものだ、などということを、したり顔で口にするようになってはおしまいだ、われわれもときにははめを外すようにしないと、三十にもならないうちに杖《つえ》を突いて歩くようになるぞ」

「まっ先に平石だね」と川上が云った、「いや、はめを外すほうじゃなく、杖を突いて歩くほうだよ」

平石は笑いもしなかった。

「そうそう」川上は思いだしたようすで、袂《たもと》からたたんだ紙片を取出し、にやにやしながら、それをひろげながら云った、「奥田采女《うねめ》をくさらせてやったんだが、内藤にも面白いだろうと思うんだ、ちょっと読んでみてくれ」

伊一郎は「まあそっちで読んでくれ」と云った。

「名家評判記というやつから書き抜いたものだがね」と云って川上はそれを読んだ。

「巻軸、大極上上吉、佐藤捨蔵、名は坦《たいら》、字《あざな》を大道、一斎と号す、『頭取』東西とうざい、当時江戸第一の立物かぶで、一声で人の恐れます愛日楼の親玉でござります、なんと巻軸で申し分はござりますまい『わる口』なるほどなるほど鵬斎《ぼうさい》、錦城《きんじよう》など没せられてより、下町に大豪傑がなし、齢《よわい》といい学問といい、巻軸はあたりめえだ、むかしは水虎《かっぱ》もいやがる人と、葛西因是《かさいいんぜ》が評判せし一言のとおり、いつまでもとかく我慢の事が多くして、同門の松崎慊堂《こうどう》などさえ、異議ある噂もござります、また愛日楼文鈔《ぶんしよう》、肥後の沢村なにがし上木いたし、三都の学士の評判まちまちでござります、小石川へんにては偽君子《にせくんし》という噂にて味噌《みそ》をつけました」

「小石川へんとは誰だ」

「まだあとがあるんだ」と川上は平石に云った、「ええと、次は『ひいき』なんでも負けることはない、幕の内に大勢かせいはあるぞ、『見物』よしにしろよしにしろ、悪酒を飲むようであと腹がわるかろうぜ、というんだ」

「小石川へんとは誰のことだ」

「戸崎淡園じゃないか」と伊一郎が答えた。

「五郎太夫《ごろうだゆう》か」平石は苦笑した、「徂徠《そらい》を神のように信じこんでいる豪傑だろう、しかし佐藤（一斎）先生を偽君子とは思いきって云ったな」

「儒者くずれがそういうものを書くんだ」伊一郎が云った、「他人のかげぐちを弘めたり、見当外れの批評をしたり、そんな評判記を書いて食うような人間が多くなった、たいていは儒者に成りそこねたやつか、儒学に嫉妬《しっと》を感じているか」

「ほかに食う手段のないやつらさ」と平石が云った、「ふしぎな感じがするけれども、政治の動向や国家の問題にあたまを悩ましている者たちより、食うために心や軀《からだ》をすり減らしている連中のほうが、ときによるとよっぽど勇敢になるものだ」

「勤王派がその一例さ」と川上が紙片をまるめて袂へ入れながら云った、「そういう時代が来たということも慥《たし》かだ、諸外国が開国通商を求めて来たことも大きな原因の一だろうが、この時代を転換させるために、実際行動をになったのは、そのままでは満足に生活ができない人間、もっと望ましい生活がしたい、という少数の人間たちなんだ」

「そういう人間たちが事に当って勇敢なのは、自分の目的に支配されて、不安も疑いももたないという点だ」伊一郎が低い声で云った、「大義のためには親きょうだいを殺しても悔いないと云う、だがその人間にとって大義とは、必ず自己主張が中心になっている、尊王派の唱える大義とは、天皇親政という旗印だが、そのために親きょうだいを殺してもよい、というような大義はこの世には決してない、それは狂人の説だ」

「どうしても話はそこへ戻るようだな」平石がそう苦笑して、川上に振返った、「川上はなんだってまた、そんな評判記などを書き抜いて来たんだ」

「奥田の頭を少し冷やしてやりたいと思ったのさ、彼は一斎先生で逆上しているからな、戸崎五郎太夫が徂徠狂であるように、彼は一斎狂みたようなものだ、あれだけいい頭をしているのに惜しいよ」と川上和助は云った、「なにしろ先生のためなら命も投げ出そうという意気込みなんだから、うっかりすると青竜組の連中と決闘もやりかねない、杉浦もあの話は聞いたろう」

杉浦透はぼんやり考えごとにとらわれていたので、自分に呼びかけられても、すぐには返辞ができなかった。

「よく知らないが」と透は口ごもった、「決闘というほどのことはないだろう」

「なにかあったのか」と伊一郎が訊《き》いた。

「例の野試合さ」川上が答えた、「あのばか騒ぎがますますうるさくなるので、佐藤先生が禁止を命じられたんだ」

「それは初耳だな」伊一郎が云った、「われわれには先生はなにも云わなかったが」

「はっきり禁止されたんだ、禁をやぶる者は退校を命ずるとね」

川上はふところ紙を出して、蜜柑を剝いた手指を拭《ふ》きながら云った、「そこで青竜組は学寮長、つまり水谷郷臣さんのところへ押掛けてゆき、時勢の急迫について大いに熱弁をふるった、そこへ奥田采女が来合せた、——そういうことだったな、杉浦」

「そうらしい、私も聞いただけだから知らないが」

「奥田は云ったそうだ」と川上が続けた、「佐藤先生は学問所の学長というばかりでなく、幕府閣老とは政治問題についても密接な関係があって、時勢に対する正しい所信もっておられる、学生らしく、先生の仰《おっ》しゃるとおり学問に専念すればいいので、もしも学問がいま無用の長物だと云うのなら、いさぎよく退学すべきだろうときめつけた」

「奥田はきまじめだからな」

平石がそう云ったとき、廊下に足音がし、障子の向うからふくの声が聞えた。

「杉浦さま、まだお話が済みませんの」

「どうぞ伴《つ》れていって下さい」と川上が答えた、「どうせ杉浦はいてもいなくても同じことなんですから、まったく、この男くらい口数の少ない人間も珍らしい、なにか願掛けでもしているんじゃないか」

「よろしかったらいらしって下さいまし」とふくが云った、「母がお待ち申しておりますから」

「いってやってくれ」伊一郎が透に云った、「べつに用というほどのことじゃあないだろうがね」

透は立ちあがった。

廊下へ出ると、待っていたふくが頰笑《ほほえ》みかけ、なにも云わないように、という意味だろう、右手で口を押えてみせてから、とりすました声で云った。

「申し訳ございません、杉浦さま、どうぞこちらへ」

そしてふくは一揖《いちゆう》し、歩きだすとすぐに、低い声で囁《ささや》いた、「驚かないでね」

透はふくを見た。

ふくはいたずらっぽく肩をすくめながら、廊下を左へ曲っていったが、右が壁、左が襖《ふすま》になっている暗いところへ来ると、突然、振向いて透に抱きついた。

透は棒立ちになったまま、自分の胴に巻きついた少女の手に思いがけないほど強い力がこめられるのを感じた。

ふくは透が動かないのを知るとすぐに、抱きついた手を放し、彼の胸に顔をすりつけて、囁いた、「ふくはあなたが好き」

そして身をそらして彼を見た。暗がりではあったが、ふくの大きくみひらかれた、もの問いたげな眸子《ひとみ》には、些《いささ》かの邪気も認められなかった。ふくはまた囁いた、「お怒りになって」

「驚いただけだ」と透は微笑した、「驚くなと云われたけれどね」

ふくは喉《のど》で笑いながら、彼の手を取った、「――さ、まいりましょう、みんな待ってるのよ」

「みんなとは」

「今夜は宵節句《よいぜっく》でしょ、仲の良いお友達が呼んであるの」

「すると、お母さまの用事というのは」

「承知していただいたのよ」とふくが云った、「あなたが来て下さるかどうかわから
ないって仰しゃるから、わたくしそれは大丈夫ですって云いましたわ」

「それでお母さまをだしに使ったのか、悪い人だ」

「舎兄《しゃけい》があのとおりの石ぼとけですからね」と云ってふくは手を振った、「さあ、ど
うぞ」

「大勢ですか」

「たった五人」

ふくは歩きだしながら、指を五本みせた。

「みんな温和《おとな》しい方ばかりよ」

「災難だな」

透は眉《まゆ》をしかめたが、ふくは聞えないふりをして足早にゆき、賑《にぎ》やかな声のする襖
の前で、えへんと軽い咳《せき》をした。賑やかな声がぴたっと止り、ふくは襖をあけた。

平生はどういうときに使っているのか、そこは十帖《じょう》ほどの座敷で、床の間と思える

ところに大きな雛段《ひなだん》が飾ってあり、左右には極彩色で春秋の花鳥を描いた屏風《びょうぶ》を立て、五人の少女たちが、おのおの膳部《ぜんぶ》を前にして坐《すわ》っていた。透は眩《まぶ》しそうな眼《め》つきをし、襖際《ふすまぎわ》でちょっと立停《たちどま》った。

雛段の両脇《りょうわき》に、絹の雪洞《ぼんぼり》が二基あり、薄桃色にぼかした光りが、その座敷ぜんたいを非現実的な嬌《なま》めかしさにいろどっていた。緋《ひ》の毛氈《もうせん》を敷いた雛段、華やかな屏風、きらびやかによそおった娘たち、金蒔絵《きんまきえ》の食器や膳など、すべてが透には初めて見る眺《なが》めだったし、化粧した娘たちの白粉《おしろい》や香油の匂《にお》いにも、圧倒されるように感じた。

「こちらへどうぞ」とふくが設けの膳部の前をさし示した。透は云われるままにそこへ坐った。

「おひきあわせ致します」

ふくは切り口上で娘たちを透に紹介した。透は一人ひとりに会釈《えしやく》をしながら、その中に際立って美しい娘が、平石やおという名であると聞いて、問いかけるようにふくの眼を見た。

「ええ、そうですの」ふくは頷《うなず》いた、「頼さまの妹でいらっしゃいます」

「お噂《うわさ》は兄からうかがっておりました」とやおが挨拶《あいさつ》した、「いつかお暇がありましたら、平石へもおいで下さいまし」

「ぬけ駆けはだめよ」とふくが遮《さえぎ》った、「まだみなさんにおひきあわせしてないじゃありませんか」

他の四人の娘たちが笑い、ふくはまじめくさった調子で透を彼女たちに紹介した。

ふくが長柄《ながえ》の銚子《ちようし》を持って、みんなに白酒の酌《しやく》をしてまわり、それで主人役が済んだのだろう、透の隣りに設けた自分の席に坐って、召使を呼んだ。

さっき伊一郎の居間へ茶菓を運んだ、十六歳ばかりの小間使が来、銚子の前に控えて給仕の役についた。

「杉浦さまはお酒のほうがようございますかしら」とふくが訊いた、「よろしければ支度がしてございますのよ」

「これで結構です」透はぎごちなく答えた、「どっちにしろ、酒は不調法ですから」

娘たちはまた笑った。

「平石さんは」と透はそっちを見て訊いた、「あなたのやおという名前はどう書くんですか」

「注意、――」とふくが云って透を見た、「さきにお断わりしておかなければいけなかったんですけれど、この席では特に一人の方と親しくしたり、その方だけと話したりなすってはいけませんの、それが約束でございますから、ようございますか」

「わかりました」透が答えると、娘たちは笑い、その中の一人は、長い袂で顔を掩《おお》って笑った。

「私は名前の字を訊いただけです」

「数字の八と」

やおが答えた、「尾上の松の尾を書きます、やちおなどと呼ばれることもございますわ」

「八尾、——珍らしいですね」

透が見ると、八尾は赤くなりながら眼を伏せた。

「ひとつうかがいますが」透はふくに云った、「雛の節句に男を招くというのは、江戸の習慣なんですか」

こんどは娘たち全部が笑った。

「これは故実にならったんですの」と平石八尾が云った、「よくは存じませんけれど、むかし宮中の雛祭には、殿方もいっしょに祝われたと申しますでしょう」

「もし知っていらっしゃるなら、故実の詮索《せんさく》はなさらないでね」とふくがいそいで云《い》った、「本当はわたくしが考えだしたことで、慥かにそういう故実があったかどうかはどちらでもいいんです」

「まあ内藤さまは」と娘の一人が非難の声をあげ、ふくはすぐにそっちへ振向いた。

「なんですの、島村さま」

「だってあなたは、これこれの故実があるからって、それを読んだようにはっきり仰しゃいましたわ」

「ええ申しましたわ」ふくはすまして云った、「わたくし読んだか人から聞いたかして、慥かにそういう故実があるということを覚えていたんですもの」

「それならいまになって、どちらでもいいなんて仰しゃるのはおかしゅうございますわ」

「わたくしたち十七になりましたのよ」ふくは胸を反らした、「もうそろそろ子供っぽいごまかしや、おていさいぶるのはよしてもいいころでしょ、宵節句に殿方を一人お招きすることは、故実があってもなくてもたのしいことではございませんか、正直に云えば初めから故実のことなど誰も考えてはいなかったと思うけれど、そんなことはないと仰しゃれる方がいらっしゃるかしら」

ふくの口ぶりはやわらかかったが、言葉はかなり大胆なもので、ちょっと座がしらけかかった。しかしすぐに、娘の他の一人がいさましく「はい」と声をあげた。

「正直に申します」とその娘は云った、「わたくし故実のことなんか考えたこともございません」

他の娘たちは笑いながら、それぞれ同意であることを表明した。

「なんという方たちでしょう」ふくは誇張した身ぶりで首を振り、大きく溜息《ためいき》をついてみせた、「歴《れっき》とした武家の娘でありながら、雛祭に殿方を招いてそれがたのしいなんて、あなた方はなんというなさけない、悪い娘たちでしょう」

「そっくりだわ」島村と呼ばれた娘が云った。

「ほんと、驚いたわ」と他の一人が云った、「島村さまのお母さまにそっくり、あの溜息をついて首を振るところなんてどうでしょう」

「こういうわけですの」とふくは透に云った、「わたくしたち十五の年から、順番で宵節句に集まるんですけれど、その年の番に当った者は必ず、殿方を一人お招きするという約束を致しましたの」

「ご自慢の方をね」と娘の一人が透に云った、「みんなみせびらかすんですの」

「災難だな」と透は苦笑した。

ふくが召使に合図をし、召使の少女は銚子を持って、順に酌をしてまわった。そのあいだにふくが、なにか座興をしてみせてくれ、と透に云った。これも約束だそうで、誰それのときは横笛、次のときは小謡《こうたい》を聞いた。あなたもなにか興を添えてもらいたいといい、他の娘たちも「ぜひどうぞ」と口ぐちにせがんだ。

「約束ならやりますが」と透は彼女たちを見まわして云った、「そのまえに一つ、私のほうから訊きたいことがあります」

娘たちの眼は透に集まった。

「固くならないで、どうぞ楽に、思ったとおりのことを云って下さい」と彼は続けた、「むずかしい事じゃないんです、こういう騒がしい時勢になって、世の中がどうひっくり返るかわからない、あなたがたはまもなく結婚されるとしごろで、――中にはもうきまっている方もあるだろうが」

岡本みきという娘が赤くなって俯向《うつむ》き、他の娘たちはそれに気づいてから、互いにすばやいめくばせをした。

「これからの武家がどうなるか不明だということを前提として」と透は続けた、「あなた方はこれまでどおり、親同志できめた結婚をするつもりですか、それとも将来のことを考え合せたうえで、自分の望ましい方法をとるつもりですか」

　みんなすぐには答えなかった。

「男の方たちって思ったよりも子供でいらっしゃるのね」と云って平石八尾がふくに頬笑みかけた。

「そうよ」とふくは頷いて透を見た、「そのお答えよりもこういうことを申上げますわ」

　透はふくを見まもった。

「あなたがた男の方たちは」とふくはおとなびた口ぶりで云った。「少年時代から学問や武芸の稽古《けいこ》で、ほかのことを考える暇もないでしょ、おとなになればお勤め、ことにいまのような御時勢では、自分のことにかまけている時間などはございませんわね、そこへゆくとわたくしたちはまるで違いますの」

　自分たちは幼いころから、遊ぶのもままごととか、人形を抱いたりあやしたりするとか、また教えられることも、身じまいや、家事の手伝いや、芸ごとといったふうに、嫁にゆき家庭を営むための準備で占められる。十三四にもなれば鏡に向うことが多く、髪化粧をするようになり、やがて自分の良人《おっと》となる人への空想が始まる。

「隠さずに申上げれば」とふくは続けた、「男の方たちが気づかないうちに、わたくしたちは良人や、家庭や、生れて来る子供たちのことまで考えていますし、それなり選択もしているんですの、ですから親同志のきめた結婚に温和しくしたがうようにみえても、本当は自分の望ましい結婚をするだけでございますわ」

「ごくたまにはね」と平石八尾が云った、「自分では気がすすまないのに、親たちがわからずやだったり、やむを得ない義理にからまれて、いやいやお嫁にゆく人もございますわ、でもそれは本当に稀《まれ》にしかありませんし、そういう結婚はたいていながく続きがしませんわ」

そうよそうよ、あの原口さまがいい例だわ、と娘の一人が云い、他の娘たちも同じような例をいろいろとあげた。

——なんとはっきりしたものだろう。

することや云うことはまだ少女にしかみえない。年も十七歳、雛祭などでたのしそうに遊んでいながら、心の中はすでに「女」であり、考えかたも極めて現実的である。透は自分と岩崎つじの結婚や、これまでに見聞した例から、多くの男女が強《し》いられた結婚をし、そのまま惰性で一生を送ってしまう。それが生活というものだ、というふうに漠然《ばくぜん》と考えていた。

——だが時代は変って来た。

自分は房野なほと、ひそかに誓いあっているし、世の中ぜんたいが大きく変貌《へんぼう》しようとしている。

現在までのような生活が続かないだろう、ということはほぼ確実に思われるし、武家という存在がどうなるかもわからない。これまでは伝統の囲いの中で、身分や家禄《かろく》に支えられていたから、男も女も、自分「個人」という観念は持たないように躾《しつ》けられた。男は藩家への奉公、女は良人と家庭をまもる。むろん異例もあるが、殆《ほと》んど定形的な生活にあまんじて来た。

それがいまは違う、大きな変革が起こって世の中が変れば、武家という伝統の囲いが破壊され、人間はいちように「個人」の立場に放される。どう生きるか、ということは、個人として考え、くふうしなければならなくなるだろう。とすれば、良人によって生活の土台のきまる女性たちの、結婚に対する考えかたも、これまでとは違ってこなければならない筈《はず》だ。

彼はそのことを聞きたかったのだが、彼女たちのはっきりした言葉で、少なからずたじろぎを感じた。

――中邑の娘とはまるで違う。

故郷の中邑では、娘たちがこんなふうに、若い男を客に迎えるなどということはない。そんなことは考えもしない、考えたにしても決して許されることではなかった。そのうえ、自分の気にいらない結婚はしない、親同志がきめたようにみえても、じつは自分の望ましい相手を選んでいるという。

――事実だとすればみあげたものだ。

これはここにいる娘たちだけがそうなのかそれとも田舎と江戸との違いか。透がこんなふうに思っているあいだに、娘たちはなお話しあっていた。

「そうよ、そういうことは女が心配してもしようがないのよ」とふくが云った、「たしかに世の中は変ってゆくようだけれど、天と地がさかさまになるわけでもないでしょ、もしも天と地がさかさまになるのなら、これはもう誰がどうしたってしようのないことだわ」

「そうよ、男の人たちっていつもなにかしずにはいられないのね」島村という娘が云った、「いま杉浦さまは世の中が変ったらどうするかって仰《おっ》しゃったけれど、せっかく泰平な世の中をひっくり返そうとしているのは男の人たちでしょ、そっとしておけば穏やかでいるのに、男の人ってそれでは満足しないのね、これでいいっていうことがないものだから、いつもなにか面倒を起こすんだわ」

「そのくせびくびくするのも男の方たちよ」と平石八尾が云った、「自分たちで騒ぎを起こしておきながら、それがどんなことになるかわからなくなって、自分たちでしたことを自分たちで恐れるんだわ」

「こういうわけでございます」ふくはみんなのほうへ手を振って、透に一揖《いちゆう》した、「殿方は殿方、わたくしたちはわたくしたち、あなた方が世の中をどうお変えになろうとも、わたくしたちが結婚し家庭を持つことにはなんの変りもございませんの、安心してお好きなことをなさいませ、と申上げるほかはございませんわ」

透は苦笑した。

「本当に男の方っていつまでも子供ね」と娘の一人がしたり顔で、太息《といき》をつきながら云った、「小さいじぶんから、着物を汚したり頭に瘤《こぶ》をこさえたり、物を毀《こわ》したり喧《けん》嘩《か》をしたりで、いつもまわりの者の心配のたねになっているけれど、おとなになっても同じことだわ」

「そうばかりでもなくってよ」とふくが云った、「それはいつまでも子供だということも慥《たし》かだけれど、なんといってもこの世の中を造ってゆくのは男の力だし、毀しては造り毀しては造りするうちに、少しずつでも新らしいものや美しいもの、役に立つものをつくり出してくれるわよ」

襖の外で「ふく」と呼ぶ、伊一郎の声がした。こちらの話し声で、足音にも気がつかなかったが、その声にはせきこんでいるようなひびきがあった。

「どうぞ」とふくが答えた。

襖をあけて、伊一郎が顔をみせ、杉浦ちょっと来てくれ、と透に呼びかけた。

「だめ、お兄さま」とふくが遮った、「今夜はふくのお客さまよ、お母さまにちゃんとお願いして」

だが透はもう立ちあがって、伊一郎のほうへいった。伊一郎の顔は蒼白《あおじろ》く、硬《こわ》ばっていた。

「済まないが帰ってくれ」と伊一郎は低い声で云った、「父が重傷で担《かつ》ぎこまれた、仔細《しさい》はまだわからないが」

透がなにか云おうとしたが、伊一郎は首を振って続けた、「いや、いまはなにも云えない、これから人が来てごたごたするだろう、いまみんなにも帰ってもらった、詳しいことはあした学問所で話すよ」

「なにか私で役に立つようなことはないか」

「有難う」伊一郎は唇《くちびる》で笑った、「なにかあったら頼むよ」

透は娘たちに振返って別れを告げた。ふくが立って来ようとしたが、伊一郎がめくばせをして、それをとめた。

透は自分の包を取りに、いちど元の部屋へ戻り、それから玄関へ出たが、刀番がいないので、刀架《かたなかけ》から自分の刀を取った。

家の中はひっそりしていて、けれども、家士たちの囁《ささや》き声や、すり足で往き来するおちつかない動作が、いま起こっている異変の、ただならぬことを示すように思えた。

透が内藤家の門を出るとき、逆に門へはいってゆく三人の侍とすれちがった。二人は老人、一人は中年の侍で、その服装や態度から察すると、相当な身分のようにみえたが、供は伴《つ》れていなかった。

「宵節句《よいぜつく》だというのに」歩きながら彼は呟《つぶや》いた、「――ふくはさぞ吃驚《びっくり》することだろう」

いったいなにがあったのか。

伊一郎の父は内藤助左衛門といって、勘定奉行所に勤めていると聞いた。横浜開港の問題などについて伊一郎が詳しいのも、父の役柄《やくがら》によるのだろうが、一家はこれまで平穏であり、経済的にも豊かだし、両親と兄妹の家庭はさざ波も立たぬほど幸福そうにみえた。その温かで静かな垣《かき》が、いまやぶられ、冷たい暴風が吹きこんだのだ。

「そういう時代が来たんだ」透は口の中で、平石頼三郎の言葉をまねてみた。「こういう時代が」と彼は続けた、「投げられた石の波紋が、しだいに水面をひろがってゆくように、時代の動きが隅《すみ》ずみへ、しだいに広く、どこへでも浸透してゆくんだ、この動きから遁《のが》れることはできない、この波動を乗り切るか、押し流されるか、沈んでしまうか、——いずれにしても避けることはできないだろう」

彼は胸苦しいほどの圧迫を感じ、深く息を吸いこみながら、重たげな足どりで宵の街を歩いていった。

二つの黒子《ほくろ》

透が訪ねていったとき、寮長部屋で話している高声が、廊下まで聞えて来た。寮生の少年が、透を認めて立って来、郷臣の部屋のほうへ眼《め》くばせをした。

「約束があって来たんだ」

「うかがっています」と寮生が云《い》った、「待っていらっしゃったんですが」

「客ならまた来よう」

「すぐに帰るでしょう」

少年は鼻柱に皺《しわ》をよせて囁《ささや》いた。「青竜組の者ですよ」

透は黙って頷《うなず》いた。

郷臣の部屋で、声がいっそう高くなった。郷臣の声はまったく聞えないが、相手は叩《たた》きつけるような調子で叫んでいた。

——かれらはみんな同じような調子でものを云うな。

勤王《きんのう》を唱える者たちもそうだ、と透は思った。どちらも自分の信じていることが唯《ゆい》一《いつ》の大義であり、反対する者は国家の賊であり、人間ではないようなことを云う。その口ぶりも、すぐに激昂《げっこう》し、たちまち色をなして生かすとか殺すとかいう、極端な表現をもちいるところもよく似ていた。

——これも不安なんだな。

伝統を守りぬくということも不安だし、世の中を変革しようとすることも不安なんだ。どちらも、それが動かしがたい真実なら、そんなに呶号《どごう》したり、人を威《おど》すような態度はとらない筈《はず》である。かれらも自分の信念が、口で強調するほど不易なものだとは思えないのだ。だからこそ、……こう思っていると、突然、襖《ふすま》をあけて若侍が一人あらわれた。

それは土屋万五郎という男で、青竜組の中でも向う見ずの一人として知られていた。彼は襖を閉めようとして振返り、部屋にいる郷臣に云った。

「もういちごん断わっておきますが、われわれは本気なんですからね、あなたもどうかそのつもりでいて下さい」

郷臣の声は聞えなかった。

「いずれまた伺います」と土屋は云った、「それまでにはっきりきめておかれるように、お願いします」

そして土屋は襖を閉めた。

土屋は右手に刀を持ち、大股《おおまた》に出てゆこうとして、透の顔を睨《にら》んだ。透が黙って見返していると、唾《つば》でも吐きそうな表情をし、右の肩をそびやかしながら、廊下を去っていった。

寮生の少年が郷臣に取次ぎ、それから透はその部屋へはいった。

郷臣は立って、箪笥《たんす》をあけ、衣服を出しながら、ちょっと待ってくれ、と、云った。

透は畳の一点を見まもった。

「でかけるところなんだ」と着替えにかかりながら郷臣が云った、「いっしょにつきあわないか」

「よろしければ」透はそう答えて、畳の一点から眼をそらした。

この部屋へ来るたびにそこへ眼をひかれる。いつかそこに刀があった。斬《き》れ味のよさそうな、細身の刀が抜いたまま、そこに投げだしてあり、郷臣はそれを見られたことでぎくっとした。手入れをしていたのだと云ったが、いかにも云い訳めいた口ぶりであった。

それがいまでも透の心に残っていて、どうしてもその一点を見ずにはいられないのであった。

「内藤の父親が死んだそうだな」と郷臣が云った。

透は驚いて郷臣を見た。

「私は知りません」と透は云った、「あれから、――あのことがあって以来、内藤とまだ会わないのです」

「ばかなやつがいるものだ」

郷臣は袴《はかま》をはきながら、独りごとのように呟《つぶや》いた。内藤助左衛門をあざけるように聞えたので、透はじっと郷臣の顔を見た。

「だんだんばかな人間が多くなってくる」と郷臣は続けた、「たちの悪いはやり風邪のようなものかな、もともと気の慥《たし》かな人間が少ないところへ、世の中ががたがたし始めたものだから、一人狂うと次から次へと狂気がうつってゆく、こんなことでは幕府は内部から崩れだしてしまうぞ」

透にはまだ、郷臣が誰のことをさして云っているのかわからなかった。

郷臣は支度を終ると、ぬいだ物を隅《すみ》へ片づけて、透のほうへ振向いた。

「中邑《なかむら》へ帰るんだって――」

「はあ、――」透はちょっと口ごもった、「いちど帰れと云って来たものですから」

「なにかあるのか」

「簡単な手紙で、詳しいことはわからないのですが、父が隠居をしたいと云っている、というように書いてありました」

「そんな年なのか」

「たしかまだ四十九歳でした」

「学問所のことだな」郷臣は刀架《かたなかけ》から脇差《わきざし》を取って差し、刀を右手にさげた、「通学を怠けて、ほかの学問をしていることがわかったんだろう」

「講義へはちゃんと出ています」

「同じことだ」と郷臣は云った、「でかけるとしようか」

透は脇へ避けて、郷臣を先に通した。郷臣は寮生の少年に、あとを片づけておけと命じて、廊下へ出ていった。

学問所の外へ出るまでに、幾たびか学生たちとすれちがった。郷臣はみんなに好かれていて、そんな場合はたいてい、親しみと尊敬をこめて挨拶《あいさつ》したものであるが、いまでは殆《ほと》んどが見て見ないふりをするか、中には反感を示す者さえあるようになった。

そのときも二三の者が、なにか悪口のようなことを、当てつけるように云った。

「誰かがおせっかいをするんだ」郷臣が云った、「国許《くにもと》にも江戸にもいろいろなやつがいて、つまらぬことを互いに密告しあっている、学問所の勉強は表向きで、実際はわけのわからない学問をやっている、などと云ってやったやつがあるんだ」

「私もそんなことではないかと思いました」と透が云った、「手紙は母からのもので、はっきりと書いてはありませんでしたが、江戸にいて悪いふうに染まりはしないかと気づかわれる、というようなことがほのめかしてありましたから」

「どうするつもりだ」と郷臣が云った、「中邑へゆくと江戸へ戻れなくなるぞ」

「いや、はっきりさせます」と透は答えた、「実際の事情を話して、今後のことをはっきりきめるつもりです」

「ほう、みごとだな」と云って郷臣は立停《たちどま》り、眼を細めて、駿河台《するがだい》のほうを見やった。

うす曇りの、午後の光りをあびて、対岸の樹林のあいだに、点々とする数本の桜が、満開にちかい花枝をひろげていた。

「さくら花か」郷臣は吐き出すように云った、「散り際《ぎわ》をいさぎよくせよ、さくら花の如《ごと》く咲き、さくら花のようにいさぎよく散れ、――いやな考えかただな」

郷臣は歩きだしながら続けた、「この国の歴史には、桜のように華やかに咲き、たちまち散り去った英雄が多い、一般にも哀詩に謳《うた》われるような英雄や豪傑を好むふうが強い、どうしてだろう、この気候風土のためだろうか、それとも日本人という民族の血のためだろうか」

「こんなふうであってはならない」と郷臣はまた云った、「もっと人間らしく、生きることを大事にし、栄華や名声とはかかわりなく、三十年、五十年をかけて、こつこつと金石を彫るような、じみな努力をするようにならないものか、散り際をきれいに、などという考えを踵《かかと》にくっつけている限り、決して仕事らしい仕事はできないんだがな」

「このあいだ考えたんですが」暫《しばら》く歩いてから、透が静かな声で云った、「西欧の学問はギリシャの昔から、数学といっしょに発達して来たようですね、その数学もアラビヤ数字といって、読むにも書くにも、運算にもごく簡単でわかりやすい、そのために学問が空論にはしらず、現実に則して発達することができた」

「いま仰《おっ》しゃったような、われわれのあいだにみられる激しやすい性質ですが」と透は続けた、「これは理論や現実の検討なしに、すぐ命のやりとりなどという、極端な手段にはしるのも、数学的な考えかたが欠けているためではないかと思うのです」

「慥かなようだな」郷臣が云った、「西欧では純粋に観念的な学問、つまり哲理学などでも数学をはなれることがなかった、多くの哲理学者は同時に数学者でもあった、東洋では違う、東洋の哲理学は瞑想《めいそう》と思索からうまれ、現実とは無縁なところで発達した、いまでも、思考や行動を支えているのは観念的なものが多い、理性よりも感情に支配されやすい、ものごとを好悪感で判断し、その当否を疑ってみるという習慣が少ない、この点はよくよく認めておかなくてはならないだろう」

透は黙って歩いた。

「これは告白ですが」ちょっと頬を赤らめて透が云った、「私は数学が不得手で、アラビヤ数字をならったのですが、それでも計算する興味がおこりません、いま仰しゃられた弱点がそのまま身に付いているのでしょうか、重力という大きな問題を考えるほうが性に合っているように思うのです」

「いそいできめることはないさ、人間にはそれぞれの才能があるものだ」と郷臣が云った、「それに重力の問題は面白いよ、太陽を中心にした群星の軌道や、相互に反撥《はんぱつ》し、引きあう重力、地球自体にある重力、どうしてこの二つの作用が起こったか、この力が将来どう変化してゆくか、これは充分に究明するねうちのある問題だ」

「私はそれをやってゆくつもりです、もちろんいろいろ障害はあると思いますが」

うしろに人の走って来るけはいがし、振返ると、寮生の少年が追って来たのであった。少年は息をきらしながら、持っている手紙を渡した。

「いま使いの者が届けて来ました、急用だということですから」

郷臣は手紙の裏を返し、差出し人の名を見ると、そのまま袂《たもと》に入れた。

「御苦労だった」と彼は少年に云った、「帰っていいよ」

「お返辞をうかがいたいと云っています」と少年が云った、「使いの者が待っているんですが」

「あとでいい」郷臣は手を振った、「返辞はあとでやると云ってくれ」

少年は立停った。

「舟にしようか」郷臣は透に云って、神田川のほうへ道を曲った。

古ぼけた「船由」という、掛け行燈《あんどん》の出ている船宿から、小舟に乗って柳橋へ向った。花見の帰りだろう、川をのぼって来る伝馬船《てんません》が二艘《そう》あって、船の中では、ぎっしり詰った男女の客たちが、三味線太鼓で、うたったり踊ったり騒いでいた。

「もう一つ、こういうことがあるんだ」郷臣は静かに云いだした、「西欧の学問が現実からはなれずに発達して来た、ということのほかに、その発達の途上で幾たびか、非常な圧迫と妨害を受け、しかもそれに屈服しなかったばかりでなく、妨害や圧迫が強ければ強いほど、却《かえ》って逞《たくま》しく強く成長して来たことだ」

「杉浦も知っているだろうが」と郷臣は続けた、「かれらにはキリシタンという宗門があって、その教義は帝王の権力さえ凌《しの》ぐといわれ、もちろん、学芸も政治もそのちからの影響を強く受けた、その中で一例を挙げると、地動説の先覚者であり、科学的に新らしい方法論を唱えたイタリアのガリレオは、宗教裁判にかけられて、自説を否定するか刑殺されるかという、のっぴきならぬ詰問《きつもん》を受けた、キリシタンの教義は至上命令だから、自説を主張すれば刑殺はまぬかれない、ガリレオはどうしたろうか」

「否定をしてそれから」透はそう云いかけて口をつぐんだ。郷臣の顔が少し硬《こわ》ばり、眉間《みけん》に皺がよったのである。それはこのごろ稀《まれ》にあらわれる表情で、ふいに他のことへ頭がそれるとか、忘我の発作といったような感じのものであった。

「肝心なことは、ガリレオが生きのびた、という点だ」と郷臣はやがて云った、「どういう訊問《じんもん》がありどういう言葉で答えたかということより、自分の面目や外聞にとらわれず、とにかく生きのびることを考え、生きのびて仕事を続けた、ということが大切だ、自分の主張を固執していさましく死ぬことはやさしいが、恥辱を忍んで生きのびるというところに、かれらとわれわれの根本的な差がある」

そして郷臣は沈黙した。

「生きることはむずかしい」暫くして、郷臣は囁きのように云った、「人間がいちど自分の目的を持ったら、貧窮にも屈辱にも、どんなに強い迫害にも負けず、生きられる限り生きてその目的をなしとげることだ、それが人間のもっとも人間らしい生きかただ、ひじょうに困難なことだろうがね」

郷臣はそこで微笑した。

あんまりきまじめなことを云ったので、恥ずかしくなったのだろう、微笑しながら眼《め》をそらすと、袂の中から手紙を取り出して、封をひらいた。

透は眼をそらした。

郷臣は冷たい顔つきで、手紙を繰りひろげながら読みだした。

手紙はうつくしい仮名文字で書いてあった。まず、幾たびも使いでお願いをしたのに、いちども返辞をくれないのはなぜか、という恨みの言葉で、それは始まっていた。

——あなたがどんなに怒っていらっしゃるか、自分にはよくわかっている。これまではゆるしていただこうと思って十数回も手紙を差上げた。おそらく、あなたはその一通すら読んで下さらなかったろうと想像するし、それが当然だとも考えていた。

——わたくしはあなたに、自分があなたを裏切ったのではなく、そうすることがあなたのためであり、しんじつあなたを愛するなら、そうしなければならないと信じた、ということを知っていただきたかった。そうすればあなたもゆるして下さるであろう、と考えたからであった。

——けれども、自分はいまそれが誤りであったことに気づいている。それは自分がこちらへ嫁《か》して来てから、しばしばあなたのごようすを聞いたからではなく、こちらの生活までが少しもよくなっていないからである。

——わたくしはあなたから去ったことで、あなたに罪を感じ、あなたのためを思って嫁したことで、良人《おっと》に罪を感じている。

良人もなにかを感じたのであろう、少しまえから、わたくしを見る眼に暗いかげがあらわれるようだ。もうあしかけ三年にもなろうというのに、いまだに子も生れず、気持もはなればなれであり、日の経《た》つにつれて、ますます遠くはなれるばかりのように思える。この正月の下旬に風邪をこじらせ、保養のためこの下屋敷へ来ているが、良人はいちどもみまいに来ないし、ようすをみに使いをよこすこともしない。噂《うわさ》によると、若い側女《そばめ》が懐妊したということだから、自分のことなどは忘れてしまったのかとも思う。

——けれどもむろん、自分は良人を恨んでいるわけではない。罪こそ感じているけれども、恨むとか嫉妬《しっと》するなどという感情は少しもない。良人と顔を合わせないで済めば、それだけ罪の意識に責められることもないので、自分にとっては、むしろこのほうが気分が楽なくらいである。

——自分にとって、なにより気がかりなことは、あなたがどういう気持でいらっしゃるか、これからどうなさるおつもりか、ということである。

——あなたは学問所へはいられてから、お屋敷へも殆んどお帰りがないし、御縁談があっても断わるばかり、ただ酒や遊所がよいに興じていらっしゃるという。どうしてそんなふうに変られたかは、自分だけが知っていることであるし、聞くたびに胸がつぶれるように思う。

——わたくしはいま、自分の思慮の浅かったこと、あなたのためになどという考えが、どんなに思いあがりであったかということを知って、骨を嚙《か》むほど後悔している。世間を知らぬ女の浅知恵が、こうして三人を不幸にしようとしている。このままではいけない、仮に自分や良人のことはなりゆきに任せてもよいとして、あなただけはこのままであってはならない。将来あなたにもしものことがあれば、その罪はわたくしの一生を賭《か》けても償いきれないからである。

――どうかいちどおめにかからせて下さい。いちどでいいからあなたの気持をうかがわせて下さい。この下屋敷は人の数も少ないし、使いにやる庭番の庄兵衛《しょうべえ》にはよく云《い》い含めてある。懸念《けねん》することはなにもないから、ぜひ訪ねて来ていただきたい。

手紙の文字はそこで終り、署名はなくて、小さな二つの点が墨で印してあった。それは封の裏にもあったものだ。

郷臣は手紙からなんの感動も受けなかったが、その署名代りの「二つの点」には強く心を打たれた。読み終るとすぐに、その手紙をこまかく千切って、川の中へ捨てたが、その小さな二つの墨跡は、いつまでも眼に残るように思えた。

「安方伝八郎が脱走したのを知っているか」郷臣はそう云って透を見た。

「知りません」透は首を振った、「国許へ送られたと聞きましたが」

「途中で唐丸駕籠《とうまるかご》をやぶった、極秘になっているが場所は取手の宿、並木第六を斬《き》って逃げたということだ」

透は眼をみはった、「並木をですか」

「護送者は藤延伊平という者だ」と郷臣が云った、「おれの聞いたところによると、護送並木は護送者の中に加わっていない、おまけに安方が脱走したとき、護送者は宿《しゅく》の中者は宿《しゅく》の中でうろうろしてい、並木だけが追っていったらしい、ちょうど雪が降っていて、並木は利根川の河原で雪にうもれて死んでいたそうだ」

「――死んだ」

「それで隠せなくなったようだ、生きていたらどう扱ったかわからないだろう」

「どういうことですか」

「はっきりは云えない」郷臣は苦笑した、「いや、はっきり云えることだ、並木は安方を暗殺するように命じられた、ちょうどこのおれの命をちぢめようとしたように」

透の顔に暗い表情があらわれ、郷臣はそれを認めて、こんどは明るく笑った。

「そんな顔をするな」と郷臣は云った、「たったいま、生きぬくことが大切だと云ったあとで、すぐにこんなことを云うのはおかしいが、おれは死ぬことをそれほど恐れてはいない、その場にならなければわからないが、それほどみぐるしい死にかたはしないで済むと思う」
「だが、肚《はら》にすえかねるのは、おれの命をちぢめようと謀《はか》っている連中の気持だ」郷臣は静かな口ぶりで続けた、「かれらは一方で奥羽連盟に加わりながら、一方では朝廷へはたらきかけている、その点では中邑藩に限らず、無力な小藩はどこでも似たようなことをやっているだろう、大藩の中にも、自己保存のためにふたまたをかけている例が少なくない、自分の藩だけは生きのびたい、と思うのは当然のことだからだ、しかし、幕府の監察の眼がきびしくなるにつれて、忠誠の証拠をみせなければならない、王政復古は将来のことだが、幕府政治は現在おこなわれているからだ」
「しかし、あなたのお命をちぢめるなどということが、本当に考えられているのですか」
「これまで二度あったことは話した筈《はず》だ」
「それが幕府に対する忠誠の証拠になるのですか」
「単純にそうではない、おれのきょうだいでさる大藩の支族へ婿《むこ》にいった者がいる、これは奥羽連盟の中でも勢力のある一族だが、その方面からも、おれを非難する声があがっている、要するに、一族の安全を守るためにもおれを処分しろ、というんだ」

透がなにか云おうとし、郷臣は首を振ってそれを遮《さえぎ》った。

「安方の場合にも、そんな匂《にお》いがする」と郷臣は云った、「並木第六は刀をよく使う、それが護送者とはべつに付いていったこと、また並木だけが安方を追い詰めたことは、結果こそ逆になったが、安方を暗殺する計画だったとみるほかはないだろう」

「そんな必要があったのですか」

「想像するだけだ、どうしてかという理由はわからない、なにか切羽《せっぱ》詰《つま》った事情があったのかもしれないが、それならその事情をはっきりさせるがいいのに、暗がりで事を始末しようとする、そのために却って無用な紛糾を起こすことになるのだが」

「安方は、——」と透が反問した、「脱走に成功したのでしょうか」

「けがはしているらしい、落ちていた並木の刀に、かなり血が付いていたそうだ、しかし今日まで捉《つか》まらないところをみると、逃げのびたことは慥《たし》かだろう」

そして郷臣は船頭に云った、「川へ出たら上《かみ》へやってくれ」

透はそっと溜息《ためいき》をついた。

——安方もひどいめにあうな。

意気さかんに慷慨《こうがい》していた伝八郎、抜刀の舞でみんなを驚かしたが、まもなく、江戸の路上でみじめに幕吏に追われ、いまでは同家中の者を斬ったうえ、傷ついてどこかにひそんでいるという。

——なんの役に立つのだ。

尊王攘夷《そんのうじょうい》という問題が、この国の当面する大事だとしても、安方伝八郎の激昂《げっこう》や、壮烈ぶりや、人を斬って脱走するなどということに、どんな意味があるのか。万分の一でも役に立っているのか、と透は心の中で問いかけた。

「つまらないことを云った」郷臣が悔むように云った、「おれが命を覘《ねら》われている、などということは忘れてくれ、杉浦にはもっと大事なことがある、おれのことなんか決して心配するんじゃあないぞ」

透は頭を垂れて答えた、「私は、なんのお役にも立てないと思います、ただひとつ」

「いや、たくさんだ」郷臣はまた首を振った、「おまえは自分の学問に専心してくれ、おれにできる限りは力になる、できるあいだはな」

透は郷臣の顔を見て、それからかなしげに眼をそらした。

——できるあいだは。

むろん「生きているうちは」という意味であろう。その日の郷臣はいつもとは違っていた。自分のことに関して、そんなふうに云ったことはかつてなかった。

——なにかあったのだろうか。

そうかもしれない。だがそうではなく、郷臣のような冷静な人でも、こんなふうなことを云わずにはいられないような時代だ、ということかもしれない、と透は思った。花見帰りの船がしきりに川を下って来、どの船でも酔った唄《うた》ごえや、鳴物の音が賑《にぎ》やかに聞えた。

「中邑へ帰って引留められたらどうする」と郷臣が訊《き》いた。

「たぶん父は、理解してくれると思いますが」透は自分を慥かめるような口ぶりで、「いずれにしても、私の決心に変りはありません」

郷臣は川上のほうへ眼をやりながら、沈んだ声で云った。

「国許《くにもと》の気ふうは荒くて頑固《がんこ》だからな、そのうえこういう時勢だし、よほど覚悟をしてゆかないと面倒なことになるぞ」

「そのつもりです」と透は答えた。

「もし必要ならおれが口添えをするよ」

「そんなことはないだろうと思いますが」と透は云った、「手に負えなくなったときはお願い申します」

「遠慮には及ばない、いつでもいいよ」

舟は今戸へ着けられた。

曇っているからだろう、舟からあがって道へ出ると、町の家並は黄昏《たそがれ》のように暗く、山谷堀《さんやぼり》の水面は、まるで冬のように、冷たそうな鉛色に光っていた。今戸橋を渡ると左には寺が並び、右側は隅田川に沿って、料理茶屋や、寮や、隠宅と思われる家などが、古びた小さな町家のあいだに、樹立《こだち》や生垣《いけがき》をまわして建っていた。

郷臣の訪ねたのは、安昌院という寺の前で、しもたや造りで格子戸《こうしど》のある、小さな家であった。

「おせんの家だ」郷臣は透にそう云ってから、格子戸をあけた。

返辞をして出て来たのは、十二三の少女で、まだ郷臣を知らないらしく、訝《いぶか》しそうな眼つきで名を訊いた。郷臣が「おみさんだ」と答えると、少女が立つより先に、襖《ふすま》をあけておせんが顔をみせ、まあ、と云ってこっちへ出て来た。そして、郷臣の刀を受取り、透に会釈《えしやく》をしてから、二人を奥へ案内した。

「おなつをうちへ帰したものですから」とおせんは云った、「隣りの子を借りているんです、名前はおろくっていうんですよ」

いまの少女のことだろう、郷臣は聞きながして奥へとおったが、そこに吉岡市造のいるのを見て、立停《たちどま》った。

「どうも、――」市造はてれたように笑いながら、頭へ手をやって辞儀をした、「七両二分というところですな」

そして透にもあいそよく言葉をかけた。郷臣は坐《すわ》り、透は次の座敷から、縁側へ出てみた。表は小さな造りだが、庭は思いきって広い。左は隣りの生垣、右は松林の見える板塀《いたべい》であるが、正面は隅田川の岸まで庭が続き、向島の堤がまっすぐに見えた。どうやら靄《もや》がかかっているようで、川面の舟も向島もかすんでい、満開らしい土堤《どて》の桜も、古綿をつくねたようにうす汚れてみえた。

「もう少し経つときれいですよ」おせんが透に呼びかけた、「土堤のぼんぼりに灯《ひ》がはいりますからね、その灯が花に映って、それこそ眼がさめるようなけしきになりますよ」

「いながらにして夜桜」と市造が云った、「ここで飲めばまず大名の奢《おご》りですな」

「あやかるとしよう」郷臣が云った、「市造が七両二分出すそうだ、飲みきれなかったら吉原《なか》へでもしけこむとしよう」

「金のことは禁句、今日はまじめな相談があるんです」

「まあおちつけ、杉浦が帰省するので、その別宴が先だ、おい、灯をいれないか」

おせんが答えるとすぐに、おろくという少女が行燈《あんどん》を持ってはいって来た。

行燈に火がはいり、茶が出て、それから酒肴《しゅこう》の膳《ぜん》が並ぶまで、吉岡市造は独りで饒舌《しゃべ》った。

市造のお饒舌りはいま始まったことではないが、その日はいつもとようすが違って、ひどくおちつかず、話題にもとりとめがなかった。

——なにかあるな。

これはなにかわけがあるぞ、と透は感じた。郷臣の態度もどこか常のようではなく、いつもなら市造のことば尻《じり》を取って辛辣《しんらつ》にやりこめるべきところを、その日に限ってなにも云わず、ただ静かに聞きながしているか、気のない合槌《あいづち》を打つくらいであった。肴《さかな》には鯛《たい》の刺身を煎酒《いりざけ》で喰《た》べるという、変った味のものが出ていた。酢と塩を加えた煎酒に蓼《たで》の薬味だけで、醬油《しょうゆ》を少しも使わないのである。

郷臣は一片たべると、おせんを見て「めしを一と口くれ」と云った。おせんはすぐに立って、飯をほんの一と口、茶碗《ちゃわん》につけて来た。郷臣は刺身の一片でめしを喰べてみて、それから頷《うなず》いて云った。

「悪くない、おせんの発明か」

「いいえ、ひとから教えてもらったんです」

「その、——」と市造が口をだした、「めしで喰べてみるというのはどういう趣向なんですか」

「なま臭いかどうかよ」とおせんが云った、「刺身はおしたじと山葵《わさび》でないとなま臭いでしょ、これは酒塩だけだけれどなま臭くないから、それでごはんといっしょに喰べてごらんなすったのよ」

「ごはんといっしょに喰べるとどうなるんです」

「あんたばかねえ」とおせんが云った、「そうすれば本当になま臭くないかどうかわかるじゃありませんか、そのくらいのこと覚えとくもんよ」

「もんですかな」市造は低頭した、「では覚えておくことにしましょう」

おせんが「あんたばかねえ」と云ったとき、郷臣の軀《からだ》をなにかが走りぬけたようにみえた。もちろんおせんも市造も気づかなかったろうが、透の敏感になった神経には、かなり鮮やかにそれが感じられた。

酒がいちおうまわったところで、郷臣が市造に云った、「杉浦のほうはこのへんにして、そっちの話を聞こうか」

「なにいそぎゃあしません、杉浦青年のためにもう少し祝いましょう」

「てれることはないさ」と郷臣が微笑した、「もし杉浦に聞かせたくないと思うようなら、市造の思案はうしろ暗いと云わなければならない、おれはそんなものじゃあないと思うが、どうだ」

市造は片手で頭を押え、首をすくめながら、おせんをすばやく横眼で見た。おせんは慌《あわ》てて顔をそむけ、立ってゆこうとしたが、郷臣が呼びとめた。

「ここにいろよ」

「お酒を取って来ます」

「ここにいろよ」と郷臣がやさしく云った、「これから市造が一世一代の口上を述べるから聞いてやれ、さあ、始めてくれ市造」

「どうも、すっかり見ぬかれちまっているようで、ちょっとこいつ、幕をあけるのに骨が折れますな」

郷臣は黙って盃《さかずき》を持った。

おせんはすり寄って酌《しゃく》をしたが、どうしたことか手許がくるって、酒を注《つ》ぎこぼし、狼狽《ろうばい》して、台布巾《だいぶきん》で郷臣の袴《はかま》を拭《ふ》いた。

「そんなに慌ててるな」と郷臣が笑って云った、「ますます幕があけにくくなるぞ」

「なあに、それほどごたいそうなこってもありませんさ」

市造は自嘲《じちょう》するように云《い》い、手酌で飲んでから、郷臣の顔をまともに見た。

「まず第一に」と市造は云った、「私は吉岡の家を出て、侍をやめます」

「へえ、おまえこれまで侍のつもりだったのか」

「まじめな話ですよ」

「おれもまじめに驚いたところだ、まあいい、第一に侍をやめて、第二はなんだ」

「第三に金儲《かねもう》けをします」

「第二は抜きか」

「まあ聞いて下さい、私はこのあいだ横浜へいって来ました」と市造が語りだした。

透は平石頼三郎の話を思いだした。平石が叔父に伴《つ》れられて横浜へいったとき、女を伴れた市造と会った。市造は「見物に来た」と云っていたそうであるが、——いま市造の語るのを聞くと、見物ではなく、目的があっていったのだという。

「横浜に異人の商館を建て、居留地を設けるという話は、まだ幕府でも決定していない、いろいろと議論が出て、アメリカ側と交渉ちゅうだということでしょう」と市造が云った、「ところが、いってみて驚きましたね、幕府でどんな論がたたかわされているか知りませんが、当の横浜はもうたいへんな景気です、田は潰《つぶ》される、沼や池は埋められる、新らしい町を造るために掘割が出来、橋が架けられ、区画がきめられ、家が建てられるというありさまです、ここが異人商館、ここが居留地になる、というところまで見て来ました」

「なるほどまじめらしいな」郷臣が云った、「そんなふうに実際にからだを動かしたのは生れて初めてだろう」

「なにをするにしても、江戸じゃあ人の口がうるさいですからね、それに、いってみればわかりますが、横浜はこれからの土地だし、新らしくしょうばいを始めるにはもってこいです、冗談じゃない」と市造は急に云い返した、「私が実際にからだを動かすのは初めてだろうなんて、これまでだっておみさんのためにはずいぶん犬馬の労をとって来ましたぜ」

「忘れろよ」と郷臣が云った、「話のあとがあるんだろう」

「ま、一杯いただきます」

市造は燗徳利《かんどくり》を取って振り、おせんに向って空だというそぶりをした。おせんは郷臣の顔を見てから、次の間にいるおろくに声をかけた。少女はすぐに、燗徳利を二本、盆にのせて持って来た。

「それでです」市造は手酌で一と口啜《すす》り、「ぬるいな」と云った、「そっちのをもう少しつけておいてくれ、まだまるっきり水だぜ」

おせんが立とうとすると、郷臣が「そこにいろ」と云った。しかしおせんは唇《くちびる》をひき緊《し》め、郷臣の言葉が聞えなかったかのように、少女のあとから、次の間へ去った。

郷臣は盃を置いた。

「直入《ちよくにゆう》に云います」市造は坐り直した、「いまさらあなたに遠慮してもむだだし、あなたはすっかり見抜いているようだから、首の座に直って云います」

「そんなに四角ばるな」

「金百両、貸して下さい」

「ほう、――で次は」

「おせんさんをいただきます」

郷臣は静かに深く息を吸いこんだ。きちんと坐った市造の膝《ひざ》の上で、二つの握り拳《こぶし》に力のはいるのが見え、緊張した沈黙が続いた。

「いけませんか」と市造が訊いた。

「おかしなことを云うな」

郷臣がやわらかな声で云った、「おせんはおれのいろでも女房でもない、そんなことは承知している筈《はず》じゃないか」

「そこに問題があるんだ」
「話をそらすな」
「あの人はあなたのごしんぞでもいろでもない、問題はそこから起こったんですぜ」
市造はひらき直るように云った、「あなたはあの人を吉原《なか》からひかせ、船宿を持たせて面倒をみて来た、私はそのゆくたてをすっかり知っている、あの人が吉原で芸妓《げいぎ》をしているころからですよ」
「そんな話は退屈だ」
「そうでしょう、あなたはいつもその伝だ、私はね、いつか一度、思いっきりあなたを殴りつけてやりたいと思っていた、断わっておきますがいまだってやりかねませんよ」
「男谷《おだに》道場の免許取りだそうだからな、まあお手柔らかに頼むよ」
「あの人の気持を考えたことがありますか」と市造は云った、「あの人はしょうばいをひき、船宿の女あるじになった、あなたは気の向いたときにやって来て、飲んだり喰べたりし、ときには暢《のん》びりと泊って帰る、だがあの人には決して手を出さない、手も触れないし愛情を示すようなこともない、こんな罪なやりかたがありますか、あの人は女だ、いくら縹緻《きりよう》がよくっても年はとります、たちまち消えてゆく若さをかかえ、美丈夫で金も力もあるあなたを前にしながら、指を咥《くわ》えたまま老《ふ》けてゆかなければならない、これはまさに人間侮辱です」

郷臣はそっと片手をあげた。

「わかった、そのくらいにしろ」と郷臣は云った、「そこから問題が起こったとして、責任をおれにかぶせるのはいいが、おせんがおれの持ち物でない以上、やるの取るのということはおれには云えない、それこそもっとも人間を侮辱することだろう」

「そうすると、つまり」市造はちょっと吃《ども》った、「つまりそれは私の勝手にしていい、ということですか」

「そんなことをおれが知るものか」

「どういう意味です」

「おれの知ったことではないというんだ、おい市造」郷臣の眼《め》が光った、「おまえはおれをやりこめるために呼んだんじゃないだろう、用があるなら肝心の用だけ云え、もういちど云うが、人間侮辱のなんのという俗な理屈を、市造の口から聞くなんて退屈しごくだ、市造は市造らしくやれ」

「殴るならいまだな」と市造が低い声で云った、「二つぼくろの人のときにも殴ってやりたかった、水谷郷臣という人はなさけない人だ」

郷臣の顔から血のひくのがみえた。切りそいだような頬のあたりが硬《こわ》ばり、眼が細くなった。

「きさまは禁をやぶった」郷臣もまた声をひそめ、細められたするどい眼で市造を睨《にら》みながら云った、「そのことだけは口にするなと云っておいたぞ」

「そんなに痛いですか」と市造が云った、「黒子《ほくろ》の人はあなたを裏切ったのじゃあない、あなたに男らしい踏ん切りがなく、あの人を自分のものにする勇気がなかっただけだ、憎むならあの人のほうがあなたを憎むのが当然だ」

「おせん、風呂《ふろ》をたてろ」とどなって郷臣は立ちあがり、市造に向って、「庭へ出ろ」と云った。

透が驚いて、いけません、と止めようとしたが、郷臣は手を振り、市造はさっと立ちあがった。透も立って「よして下さい」と云い、郷臣は振返って「なに冗談だ、心配するな」と笑ってみせた。

おせんが襖をあけて覗《のぞ》き、しかしこっちへ来ようとはせず、すぐに襖を閉めたが、襖の向うで嗚咽《おえつ》するのが聞えた。

郷臣は袴をぬぎ、市造は庭へとびおりた。透も縁側へ出てゆき、市造のあとから庭へおりる郷臣の、がっちりとした肩をみつめながら、自分がふるえているのに気づいた。

「本気で来いよ、市造」郷臣は両手の指の関節を鳴らしながら、嘲弄《ちようろう》するように云った、「長いあいだおれの腰巾着でいて無念だったろう、いまがいい折だ、無念ばらしのつもりで力いっぱいやれ」

するといれ市造がやり返した、「黒子の人とおせんさんの分も入れてね」

郷臣の頰へ平手打ちがとんだ。

まことにすばやく、しかも力のこもった殴りかたで、高い音がすると同時に郷臣の頭が右へ傾き、避ける隙《すき》もなく組みつかれた。喧嘩《けんか》上手というのだろうか、市造の動作はきびきびと的確で、たちまち郷臣を投げとばし、馬乗りになったとみると、また手をあげて頰を殴った。

郷臣はなにもしなかった。

市造の手が止った。郷臣がなにもしないということに気がついたのである。左手で郷臣を押えつけ、続けて殴ろうと振上げた右手を、振上げたままのかたちで、市造は云った。

「どうして殴り返さないんです、どういうつもりです」

「いいからもっと殴れ」と郷臣が云った、「二人の分も殴ると云ったろう、遠慮をするな」

「あなたという人は」市造の右手がだらっと落ち、馬乗りになったままで、彼は折れるほど頭を垂れた。

透はおりてゆこうとした。止めるならいまだと思ったのであるが、郷臣が笑いだし、すぐに市造も笑いだしたので、思いとまった。

「さあどうです」と市造が云った、「金を貸してくれますか」

「百両などという大金《たいきん》をおれが持っているか、起こせ」

市造は立ちあがり、郷臣の手を取って助け起こすと、着物に付いた土やごみを払った。そのときおせんが出て来て呼びかけた。

「お風呂がようございます」

「早いな」と郷臣が云った、「ばかに手廻《てまわ》しがいいじゃないか」

おせんは前掛で顔を押え、また次の間へ去った。

「風呂はあなたの来るまえから焚《た》きつけてあったんですよ」市造がまだ喘《あえ》ぎながら云った、「どうか汗を流して下さい」

「客あしらいがいいな」郷臣は衿《えり》を直した、「これは皮肉じゃないぜ、金儲けをするにはそのくらいのきてんがきかなくちゃあいけないという意味だ」

「よかったらお背中を流します」

「しょうばいはなにをするんだ」

「いつかあなたが仰《おつ》しゃっていました、料理屋をやるつもりです」

話しながら、二人は縁側へあがって来、郷臣は次の間のほうへ去った。

透はまだ縁側に立ったまま、川の対岸を眺《なが》めていた。向島の堤はすっかり昏《く》れて、灯のはいったぼんぼりが、点々と明るく並び、その灯が水面に映って、ぼんぼりが二重に並んでいるように見えた。桜の花はうすい灰色にかすんで、花というより靄《もや》がたなびいているようであった。

――二つぼくろの人。

黒子の人、とはなんだろう。そのことは口にするなと禁じてある、と郷臣は云った。その口ぶりは常になくしんけんで、深い傷痕《きずあと》を探られた痛みのようなものが感じられた。

――どういう人だろう。

どんなことがあったのだろう、対話のようすでは女性らしい。裏切ったのではない、とか、男らしい踏ん切りがなかったからだ、とか云った。或《あ》る女性がいて郷臣と愛しあい、郷臣から去って他家へ嫁《か》した、ということだろうか。

――郷臣は明らかに怒った。

怒って市造を殴ろうとしたのだろう。おそらく、その女性のことを云われるのはよほど辛《つら》いのに相違ない。これまで一度もそんなまねをしたことのない郷臣が、市造などを相手に殴りあいをしようとした。よほど辛いことだったにちがいない、しかも、実際には市造のするままになって、組み敷かれても平手打ちをくっても、自分からは手出しをしなかった。

――どうしてだろう。

庭へ出ろ、と自分から挑戦《ちょうせん》しておいて、殴られるままになっていた。市造を軽蔑《けいべつ》していたためか、それとも、殴られるのが目的だったのか。市造は「憎むのはあの人のほうだ」と云った。市造に殴らせることによって、その人の憎しみにこたえようとしたのだろうか。

「男と女のあいだに」透は口の中で呟いた、「永遠の愛とか、不変の愛などというものはない、男女の愛とは互いに求めあうときにだけあるものだ」

彼はそっと深い呼吸をした。

悲しいというよりも、むなしいといったような感情が、透の心を浸した。郷臣の経験したことが（仔細《しさい》は知らず）悲しくむなしいというのではなく、郷臣その人のすがたがそう感じられるのであった。

「どうしました」と座敷の中から市造が、呼びかけた、「こっちへ来て坐《すわ》りませんか」

透は振返らずに答えた、「土堤の夜桜がきれいですね」

「おみさんのことなら心配無用ですよ」と市造が云った、「灸《きゆう》を据《す》えられたことのない子供は、ときに自分から灸を据えてもらいたくなるもんです、さあ、熱いのが来ました、一杯やりましょう」

俗物め、と透は思った。

帰郷

杉浦透は故郷の中邑《なかむら》へ帰るまえ、小梅の施薬所《せやく》を訪ねて、房野なほと逢《あ》った。なほはいくらか肉づき、ますます陽《ひ》にやけて、右手に白い晒木綿《さらしもめん》を巻いていた。

話は少しもはずまなかった。

——逢うたびにこうなる。

逢うたびにお互いの心がはなれていくようだ、と透は思った。こんな状態を続けていてはいけない、お互いが大きな代価を払っているのに、このままだとそれさえむだになるかもしれない。

——今日ははっきりさせよう。

彼はそう考えたので、渋っているなほを、むりに施薬所の外へさそい出した。なほは例のように、仕事が溜《た》まっている、子供たちが待っている、などと云《い》って出たがらなかったが、透のようすがいつもと違うのに気づいたのだろう、外出することを告げに戻ってから、いっしょに施薬所の門を出た。

堀《ほり》に沿って東へ三町ほどゆくと、もう田園の広い風景に変り、田のくろに並んでいる若木の榛《はしばみ》は、やわらかそうな、新らしい葉を付けていたし、道傍《みちばた》には青草が活《い》き活きと伸び、どちらも、東から吹いて来る風に揺れていた。

源森川では子供たちが魚をしゃくっていた。なほはそれを見ると、眼《め》を細めて立停《たちどま》り、透に促されるまで、動こうとしなかった。

——そんなに子供が好きなのだろうか。

堀に沿って幾たびか曲り、左右が麦畑になっているところまでいってから、透は話をし始めた。

彼は言葉を飾らずに、思っていることをはっきり云った。なほは眼を伏せ、重たげに、ゆっくりと歩をはこびながら、彼の話の終るまで黙って聞いていた。

「はい、わたくし子供たちが好きです」やがてなほは答えた、「あからさまに申せば、好きというより哀れだというほうが本当かもしれません」

「それはまえにもいちど聞いた」

「ふしぎなことに」となほは続けた、「哀れだと思う気持が、いまでは可愛《かわい》いという気持に変っているようです、これはわたくしが女で、年も二十二になったこと、また自分の身の上に似ている、というためかもしれませんけれど」

「はい、仰《おっ》しゃるとおりかもしれません」なほはまた答えた、「わたくしも正直に申上げますが、あのような家出をして来て、あなたにお知らせしたことを、いまでは後悔しております」

透は驚いてなほを見た。

「すると」と彼は反問した、「私になにも知らせず、ゆくえ不明のままでいたほうがよかったというのですか」

「はい、——」なほの声は、そこでちょっと不安定にかすれ、しかしすぐにきっぱりと云った。

「はい、いまではそう思っております」

「なぜです」透は足を止めた、「そんなふうにして、私が平気でいられるとでも思うんですか」

なほは言葉を捜すように、足もとをみつめたまま、ちょっと沈黙していた。

「わたくし、自分がまちがっていたと思いますの」となほは静かに云った、「松川湖でお逢いしたとき、はっきりお別れしなければならなかったのです」

「わたくしはいちど人の妻になったからだですし、杉浦さまは親御さまたちがきめて祝言《しゅうげん》をおあげになる、いいえ」

透がなにか云おうとするのを、屹《きつ》とかぶりを振って遮《さえぎ》り、感情を抑えた、ごく冷静な口ぶりでなほは続けた。

世間がこんなありさまでなかったら、事情もまた違うかもしれない。だが、いまは世の中ぜんたいがどう変るかわからないし、ことによれば武家生活というものが毀《こわ》れてしまうおそれもある。ましてあなたは、新らしくむずかしい学問に手をつけられた。変ってゆく世の中で、その学問をやりとげるには非常な困難が伴うと思わなければならない。とすれば、いつかは色褪《いろあ》せるであろう愛情のために、いちど娶《めと》った妻を去ったり、親きょうだいの許さない結婚をしたりして、家中《かちゅう》の非難や、複雑になる生活の重荷を背負う、というようなことは避けるのが当然である。

「わたくしそのことに気がつかなければならなかったのです」となほが云い、透がそれを遮った。

「あなたは気がついていた」と彼は云った、「約束を迫ったのは私のほうで、あなたはなにも約束はしなかった、だからそのことで自分を責める必要はない、また、世の中がどう変るかわからないことや、周囲の非難や、複雑になる生活のことなどは、私たちの将来の問題とは無関係です、あなたは肝心な話を避けるために、そういうことをもちだしているのだ」

なほは歩きだし、十歩ばかりいってから、姉が弟をなだめでもするような調子で、わたくし自分が変ったのだと思う、と云った。

「施薬所の人たちを見ているうちに、愛情だけにうちこむと人は不幸になる、ということを悟りました、人は生きなければなりませんし、子を生み、子を育て、よく生きるためには人よりぬきんでた仕事もしなければならない、との方にはこういう大きな負担がかかっておりますわ」

「もういちど訊《き》くが」と透が押し返して云った、「そういう条件はすべてぬきにして、あなたは私と別れるつもりなんですか」

なほは微笑した。

透はその微笑を見て、なほが自分から遠くはなれていることを悟った。記憶の底から、永遠に変らない愛などというものはない、と云った水谷郷臣の言葉が聞えてくるように思えた。

透は首を振り、気をしずめようとして、深い呼吸をした。

——怒ってはいけない。

感情でものを云ってはだめだ、おちついて、聞くだけのことを聞かなければならない、と彼は思った。

「私は中邑へ帰省します」と彼は云った、「父が隠居をしたいから、という手紙なんですが、学問所を怠けていることなども知っていると思われるので、たぶんそのまま中邑にいろと云われるでしょう、父は隠居するほどの年ではないが、ことによると私を引留めるために、隠居をしかねないかもしれません」

「いまやっていらっしゃる学問は、中邑でもできるのではございませんか」

「私は江戸へ戻ります」強い調子で透は云った、「中邑では必要な書物も手にはいらないし、難解な問題を話しあう相手もありません、どんな無理をとおしてもこっちへ戻って来るつもりです」

透はそこで言葉を切り、暫《しばら》く黙って歩いた。なほの冷静さに比べて、自分の昂奮《こうふん》していることが、急にしらじらしく感じられ、その昂奮が心からのものではなく、どこかに偽りがあるような気持さえした。

広い田畑の上を、東のほうから来た雲の影が、二人を包み、それからゆっくりと去っていった。

――どうしたことだ。

透は自分の心の中を覗《のぞ》いた。

なほの気持が自分から遠のいたことは事実らしい。理由をいろいろあげたが、それは真実を隠すための幕で、そのうしろに本当のものがあるように思える。

――そんなことがあり得るだろうか。

自分となほとが、どちらも心を偽っている。お互いが本当でないことを口にしている、そんなことがある筈《はず》はない。

「そうしてまた」と透は続けた、「これを機会につじとの関係もはっきりさせて、別れることにきめて来る覚悟です」

「いいえ、——」なほはそっと頭を振った、「そんなことはできはいたしませんわ」

「約束しますよ」

「御自分でも、できないことだと知っていらっしゃるでしょう」なほの口ぶりは冷静さを変えなかった、「——こちらにいて考えると、決心さえ固ければ負けはしない、とお思いになるかもしれませんが、軒の低い城下町の家や、陽のさすことのない陰気な奥座敷や、そこに住む人たち、一徹で頑固《がんこ》で、古い家法だけを守り神のように信じて疑わない人たちのことを想像なされば、およそのことはおわかりになると存じます」

「あなたは、時勢が大きく変っている、ということを忘れていますよ」

「それは江戸だからでしょう」そこでなほは透を見あげた、「いつぞやあなたは、内藤ふくというお嬢さまの話をしていらっしゃいました」

透は口をあいて振向いた。

——ふくの話をした。

おれが、そんなことを話したろうか。ふくのことなどを、いつだ。彼はそれを覚えていなかった。

「武家の奥に育ちながら」となほは続けていた、「御きょうだいの男友達と自由に話したり、娘たちだけの席へ男の客を招いたりなさるという、そういうことを身近に経験していらっしゃるし、新らしいお友達と、これまでこの国に殆《ほと》んど知らされていなかった新らしい学問をなさっているうち、あなたのお考えはすっかり中邑からはなれておしまいになったのです、――たしかに、時勢は変ってゆくようですけれど、それが眼に見えるのは江戸だからで、故郷の中邑ではおそらく、なにも変ってはいないと存じますわ」

透は心の動揺を隠すために、唇《くちびる》で笑いながら「あなたはずいぶんはっきりしてきましたね」と云った。

「そうでしょうか」なほも微笑し返した、「施薬所のお手伝いをするうちに、自分でもものの考えかたが変ったのにおどろくこともございますわ、けれどももともとこういう性分だったのですね、こういう性分だから変ったのだとも思いますわ」

透は心の中で呟《つぶや》いた。

――一刀両断だな。

なほの云うことは理路がととのっていた。施薬所の貧しい病人や孤児たちとくらしているうちに、現実のきびしく、動かしがたいことを知って、ものの見かたや考えかたが大きく変化した。

愛情だけにうちこむと、人は不幸になる。

人間は生きてゆかなければならない。郷臣の言葉とは違って、なほの考えは極めて現実的であり、興ざめるほど割切っていた。

「わたくしもう戻ります」なほは足を停《と》めた、「申上げることはほぼ申上げましたし、仕事や子供たちが待っておりますから」

「では、――一つだけ約束して下さい」踵《くびす》を返しながら透が云った、「私の帰省が失敗するしないにかかわらず、戻って来たらまた逢うということです」

なほはそっと透を見た。その眼もまた、ききわけのない弟をなだめるような、やさしいけれどもしっかりとした感じだった。

「はい、それはもう」と彼女は答えた、「そのとき暇さえございましたら」

二人は源森川の角で別れた。

透は堀に沿って南のほうへ歩きながら、自分の心のふしぎな乱れに悩まされた。なほの口ぶりには、もう逢わない、という意味がかなり明らかに感じられた。

――こんなことで毀れるのか。

こんなふうに終ってしまうようなものだったのか。そういう絶望的なむなしさと、同時に心のどこかでほっとするような、肩が軽くなったような気持を感じていたのだ。

「ばかな」彼は自分に云《い》った、「そんなことを考える筈はない、おれは必ずなほを娶る、おれの将来はなほといっしょにあるんだ」

堀端に蓆《むしろ》を敷いて、菅笠《すげがさ》をかぶった男が、釣糸《つりいと》を垂れていた。透は気がつかなかったが、その男は笠の下から透を見てい、通り過ぎようとしたとき、低い声で呼びかけた。

透は足を停めて振向いた。

「戻ってくれ」と男が囁《ささや》いた、「人に気づかれぬように、釣りを見るつもりでこっちへ寄ってくれ」

男は笠の端を少しあげた。古い障子紙のような、煤《すす》けた色の顔に、眼がおち窪《くぼ》み、無精髭《ぶしょうひげ》が濃く伸びていた。

「——安方」と口の中で透は叫んだ。

「気をつけろ」男は制止した、「人に気づかれては悪い、大きな声をだすな」

透は静かに近よった。

つい数日まえ、郷臣から話を聞いたばかりである。取手の宿で並木第六を斬《き》り、そのまま行方不明だと聞いたばかりなのに、こんなところで出会うとは偶然だろうか。

「びっくりしたらしいな」安方はひどくしゃがれた声で、あざけるように云った、「じつは、杉浦がときどき施薬所《せやく》へ来るということを知っていたんだ」

透は唇をひき緊《し》めた。

「おい、そんな顔をするな」安方は黄色い歯を見せた、「こっちはほかに頼る者がない軀《からだ》だ、おまえと家出娘のことなんか饒舌《しゃべ》りゃあしないぜ」

透の顔は冷やかに硬《こわ》ばった。

——なほのことを知っている。

そんなわけはない。あれだけ用心し、どんな親しい者にも気づかれずに来た。安方は江戸へ出るとすぐに捕われ、国許《くにもと》へ送られ、途中で脱走した。自分が世を忍び、逃げまわるだけで精いっぱいだったろう、とうていなほのことを知る機会などはなかった筈だ。

——だが施薬所のことはどうだ。

そう思ったとき、おそらく顔色にあらわれたのだろう、安方はまた声を出さずに笑い、狡《ずる》そうに頷《うなず》いてみせた。

「人事葛藤《じんじかっとう》」と安方が云った、「どこでどうつながるかわかったものではない、おれも仲上に会うまえには、杉浦と房野の娘のことなんかまったく知らなかったからな」

「仲上だって」

「藤六さ、仲上藤六」安方は首を振った、「いや大丈夫、あいつには施薬所のことは話してないよ、おまえは知るまいが、あいつはすっかり頭をやられちまった、まるで気の狂ったのら犬だよ」

「彼はまだ江戸にいるのか」

「古風なことに、尺八を吹いて乞食《こじき》をしている、いまどこにいるかわからないがね、なんでも杉浦と房野の娘が中邑へ帰るのを見張るのだと云って、浜街道を往《い》ったり来たりしている、というような話だった」

　透はぼんやりと空を見あげた。

　いつか刀を抜いて迫ったときの、狂的にひきつった顔が、ぼんやりとではあるが思いだされた。すっかり頭をやられた、という安方の言葉が事実なら、あのときすでに尋常ではなかったのかもしれない。

　――おれは必ず捜し出してみせるぞ。

　そう叫んだが、いまでも同じ一念に憑《つ》かれて、のら犬のようにうろついているのだろうか、哀れな男だ、と透は思った。

「私は中邑へ帰って来る」と透が云った、「たぶん明日立つことになると思うが、いつか頼まれたことは水谷さんに話して、金は私が預かっている」

「問題はそれだが、中邑へ帰るんだって」

「長くはかからない、すぐ戻って来るが、金をどうしよう」

「たったいま、十文でも欲しいところだが、うっかりはできないところでね」

安方は右の足を押えた、「仲上のように、気違い犬になってしまえば藩でも放っておくが、おれは縄《なわ》ぬけをしたうえ並木を斬っているからな、そのうえこの足が」と彼は太腿《ふともも》を撫《な》でた、「並木とわたり合ったときに一と太刀あびせられて、まだ満足に走ることもできない、用心のうえにも用心しなければならないからな」

「ではどうしよう」

「そうさな、うん」

安方は口をつぐんで眼《め》くばせをした。

道の向うから、野菜を籠《かご》に入れ、天秤《てんびん》で担《かつ》いだ農夫が一人、女房と子供を伴《つ》れてこっちへ来た。かれらが通り過ぎるまで、安方はじっと釣竿《つりざお》の先を見まもっていた。

「そうさな、危ないかもしれないが」と安方は続けた、「町飛脚に施薬所へ届けてもらおうか、いや房野の娘とは関係なし、弁天おさとという腰ぬけの婆《ばあ》さんがいる、うん、施薬所の厄介者《やっかいもの》だが、そこへ届けてもらえばおれの手にはいるよ」

「安方の住居へじかのほうがよくはないか」


安方は首を振った。

「人間ほど信用のおけないものはない、杉浦を信じていいかどうかはっきりするまでは、住居を教えるような危険なまねはしないよ」

「――不幸だな」と透が云った、「信用のならぬ相手に頼らなければならないというのは」

「そう気を使うな」と安方は遮《さえぎ》った、「杉浦には不幸なようにみえるところが、おれには賢く生きる知恵さ、それも坐《すわ》っていて会得《えとく》したんじゃない、踏んだり蹴《け》ったり、縛られたり殺されそこなったりして得た知恵だ、火傷《やけど》一つしたことのない杉浦などには、わからないだろうがね」

その言葉は透には痛かった。

中一日おいて江戸を立ち、七日めに帰郷したが、旅のあいだも、中邑へ着いてからも、しばしばその言葉に悩まされた。――公用で帰国する三人の同藩士といっしょだったが、水戸で雨になると、その三人は旅程を延ばすと云いだし、透は一人で出立した。

三人が水戸にとどまったのは、降りだした雨のためではなく、誰かと会うためのようであった。水戸藩は勤王《きんのう》思想の発祥地であって、実際に天下を動かす力は西国に移っているが、それでも各藩の志士や、勤王浪士の多くは、聖地を訪ねる巡礼のように、いまでもしきりに水戸へやって来た。

透と同行した三人は、歩きながらも、宿へ着いてからも、休みなしに議論しあっていた。透を警戒しているとみえ、論じあう内容ははっきりしなかったが、「王政復古に踏み切れ」ということが中心になっていた点は、ほぼ慥《たし》かであった。

三人とも透と同年か、一二歳若いくらいで、顔つきや動作、言葉づかいなど、すがすがしいほどきまじめで、清潔にみえた。

――傷の痛みを知らない清純さだな。

安方伝八郎の言葉を連想しながら、透はそう思った。

世の中がこんなふうでなかったら、その三人は迷うことなく奉公にうちこみ、よき結婚をし、よき家庭のあるじとなり、平安な生活に満足していたことだろう。しかしいま、かれらは他の無数の青年たちのように、変動する時の呼び声の、避けがたい力に圧倒されている。

——そのままでは自滅だぞ。

——こっちへ来れば生きる道があるぞ。

そういう呼び声が耳からはなれないのだ。それが真実の声であるかどうかはわからないし、そちらに生きる道があるということを、信じていいかどうかもわからない。(かれらの議論はその点にあったようだ)つづめていいえば、去就いずれが正しいかわからない、という不安が、却《かえ》ってかれらを一方へ押しやるようであった。

——あまりに不安が大きいので、変動を見まもっているだけの、ゆとりも、勇気もないのだろう。

勤王を叫び、佐幕を叫ぶ青年たちの大部分は、自分の心から叫び、信念によって行動するのではなく、接近しつつある大きな虚像の力に圧倒され、その不安と恐怖から遁《のが》れるために、虚像のふところへとびこんだり、反抗の気勢をあげたりしているのだ。

——あの三人は藩へは帰らないかもしれないな。

透はそう思って別れたが、その予感どおり、かれらは水戸から行方知れずになった。

中邑へ帰った翌日、——

透は西郡粂之《にしごりくめの》助《すけ》を訪ねて、午後から岩古の「なつめ屋」で集まる相談をした。粂之助は「江戸新」のほうがよかろうと云ったが、透は「なつめ屋」を主張した。

西郡を出た透は、そのまま松川湖へまわった。江戸ではもうさかりを過ぎていた桜が、ここではようやく咲き始めたばかりで、畑や田のくろ、道傍《みちばた》などの草も、ほんの僅《わず》かに芽ぶいているだけであった。

——火傷一つしたことのない杉浦にはわかるまい。

安方伝八郎の言葉が、幾たびも耳の奥で聞えた。

家で草鞋《わらじ》を解いたときから、彼はなほの云ったことがどんなに正しかったかを、切実に感じた。その感じは抽象的なものではなく、現実に質と量をもっているものであった。

——日光のさし入ることのない、暗くて陰気な奥座敷。

そこに根をおろした伝統。伝統を守って生きる人たち。

なほの指摘したものが、そのまま彼の眼の前にあったのだ。生れてから二十三歳になるまで、その中で育って来たのに、江戸へいって二百日あまり生活したあと、帰ってみて初めてそのことに気づいた。

杉浦家の建物はさして古くはない。まだ百年にはならないだろうが、柱や鴨居《かもい》や天《てん》床《じよう》はもとより、どの座敷にも、廊下の板にまで、古い年代の亡霊といったような、または、この世のものでないのに消すこともぬぐい去ることもできない精気、といったようなものが深くしみついていた。

あまり広くない庭の樹木《きぎ》や、苔《こけ》の付いた踏石、日蔭《ひかげ》のじめじめした土や、坪池の水の色にまで、ここで生きここで死んだ人たちの、よろこびや悲しみ、怒りや嘆きや、溜息《ためいき》が感じられるのであった。

昨夜は父とはなにも話さなかった。母がいろいろと気を使って、父と話す機会を延ばそうとするようすなので、透もその意志にしたがったのであるが、妻のつじまでがおどおどしていたので、話が相当むずかしいものだという見当はついた。

「なほの勘は当っていた」

松川湖のほうへ歩きながら、透はこころ重たげに呟いた。

「女のほうが、家系とか伝統とかいうものに敏感だからだろうか、それとも、なほ自身が出奔という経験をしたからだろうか」

いや、たぶんその両者であろう、と彼は思った、「陽《ひ》のさすことのない奥座敷」と云ったが、武家の奥で育ったなほは、男たちが感ずる以上に、そこを占めている伝統の重さと、動かしがたさを感じていたに相違ない。

仲上藤六との縁談を避けるために、家出をするだけの勇気があったのは、いちど結婚に失敗したことに理由の一つがあるだろう、もちろん透との約束もあるが、直接そう踏み切ったのは、その「奥座敷」から遁れたい、という気持だったのではないか。

——なほは女の身で二度、傷ついた。

初めの破婚はなほの責任ではないが、二度めには自分の意志で、その暗く重く、動かしがたい伝統の壁を打ちやぶったのだ。

「打ちやぶったが、いかにそれが困難であるかということを経験した、おそらく、それがなほを変えたのにちがいない」

彼は深く太息《といき》をついた。

低い丘の蔭を出ると、道の左右に伸び始めた麦畑がひろがり、樹に囲まれた農家のあたりに、白く桃の花が咲いているのが眺《なが》められた。

右手の麦畑はそのまま枯れた芦原《あしはら》に続き、そのかなたに松川湖の水が、いかにも春らしく、暖かそうな色を湛《たた》えていた。

「いちど水に濡《ぬ》れた紙はその質が変る」

彼はまた呟いた。

なほは変った。自分もまた以前の自分ではない。結婚に失敗したとき、なほはまだ変ったようにはみえなかった。事実は変っていたのかもしれないが、透には少しもそうは感じられなかった。だが出奔したときには、根本的に人が変った。

——おれは内藤たちと新らしい学問にはいったとき変った。

水に濡れた紙が、その質を変えるように。わが家の柱や壁や、庭の苔むした石や、うす暗い座敷から受けるものは、自分がもうそれらとはまったく無縁な人間になった、という感じであった。

——いちど濡れてしまった紙には、もう絵も文字も書けない。

なほは再び自分のふところへは戻らないかもしれない。自分ももう二度とこの故郷の人間にはなれないだろう。こう思いながら、彼はまたふしぎな心のやすらぎを覚えた。

「あのときもこうだった」

なほに帰郷を告げ、なほからもう逢《あ》うまいと云われたあと、悲しさと絶望を感じながら、なにか重荷をおろしたような気持になった。いま感じているかろやかな、胸のひろがるような気分も、あのときとよく似ていた。

「どういうことだ」

透は一種の自責を感じながら呟《つぶや》いた、「お互いの境遇の変ったためか、それともおみさんの云われたように、愛の感情などというものは、もともとこのようにはかないものなのか」

若木の松林にかかったとき、林の中から、道のゆくてに三人の若侍があらわれた。松林も道を左右から挟《はさ》んでい、かれらの一人は左側から、他の二人は右側の林から出て来て、透の前を塞《ふさ》ぐように、こっちを向いて並んだ。

――なんだ。

顔はよく覚えていないが、同家中の者だということはすぐにわかった。透は黙って歩を進めながら、藤延伊平の弟がいるのを認めた。年は幾つだったか、その三人のうちでもっとも若いのだろう、まだ前髪を立てているが、背丈はいちばん高かった。

三人は近づいて来る透を、敵意のある眼でみつめたまま動かなかった。道は塞がれたかたちなので、透は立停《たちどま》って云った。

「どうしたんだ、通さないつもりか」

「どこへゆくんだ」

若侍の一人が反問した。透はその男を見、他の一人と藤延の弟を見た。

「岩古へゆくんだが」と透は温和《おとな》しく答えた、「なにかあったのか」

「戻って下さい」と初めの若侍が云《い》った、「岩古へゆくことは許しません」

「許さないって」

「それより、――なんの用があって岩古へゆくんだ」

「かくべつ用があるわけではない、友人たちと集まることになっているんだ」

「今日はよしたほうがいい、岩古へは今日誰もはいれないんだ」


透は藤延の弟に云った、「たしか藤延だったな」

「そうだ」と相手は肩をそびやかした。背丈も高いが、声もおとなびて太く、額の子供っぽい前髪がひどく不調和にみえた。

「私は杉浦透だ」と彼は云った、「江戸から帰ったばかりで城下の事情はよく知らないが、岩古はお止め場にでもなったのか」

「むだなことを云わずに戻れ」さきの若侍が云った、「事情を知らないのならなおさら、温和しく戻るほうが身のためだぞ」

透はその男を見た。

せいぜい二十歳になったところだろう、生ぶ毛の口髭《くちひげ》が疎《まば》らにみえ、唇《くちびる》などは乙女のように新鮮に赤く、眼もきれいに澄んでいた。これは藤延の弟とは反対に、姿はおとなであるが背丈も小さく、ととのいすぎた眼鼻だちまでがちまちまとして、敏捷《びんしょう》な少年という感じであった。

「私は争いは好まない」と透は穏やかに云った、「しかし、今日は友人たちと『なつめ屋』で集まる約束をして来た、集まるのは西郡粂之助、原田主税《ちから》、永沢丙午郎《へいごろう》、池田与次郎、それから、そこにいる藤延の兄伊平も来る筈《はず》だ、約束をした以上、私は『なつめ屋』へいっていなければならない、尤《もっと》も、どうしてもだめだという理由がわかればべつだ」

三人は眼を見交し、その敏捷そうな若侍が、少し声をやわらげて訊《き》き返した。

「『なつめ屋』というのは事実か」

「約束はそうなっている」

「まさか、『江戸新』が目的ではなかろうな」

「そうではない」透は微笑しながら云った、「私も名のったのだから、そこもとたちの名も、いちおう聞かせてもらおうか」

「藤延幸次郎」

「村山宗兵衛」と敏捷そうな若侍が云った、「小姓組十郎右衛門の弟だ」

「作田孫三郎」と三人めの若侍が名のり、透はそっちを見た。

「作田というと、――」彼は訝《いぶか》しそうに訊いた、「介二郎のきょうだいか」

「末弟です」答えると同時に、孫三郎は顔を赤らめながら眼をそむけた。

作田介二郎は、なほが結婚した男である。家柄《いえがら》はいいのに、早く父に死なれて、叱《しか》り手がなかったためか、酒癖が悪く、遊び好きで、なほとの結婚生活もすぐだめになってしまった。なほと離婚したあと、すぐにまた嫁を迎えたが、弟妹が五人いるし、放蕩《ほうとう》のための借財が溜《た》まって、家計が逼迫《ひっぱく》している、というような噂《うわさ》を聞いたことがあった。

――これがその末弟か。

赤くなって眼をそむけた、孫三郎という青年を見ながら、兄を恥じているのだな、と透は思った。

「それで」透は村山に訊いた、「岩古へはやはりいってはだめか」

村山は透には答えず、藤延幸次郎に向って云った、「おまえいっしょにゆけ」

「どうして」と幸次郎が不服そうな顔をした。

「見張るんだ」と村山が云った、「慥かに『なつめ屋』で集まるか、集まってからなにかやるおそれはないか、いっしょにいって見張りをするんだ」

透は黙っていた。

「いやだというのか」

「いやだとは云わないさ」と幸次郎が答えた、「しかし『江戸新』のほうでもし事が起こったら」

「口を慎め」と村山が制止した、「分担を決められたらその役をやりとおせばいい、あとのことは心配するな」

そして松林の中へ去った。

透が歩きだすと、幸次郎がうしろからついて来た。松林をぬけた道は、あるかなきかの勾配《こうばい》で右へ曲り、それをくだりきると、左右は草原と畑が続き、松川湖が広く展望された。透は前を見たままで話しかけた。

「いったい、いまのはなんの騒ぎなんだ」

「あなたには関係のないことです」と幸次郎が答えた。

「関係がないにしては勝手すぎやしないか」透は静かに云った、「理由もなしに道を塞ぐなんて穏やかじゃあないぞ」

「無事に通れたんだから文句はないでしょう」幸次郎はあざけるように云った、「僅かばかり江戸へいって来たくらいで、えらくなったようなつもりでいると笑われますよ」

透は振返ってみた。

幸次郎は「なんだ」という眼《め》つきで見返した。おそろしく挑戦《ちょうせん》的である。小鬢《こびん》には面擦《めんず》れがあり、手首には竹刀胼胝《しないだこ》ができていた。姿勢や眼つきなどにも、剣術を熱心にやっている者、それも年少で気負っている者に特有の威嚇《いかく》的な感じがあらわにみえていた。

――まじめなんだな。

なにごとがあるのか想像もつかないが、とにかくいちずに思い詰めているのだろう。この年ごろになにか信じこむと、そのためには命も惜しくないように思うものだ。

透はそう考えながら、「なつめ屋」まで黙って歩いていった。

彼は時刻になるまで、「江戸新」でゆっくり休むつもりだった。こんど出府すれば当分は帰国できないだろう、「江戸新」の端の座敷にはなほと逢った思い出もある、別れを惜しんで泣いたなほの姿も偲《しの》んでみたかったし、将来のことも独りでよく考えてみたかった。しかし、そこへはゆけないときまってから、そんな考えが子供っぽい感傷であり、用もないあそびにすぎないということがわかった。

「なつめ屋」は岩古の南のはずれにあり、「江戸新」へゆく道の途中を右へ曲り、松林の中の砂地を湖岸へ出たところにあった。五年ほどまえに来ただけなので、知った顔はないだろうと思ったが、二十五六になる女中が覚えていて、まあお珍らしい、と声をかけた。

友達が六七人で集まると告げると、湖に面した離れ座敷へとおされた。次の間の付いた十帖《じょう》ほどの座敷で、床の間にはばかげて大きな「無」一字の大幅《たいふく》が掛けてあった。障子をあけ放した縁側の先は、枯れた芝生が一段ばかりあって、それが枯芦の汀《みぎわ》へと続き、少し波立った湖の向うには松の生えたはなれ島と、蓑立《みのた》て岩とが見え、幾艘《いくそう》かの小さな漁舟《いさりぶね》が、ゆっくりと水面を動いていた。

女中が風呂《ふろ》を知らせに来た。

風呂からあがった透は、浴衣《ゆかた》と丹前を重ねたものに着替えた。女中は彼のぬいだ衣類をたたみながら、ふみという自分の名を告げ、覚えているか、と問いかけた。

「慥《たし》か五年もまえのことだろう」透は茶を啜《すす》りながら答えた、「四五人いっしょに来て食事をした筈だが、覚えはないようだな」

「あたしが悪い男に手を焼いていた、っていうことも覚えていらっしゃいませんか」

透は「ああ」とあいまいに口を濁した、「そんなことを聞いたようだな」

「おかげさまで、やっとあの男とも手が切れましたの」とおふみは云った、「にんげん辛抱が肝心ですわね、ずいぶん辛《つら》い苦しいおもいをしましたけれど、あの人に女ができましてね、ふしぎなことにちゃんと夫婦になって、いまではまじめにやっていますわ、まるで人が変ったようだって、ふふ」

おふみは肩をすくめながら含み笑いをした、「こうなってみると、あたしのためにあの人が悪《わる》になっていたようでしょ、さんざんあたしに泣きをみせておいて、ほかの女と夫婦になったら急にまじめな人間になるなんて、まるでつらあてみたようじゃありませんか、あんな男ってあるかしら」

透はひそかに彼女を見た。

中肉中背で、顔かたちも悪くない。上の前歯の一本がちょっと曲っていて、笑うと、それが糸切り歯のようにみえる。白粉《おしろい》やけであろう、皮膚の色に生気はないが、表情はかなり色っぽく、愛嬌《あいきょう》があった。

——まったく記憶がない。

その姿かたちも記憶がないし、悪い男の話なども、聞いた覚えはまったくなかった。衣類を片づけたおふみは火鉢《ひばち》の鉄瓶《てつびん》に触ってみ、炭火のぐあいをみて、茶を替えましょうかと訊いた。透があとでいいと答えると、縁側へ出ていって深い呼吸をした。

「あたしもお江戸へいきたいわ」とおふみは少女のような声で云った、「こっちにいたってどうせうだつはあがらないし、どうせ一生ならお江戸へ出てくらしてみたいわ」

「同じことさ」と透が云った、「住んでみれば変りはありゃあしない、去年の大地震で町は壊れたり焼けたりしたしね、まだ焼け跡のままのところがずいぶんあるよ」

「としよりじみたこと仰《おっ》しゃるのね、杉浦さまはまだ二か三の筈でしょ」

「二十四だ」透はそう答えながら、この女はやはりおれを知っているんだな、と思った。

「まだこれからね」とおふみは云った、「とのがたはいいわね、あたしは二十八、女が二十八になってはもうおしまいだわ」

透は黙っていた。

半刻《はんとき》ばかり経つと西郡粂之助と原田主税が来た。約束の時刻よりははるかに早いが、二人で相談したいことがあったのだという。途中で止められなかったかと訊くと、若い連中はいたがなにも云わなかった、この家の表にはまだ藤延がいた、ということであった。

「いったいなにがあるんだ」

「矢楯組《やだてぐみ》が集まるらしいな」と原田が云った。「弓矢の矢と楯の字を書く、若い連中の結社だが、杉浦はむろん知らないだろう」

「知らない、初めて聞いた」

「佐幕派のかたまりなんだ」原田はそう云って、咳《せき》をし、懐紙を出して洟《はな》をかんだ。風邪をひいているのだろう、鼻の下が赤くなっていた。

透は西郡を見た。

「では粂之助の一味だな」

「ひどいものさ」と西郡は苦笑した、「もうおれなんか問題じゃない、手綱を放れたあばれ馬のようなもので、云うこともすることも気違い沙汰《ざた》だし、誰の手にも負えなくなってしまった」

「矢楯組とは」透が訊いた、「矢も楯もたまらぬという意味ではないか」

「冗談でなくそのつもりなんだ」

「異人館焼討ちの二の舞でも始めるか」と透が云った、「もう聞いたかも知れないが、横浜にはまだ異人館などはない、横浜に異人の居留地を置くかどうかも、まだきまってはいないのだ」

「知らなかったな」原田が洟をかんでから云った、「それは本当かね」

「江戸詰の者で、現に横浜へいって見て来た者もある、幕府とアメリカが交渉ちゅうだということは、学問所の友人から聞いた、その父親は役人だったから間違いないし、おみさんも同じことを云っておられたよ」

「ひどいもんだな」

「おどろいたね」西郡と原田とは眼を見交した。

透は内藤伊一郎のことを思った。城中で斬《き》られた伊一郎の父は、重態のまま家へ運ばれて来、二三日のちに死んだ。この出来事は巧みに隠蔽《いんぺい》され、世間には知られずに済んだし、透は帰国するため、伊一郎から詳しいことを聞く暇がなかったが、外交問題に関係のあることはほぼ慥かなようであった。

「こっちでは横浜の噂はたいへんだ」と原田が云っていた、「港には三本マストの外国船が、日に何艘となく出入りしているし、居留地はもとより市中には外国商館がずらっと建ち並び、男女の異人が馬車や馬で乗りまわしている、まるで見て来たような話がそのまま信じられているよ」

「杉浦の云うことなど嘘《うそ》だと思うだろう」

「江戸でも似たようなものだ」と透が云った、「いずれ攘夷《じょうい》派あたりから流される噂だろう、それに尾鰭《おひれ》が付いて弘《ひろ》まるんだが、僅《わず》か十里たらずしか離れていないのに、現実とははるかに違う話のほうが信じられている、悲しいがそれがこの国の人間の性分らしいな」

「どこの国でも、大多数の人間はそんなものではないかな」

「衆愚というからな」と西郡が頷《うなず》いた、「時勢が時勢だし、むずかしい問題が殖《ふ》えるばかりだな」

やがて二人が風呂へ立ち、ついで、永沢丙午郎と池田与次郎、いちばんあとから藤延伊平が来た。みんな風呂にはいり、着替えをしてくつろぐと、酒肴《しゅこう》の膳《ぜん》が並んだ。このなかまが酒を飲むのは、珍らしいことであった。池田の与次郎を除いては、みな酒に弱いほうだが、藩の掟《おきて》として酒宴に類する贅沢《ぜいたく》を禁じられているためでもあった。

盃《さかずき》を手にするとすぐ、西郡が藤延に問いかけた、「幸次郎がまだ表にいるなら、ここへ呼んでやらないか」

「あいつはもういないよ」藤延はむっとした口ぶりで、西郡から眼をそむけながら云った、「あの連中のことでからかうのはよしてくれ、かれらのすることは桁外《けたはず》れにみえるだろうが、それでもかれらはかれらなりにまじめなんだ」
「どうしたんだ」と西郡が云った、「なにを怒ってるんだ、おれはただここへ呼ばないかと云っただけじゃないか」
「では呼んでどうする」藤延は棘《とげ》のある声でやり返した、「あいつをここへ呼んでどうするつもりだ、矢楯組のことでも褒《ほ》めてやろうというのか」
「おかしなやつだな」池田与次郎が眼尻《めじり》のさがった顔で、さも可笑《おか》しそうに云った、「おまえの弟だからちょっと呼んでやろうと云ったんだろう、なにもそういきり立つことはないじゃないか」
「そう云えばそれだけのことさ」と藤延が云った、「だがおれにはわかってるんだ、西郡に限らず、家中の大部分の者が矢楯組の連中をきちがい扱いにしている、自分の足許《あしもと》に火の迫っていることも知らずに、火を消そうとしてまじめに奔走している者を嘲弄《ちようろう》しているんだ、おれは」
「わかったわかった」西郡が穏やかに遮《さえぎ》った、「おれの云ったことが気に障ったら勘弁してくれ、あやまるからその話はよしにしよう」
「次の幕をあけよう」と原田が云った、「杉浦に江戸の話でも聞くとしようか」
「藤延に訊きたいんだが」と透が云った、「安方伝八郎の護送はどういうことだったのかね」

藤延伊平はびくっとした。盃を取ろうとしたところだったが、伸ばした手を、火にでも触れたように引込め、殆《ほと》んど敵意のある眼で透を見返した。

「それはどういう意味だ」

「そのままの意味だ」と透は云《い》った、「安方は国許へ護送される筈だった、それが途中で縄《なわ》ぬけをし、並木第六という江戸詰の者を斬って逃げた、そうだろう」

藤延は唇をひきむすんだ。

「並木は護送の人数には加わっていなかった」と透は続けた、「安方が縄ぬけをしたとき、護送者は一人も追いつかず、護送の人数とは関係のない並木第六が、安方を追い詰めて逆に斬られた、まるで安方の縄ぬけを、あらかじめ計っていたように思えるじゃないか」

「それだけ知っているなら、おれに訊《き》くことはないだろう」と藤延が答えた。

いちど引込めた手で盃を取ったが、その手は見えるほどふるえていた。彼は手酌《てじゃく》で一つ飲み、そっぽを向いたままで続けた、「おれは護送の役を命ぜられ、途中で安方に逃げられた、そのため十五日の謹慎を申付けられたが、並木なにがしのことなど聞いたこともない、杉浦はどうしてそんなことを知っているんだ」

「それでいいよ」と透は云った、「藤延があまりまじめな人間のことにこだわるので訊いてみたんだ、安方は軽薄な人間だが、まじめなことはまじめだったからな」

「まじめだったね」と池田が云った、「すぐに刀を振りまわすほどまじめだったよ」

藤延が急に顔をあげて云った、「正直に云おう」

すると「いや」と透が首を振って遮った、「もういい、なにも云わないほうがいい、安方のことは済んだ、おれは藤延の気持が知りたかっただけで、それ以上の興味はないんだ」

「おれの気持がわかったのか」

「悪くとらないでくれ」

「おれの気持がわかったのか」

「ああわかった、おれなりの解釈だがね」と透はやわらかく云った、「藤延はいま、足許に火が迫っているのも知らないでと云ったが、われわれの年代の者で、それを知らない者はない、その人間の立場や考えかたによって、その火を消そうとするか、煽《あお》ろうとするかの違いはあるだろう、しかし火の迫っていることを知らない者はない、矢楯組の者だけが知っているという考えかたで、藤延の気持はわかったよ」

「つまり、独善的だというのか」

「人は大なり小なり独善的だ、断わっておくが、悪くとらないでくれと云った筈《はず》だぞ」

「そのへんでよせよ」と西郡が云い、藤延は強く首を振った。

「いや、おれは云ってしまう」彼は持っていた盃を下に置き、つきつめた調子で続けた、「正直に云ってしまうが、安方は途中で斬る手筈になっていた、それは江戸屋敷の老職から告げられたもので、国許の老職がたと相談のうえだということだった」

「理由はなんだ」と原田主税が訊いた、「国許護送と発表しながら、途中で暗殺するというのは無法じゃないか」

「理由の第一は、国許の若い連中が安方を英雄として迎えるだろうという点だ」と藤延は云った、「異人館焼討ちの計画は、若い者のあいだで義挙だと信じられている、事前に探知されて捕われたが、安方だけは脱走して江戸へ遁《のが》れ、単身で初志をつらぬこうとし、幕吏に捕われて藩邸へ引渡された、これらの事実は若い連中の血気をかき立てるだろう、国許へ到着すれば、かれらは安方を救おうとするに違いないし、その結果どんな騒動が起こるかもわからないというのだ」

「それなら江戸で始末すればいいだろう」と永沢が云った、「幕府が引渡したのは、藩に処分を任せたわけじゃないか」

「責任の肩替りだ」藤延が答えた、「安方を死罪にすることは、朝廷がたはじめ勤王《きんのう》派の勢力から非難されるに相違ない、だから幕府は自分の手で断罪をせず、中邑藩に代ってやらせるつもりだった、しかし藩としても公然と非難に挑《いど》むわけにはいかない、これが理由の第二だ」

池田与次郎が頭を振りながら云った、「公然と死罪にもできない、生かして国許へ送ることもできない、まさに小藩の悲劇というところだな」

「いまの話だが」と西郡が藤延に訊いた、「途中で暗殺するという計画は、家中ではまだわかっていないんだな」

「その筈なんだが、矢楯組の者には感づかれたようだ」

「どういう経路で」

「江戸から情報がはいったらしい、一昨日のことだが、おれはかれらに問い詰められた」

「――それで」

「云いぬけることができなかった」

永沢丙午郎が反問した、「それは矢楯組を認めているためか、それとも弟がいるかららか」

「どっちでもない、かれらが知りすぎていたからだ」と藤延が答えた、「おれの役目は安方に縄ぬけをさせることだった、唐丸駕籠《とうまるかご》に細工のしてあることを教え、刃物を差入れてやる、場所は利根川を渡った取手の宿《しゅく》だ、これは江戸屋敷で中目付を勤める、佐伯角之進という者と打合せたことだが、矢楯組の者たちはそれを知っていて、膝詰《ひざづ》めでいちいち突っ込んできた、なにしろ護送者に脱走されて、十五日の謹慎ということからして、云いぬけができなかったのだ」

「江戸から情報が来たらしいというが、思い当ることがあるのか」

「藩邸ではない」藤延は西郡に答えて云った、「もちろん想像だが、事情を知っている者は僅かだし、その方面から漏れることはない、おそらく安方からの連絡だろうと思う」

　みんな沈黙した。

「おれは討手が誰だかは知らなかった」藤延は透を見て云った、「杉浦はその男を知っているようだが、どういう筋から聞いたんだ」

「水谷さんだ」

「するとほかにも知っている者があるわけだな」
「そんなことはないと思う」と透が云った、「藩の秘事だから水谷さんが知っているのは当然だが、ほかに知っている者があるとすれば噂《うわさ》になるだろう、おれが江戸を立つまでそんなことは聞かなかったから、秘密は保たれていると思う」
「やっぱり安方だ」と藤延が云った、「そうでなければ、そこまで詳しくわかる筈はない」
「それで、――」と西郡が訊いた、「矢楯組はどうしようというんだ」
「わからない、第一、安方がどうして矢楯組に通報したかだ」と藤延が云った、「安方は攘夷派の急先鋒《きゆうせんぽう》だ、それが佐幕派の最右翼の矢楯組へなんのために情報をよこしたか、目的はなんだ」
「それは矢楯組の動きが証明するだろう」西郡が云った、「かれらは堰《せき》を切ろうとして渦巻《うずま》いている奔流のようなものだ、安方はそれを覘《ねら》って一石を投じたに違いない、もちろん、その情報が安方から出たということを認めてのはなしだが」
「そうだと面倒だな」原田が云った、「水戸では天狗《てんぐ》党と諸生連の二派が対立して、血で血を洗うような抗争を始めたそうだ、うっかりするとそんなことになりかねないぞ」

「現に日本じゅうがそうなっているんじゃないのか」

池田与次郎が眼尻を下げて、暢気《のんき》そうに笑いながら云った、「杉浦の話した横浜のはなしじゃあないが、事実よりも風聞のほうが早く弘まり、その風聞に惑わされて逆上する、幕府が勤王派を掃滅するとか、幕府が崩壊して朝廷の天下になるとかね、悪いはやり風邪みたように、とめどもなく弘まる風聞と風聞がかち合って、みんな気が狂っちまったんだよ」

「与次郎は幸福なやつさ」と永沢が云った。

透が家へ帰ったとき、もう日が昏《く》れていた。「なつめ屋」の集まりは、つまるところ彼に失望感を与えただけであった。

初めから目的があったわけではない、親しい友人たちと久しぶりに会って、ゆっくり話しあってみたかったのだが、透はかれらとのあいだに、大きな距離のできていることを感じた。

透が江戸へゆくまえと、かれらは少しも変っていない。藤延は変った。安方の護送という、血の匂《にお》いのする暗い経験をし、政治の裏側に触れたことで、その視界の一角をひらいた。成長したというよりも、傷ついたというべきかもしれない。だがともかくも、世の中や人間を視《み》る眼が変ったことは慥《たし》かだ。

——矢楯組の者を軽蔑《けいべつ》するな、かれらはまじめなのだ。

そう云ったときの藤延の顔つきは、しんけんであり、また傷の痛みを知っていることがあらわれていた。

——藤延はまいってしまうな。

他の者だったら、あるいはその経験によって大きく成長するかもしれない。けれども藤延には重すぎる負担だ、彼はその重さでまいってしまうだろう、と透は思った。

家へ帰る途中で、透はふと笑いだした。

「池田の与次郎か」と彼は独りごとを云った、「相変らずいいやつだな、永沢の云うとおりあいつは幸福な人間だ、酒と美味《うま》い物があれば、ほかになんの欲もない、世の中がどうなろうと、人が死のうと生きようと、まったくわれ関せずだ、あれも一生だな」

家へ帰ると、居間の机の上に手紙が置いてあった。署名は「房野」とだけ書いてあるが、その筆癖で又十郎だということはすぐにわかった。

——なほの話だな。

そう思うとくたびれたような気分になった。西郡たちと会って来たばかりで、その退屈さに飽きていたからであろう。坐《すわ》って封をひらこうとすると母がはいって来た。

「夕餉《ゆうげ》のお支度ができていますよ」と母が云った、「あとでお父上から話があるそうです」

「食事は喰《た》べません、父上のところへはあとで伺います」

「そのまえに、わたしからちょっと聞いておきたいことがあるのだけれど」

「済みませんが」と透は遮った、「今日は疲れていますから、お話は明日にして下さいませんか、今日はまったく疲れているんです」

「でもこれはお父上からも出る話ですよ」

「父上とはやむを得ません」

「わたしの口添えはいらないんですか」

「――口添え」透は振向いて母を見た。

母のたよは四十二歳になる。行燈《あんどん》の光りで見るためか、年よりも驚くほど若い。肌《はだ》は艶《つや》つやとなめらかだし、ふっくらとした頰には健康な血の色が見え、唇《くちびる》も娘のように赤かった。十八歳のとき透を生んだあと、一人も子をもたなかったからだろうか、二十四になる透の母親とはとうてい見えなかった。

「大丈夫です」透は微笑しながら頷いた、「自分でやりますから、心配しないで下さい」

「それならようございます」と母も頷いた、「どんなことがあっても、わたしはあなたの味方ですよ」


母が去ると、透は又十郎の手紙を読んだ。明日の午《ひる》、西山の宗厳院で待っている、という文面であった。

手紙をしまってから、彼は着替えをし、洗面をした。つじが付いていて世話をしたが、彼女は無表情で、自分のほうからは口をきこうとしなかった。彼も必要なこと以外はなにも話しかけず、顔もできるだけ見ないようにつとめた。

父との話は夜半までかかり、終らないまま次にもちこすことになった。

勘右衛門は四十九歳であるが、母とは逆に、五六歳も老《ふ》けてみえるし、肉躰《にくたい》的にも衰えていた。去年の暮にひいた風邪がまだ治らないそうで、ときどき激しく咳《せ》きこみ、そのたびに薬湯を啜《すす》って、咳をしずめた。

父の望みは、彼が家督相続をして、「京屋敷へ赴任してくれ」ということであった。父は案外なほど時勢をよくみてい、倒幕と王政復古が避けられない事実だと認めていた。

透は自分の希望を述べた。

昌平黌《しょうへいこう》へ入学するとき、「政治には関係しない」と父に云った。父はそれを承知した。そのことを思い出してもらいたい、と彼は答えた。

そういうふうに問答が始まり、どちらも譲歩しなかった。

勘右衛門は典型的な中邑人で、向っ気が強く、短気で、自意識が強かった。若いころはずいぶん暴れ者だったそうであるし、透が覚えてからでも、その頑固《がんこ》なきびしさに圧倒されたことが数えきれないほどあった。

けれども、六七年まえ、透が十七歳になったじぶんから、父のようすは変った。芯《しん》は少しも変らないようだが、言葉つきや態度がおどろくほど老熟した。少なくとも透に対しては、荒い声をあげたり、怒りを態度にあらわすようなことはなくなった。

——本当に老いたのだろうか。

その夜も、父と対座しながら、透はそう思って心が痛んだ。

——むかしの父なら、あたまからどなりつけるか、もう刀を持ちだすころなのに。

勘右衛門は高い声もたてず、顔にも怒りをみせなかった。透が話しだせば、終るまでおちついて聞き、よく理解した。ときどき咳の発作が起こり、自分で薬湯を注《つ》いで啜りながら、咳のおさまるのを待つ姿などには、老いと弱さがかなしいほどあらわになったが、それにもかかわらず、家督をし、京へゆけ、という自説は少しもゆるめなかった。

「学問は大事だ、それはおまえの云うとおりだ」と父は云った、「しかし、そのためには、おちついて学問のできる世の中にしなければならない、おまえの望む新らしい学問がどういうものであるにせよ、世の中の変りようによっては、ひとたまりもなく揉《も》み潰《つぶ》されてしまう、このままではそうなることは避けられない」

透はそれに反対はしなかった。ただ彼は、戦乱の世にも僧侶《そうりよ》によって学問が伝えられた、ということを引用した。学問芸術は、戦禍の外で伝承された。その点だけは現在でも変りはないと思う、と透は云った。

「だがおまえは僧侶ではない」と父は頷《うなず》きながら云った、「おまえの軀《からだ》には武士の血が流れているし、現在も武士の子だ、そして戦乱の世がそうであったように、世の中をどう変えてゆくかということは、いまでもやはり武士の責任なのだ」

透は父に云い返すというより、父の意見を敷衍《ふえん》するように云った。

もし世の中が転換するとしたら、それは「武士」という階級が否定される質を伴う筈である。「武家意識」をもって転換がおこなわれることは、権力者の交代になるだけで、王政復古という真の目的とは合致しない。

父はその意見も認めた。

勘右衛門は欧米の事情も知っていて、世の中が変れば「武家」という階級はなくなるだろう、政治と軍事とは分離され、大名諸侯が武備を持つことはなくなるに相違ない、と云《い》った。

「だが、そこまで持ってゆくのは、やはり武士の責任だ」と父は続けた、「幕府が飽くまで政権を握って放さないとなれば、力をもって幕府を倒さなければならない、しかも、力をもちいなければならない、という公算は大きくなるばかりだ」

透はやがて黙った。

武力抗争になるかならないかは、自分として考える必要がない。いずれにしても自分はそういう問題に関与しない、ということをすでに云ったからである。

「おまえは記憶ちがいをしているようだ」と父は云った、「政治に関係しないという約束は、昌平黌へ入学することの条件ではなく、岩崎のつじを娶《めと》るときのことだ」

「その後すっかり情勢が変った」と父は続けた、「約束をしたときとは、世間の情勢も藩の事情も大きく変っている、そのうえ、おまえ自身が約束を守っていない」

透は父の顔を見た。

――つじのことだな。

彼はそう推察した。

「自分が約束を守らない、ということはおれが云うまでもなく承知しているだろう、とすれば、おれにだけ約束を守れとは云えない筈ではないか」

怒った調子ではなく、相談をするような口ぶりであった。

夜が更《ふ》けるにつれて、咳の発作が多くなり、母が心配してはいって来た。もう十二時を過ぎたから、話は明日にしてはどうか、と母が云い、父も薬湯が残り少ないことを知って、もうこれまでにしようと頷いた。

「房野から手紙が来ていたようだな」

透が立とうとすると、父は眼《め》をそらしたままで云った、「どういう用だ」

「西山の宗厳院で待っているとのことです」

「ゆくつもりか」

「そのつもりです」

父はちょっとまをおいて云った、「いま家中で、房野がどういう立場にあるか知っているだろう、会うのは構わないが、話すことに注意するがいいぞ」

「そう致します」

父は振向いて、注意しろ、という意味を繰り返すように、透の顔をみつめた。

母はいっしょに出ながら、あたしの部屋で茶をあがってゆかないか、とさそった。父との話を聞いていて、穏やかに済んだのでほっとしたらしい、ちょっと話もあると云ったが、透は疲れたからと断わって、そのまま寝所へはいった。

つじは寝ていた。二つ並べた夜具のあいだは、三尺あまりもはなれてい、つじは片方の夜具の中で、こちらへ背を向け、息をころしているように、ひっそりと身動きもしなかった。

透はなかなか眠れなかった。

馴《な》れない酒の、酔がさめてきたせいもあろう。隣りに寝ているつじのことも気にかかったし、父との話がどうなるか、という心配も頭からはなれず、午前二時の鐘を聞いてからも、暫《しばら》くまじまじとしていた。

西山は城のほぼ西方で、丘や深い林のあいだに、老臣たちの別墅《べっしょ》などもある、閑静な一画であった。宗厳院は丘と丘にはさまれた杉の森の中にあり、普茶料理を出すため、境内に別棟《べつむね》の座敷が建ててあった。

透は午《うま》の刻ちょうどにいった。房野又十郎はもう来ていて、透がはいってゆくと、振向きもせずに、庭の向うを指さして云った。

「きれいじゃないか」

透はそっちを見た。

一段ばかりある掃き清めた土の庭が、そのまま杉の森に続いている。杉の木はみな古く、よく茂った枝を差交《さしかわ》しているので、青ずんだような樹蔭《こかげ》ができ、そこに、なにかの小さな灌木《かんぼく》がひとつ、若芽の枝を陽《ひ》に照らされているのが、樹蔭を背景に際立《きわだ》って明るく、浮きあがっているように見えた。

「杉だよ」と又十郎が云った、「みんな枝の先に新らしい芽が出ている、じっとしていると杉の芽の匂いがしてくるよ」

透は頷いた。

杉の枝々の先に、白っぽく黄色い芽が一斉《いっせい》に出ていて、古い葉と鮮やかな対照を示すようにみえた。少年の僧が茶菓を持って来、透は敷物を又十郎の側《そば》ちかく、広縁のほうへ移して、刀を置きながら坐った。

「挨拶《あいさつ》はぬきにしよう」又十郎も坐り直した、「ぶっつけに訊《き》くが、なほは達者か」

「お達者です」

「それで安心した」と又十郎は微笑した。それは微笑ともいえないくらいかすかなものであり、すぐに消えたが、又十郎にしては珍らしいことであった。

房野又十郎は透より二歳年長の二十六であるが、透にとってはむかしから、五つも六つも年上のような感じがしたし、房野のほうでもそう思っているようであった。

――藩校育英館の助教で、すでに妻もあり子もあるためか、以前よりはるかに老成してみえ、濃い尻上《しりあが》りの眉《まゆ》の上には、深い皺《しわ》が刻まれていた。

「おれは杉浦が知らぬと云うかと思った」と房野は続けた、「江戸屋敷へ問い合せたんだが、杉浦はまったく知らないらしい、という返辞だった、それで、どうしているかと心配していたんだ」

「事情が事情ですから」

「なほは正しかった」と房野は頷いた、「父は仲上甚十郎《じんじゅうろう》に義理があった、おれは藤六という男をよく知らなかったし、なほが出戻りでもあったから、押して反対もしなかったんだ」

透は「出戻り」という言葉を聞いて、かなしいような怒りと、なほに対する新らしい愛着を強く感じた。

「そういう言葉を、使わないで下さい」と透は云った、「なほさんは出戻りなどではない、正しい意味で云えば結婚したことさえもなかったのです」

　房野は驚いたような眼でじっと透の顔を見まもった。

「おかしなことを聞くな」と又十郎が云った、「結婚したことさえないとはどういう意味だ」

「そのままに解釈して下さい」

「なほは作田家へ嫁《か》し、不縁になって戻った、これが事実だ」

「女はいちど結婚すれば生家へは戻らないものです」と透が云った、「しかし、親の意志で結婚はしたが、作田は侍として価値のない人間だった、なほさんは将来に望みのないことを知って別れる決心をし、房野家でもそれを認めて離婚したのでしょう」

「それが結婚さえしなかったという証明になるのか」

「それがまさしい意味での結婚なら、なほさんは離別を望まれはしなかったでしょう、作田との縁組は結婚ではなくて、不幸なあやまちにすぎなかったのです」

「すると杉浦は親たちを非難するんだな」

「そんなことを云いましたか」

「作田との縁組は親同志でまとめたものだ、それがあやまちだとすれば、非難されるのは親ということになる」

「私は不幸なと云いました、あやまちは誰にでもあることだし、これは誰が悪いかという問題ではなく、不幸なまわりあわせだったと思うのです」

又十郎は茶を啜りながら、杉の森のほうへ眼をやった。

透も茶を啜った。

「もう一つぶっつけに訊くが」又十郎が云った、「杉浦となほのあいだに不倫な関係がある、という噂《うわさ》を聞いた、ごく一部の噂らしいが、その点はどうだ」

透はちょっとまを置いて答えた。

「その噂は事実と違います」

「無根だというのか」

「簡単には云えないのですが」

「弁解なら聞きたくない」

「簡単には云えない、ということです」

透はそこで呼吸をととのえた。

彼はできるだけ感情を抑えて、これまでのことを語った。又十郎はふきげんな顔で、終りまで黙って聞いた。眉や眼のあたり、ひきむすんだ唇などに、強い怒りがあらわれたようだが、口には出さなかった。

まもなく、二人の少年の僧が食事をはこんで来、透は気まずい思いで食膳《しょくぜん》に向った。又十郎のきげんは直らず、箸《はし》づかいも荒かった。杉の森あたりで、鶯《うぐいす》の声が聞え、森にこだまするからであろう、よくとおる澄んだその鳴き声に、初めて、故郷へ帰ったな、という感動をおぼえたが、又十郎のむっとした表情を見ると、話しかける気にはなれなかった。

そんな気分だったので、せっかくの料理も殆《ほと》んど味がわからず、義務のように喰べ終って、茶になった。

「学問所を怠けているそうだな」

僧たちが去ると暫くして、使っていた妻楊子《つまようじ》を折り、それを茶托《ちゃたく》の隅《すみ》に置きながら、又十郎がそう云った。

「怠けるというわけではありませんが」と透は用心ぶかく答えた、「べつに興味のある学問を始めましたし、もちろん講義にはきちんと出席していますが」

「興味のある学問とはなんだ」

「物理とか、重力などの問題です」

「いま役に立つのか」

透は又十郎の顔を見た。

「――どういうことですか」

「当面している時勢に、なにか役立つのかというんだ」

「わかりません、いや、はっきり云うと、いますぐに役に立つというものではないと思います」と透は云った、「しかし学問というものは、いますぐ役に立つというものではないと思いますが」

「泰平の世ならそうだ」又十郎は突き放すような口ぶりで云った、「いまは時勢が違う、あらゆる芸術はあげて今日の役に立たなくてはならない、西国の諸大名どもは、勤王《きんのう》に名をかりて幕府を倒し、おのれらの手に政権を奪い取ろうとしている、この陰謀に対抗し、この根を断絶させることが、われわれに与えられた第一の義務だ、その事に役立つ用をなさぬものは、こんにち一物も存在する理由はないんだ」

透は胸のあたりが熱くなるのを感じた。

――安方と同じことだ。

勤王派の云うことも、言葉こそ違うが表現は同じことだ、と透は思った。今日の時勢、安閑と学問などをしているときではない。立って大義のために一身を捧《ささ》げろ。いま役に立つことのできないものは存在を許されない。どちらも「時勢」に頭をぶっつけ、そのほかのものは眼にはいらなくなっている。

——悪いはやり風邪のようなものだ。

水谷郷臣はそう云ったが、はやり風邪どころではない、これは狂気に近いものだ、と透は思った。

「育英館へ帰れ」と又十郎は続けていた、「なほはその施薬《せやく》所でおちつくだろう、杉浦の云うことが事実なら、そこでなほは一生おちついてくらすと思う、江戸などにいるとろくなことはない、このまま中邑にとどまって育英館で教鞭《きょうべん》をとれ、その手続きはおれがとりはからってやる」

「私は江戸へ戻ります」と透は穏やかに云った、「正直に云ってしまいますが、こんどは二つの問題をはっきりさせるために帰ったのです」

又十郎は彼を睨《にら》んだ。

「その一はつじとの離婚です」透は続けた、「祝言《しゅうげん》の盃《さかずき》はしましたが、まだ本当の夫婦にはなっていませんし、そうするつもりもないのです」

「なにか理由があるのか」

「あります」透は又十郎の顔をまっすぐに見て云った、「私はまえから妻にときめた人があり、その人のほかに妻は持たないと心に誓っているのです」

「まさか、なほではなかろうな」

「なほさんです」

「しかし杉浦の話では、なほは一生その施薬所にいる、誰とも結婚はしない、と云ったそうではないか」

「それはあの人がそう云っただけで、私の気持には少しも変りはないのです」

又十郎は大きく咳《せき》をし、赤くなった顔で透を睨んだ。

「岩崎と離婚するのは勝手だ」と又十郎は云った、「だが、なほのことは兄のおれが許さん」

「あなたはなほさんの兄ですか」透は思わずそう反問した、「作田のような男にめあわせ、次には仲上藤六などに押しつけようとして」

「黙れ」と又十郎がどなった。

透は口をつぐんだ。

「なほは房野家の娘でありおれの妹だ」と又十郎は云った、「たとえ杉浦がおれの友達でも、なほのことで文句を云われたり非難されたりする理由はない、口が過ぎるぞ」

「私は非難などはしません、事実を云っているんです」透は悲しげに又十郎を見、心をこめた口ぶりで云った、「繰り返すようだがめぐりあわせが不幸だったのでしょう、あなた方に責任があるとは云いません、けれどもあの人は二度も心にそまぬ縁談をしいられ」

「おれはしいはしない」

「同じことです、中邑藩では親のきめた縁談を拒むことはできません、武家の多くはそうでしょうが、この藩では御家法によって禁じられています、だからあの人は家出をされた、いまではあなたも、あの人が正しかったと云われるが、あの人がもし祝言をしていたら、作田の場合と同じ結果になったでしょう」

「仮定で人の判断をするな」

「いま仲上がどうしているか知ってますか」

「そんなことを知る必要はない」

「彼はあの人に対するみれんで、あの人を捜しだすため乞食《こじき》になって街道をうろついていますよ」

「その罪はなほにあるとも云えるぞ」

「なんですって」
「人間は心に受けた痛手によって変ることもある」と又十郎が云《い》った、「もしなほが結婚していたら、藤六もあんなふうに変らずに済んだかもしれない、そう考えることもできるぞ」
「――房野さんは」透は口ごもって首を振り、深い溜息《ためいき》をしてから続けた、「よろしい、あなたの云うとおりだとしましょう、だが、婚約をやぶられたのにその相手を思い切ることができず、侍の誇りも捨てて乞食にまでおちぶれる、そんな者をあなたは弁護なさるんですか」
「弁護はしない、おれはただ条理を云ったまでだ」
「私を云い伏せるためにですか」透は自分を抑えながら云った、「それならあなたにはぞうさもないことです、私は房野さんに云い勝とうとは思いもしませんし、もし云い過ぎがあったらあやまります、しかしなほさんのことだけはしんけんに、面目などにこだわらずに考えて下さい」
「だめだ、なほを娶《めと》るなどということは許さない」又十郎は冷淡に云った、「なほ自身その施薬所にいることを望むのだろう、あれに近づくことは断じて許さない」
「いいでしょう」透は唇《くちびる》を嚙《か》んだ、「御意見はわかりました、この話はなかったことにして下さい」
「もう一つ、――どうしても中邑には残らないのか」
「そのことはもう云いました」
「思い返さないかと訊くんだ」
又十郎の調子は皮肉になった、「いま杉浦は、侍の誇りを捨てたと云って仲上を非難した、それなら自分も侍の誇りを持つべきではないか」
「あなたにうかがいますが、あなたは自分の考えだけが正しいと思い、それを人に押しつけようとしていることをご存じですか」
「おれが押しつけているか」
「そうでなければ幸いです」と透は云った、「私は江戸へ戻ることに、侍の良心と誇りを持っているのですから」

房野又十郎とは喧嘩《けんか》別れのようなかたちになった。
江戸で想像していたよりも、故郷の空気はもっと険悪で、切迫したもののように思えたし、破局が避けられているのは、左右の対立がほぼ均衡を保っているという、僅《わず》かな理由によると考えるほかはなかった。

透は両派とも接触することを避けた。

矢楯組から会いたいと云って来たし、攘夷《じょうい》派の岩崎義高らにも面会を求められた。義高は丈左衛門の長男でつじの兄、つまり透には義兄に当るわけだが、どちらも断わって会わなかった。

西郡とはしばしばいっしょに歩いた。

粂之助は佐幕派というより、むしろ保守的という程度で、王政復古がそうたやすく実現するとは考えないが、時代はその方向に動いているし、人間の力で時代の勢いを防ぐことはできない。そのときが来たらそのときの運命にしたがおう、と思っているような口ぶりであった。

「人間は決して同じところにとどまってはいない、絶えず前へ前へと進歩している」と或《あ》るとき西郡は云った、「しかしそれには目的意識があるのだろうか、人間ぜんたいをひっくるめて、なにかの目的意識があるのか、それとも人知を超越したなにかの力に支配されているのだろうか」

そのとき透は黙っていた。西郡もしいて彼の意見を聞こうとはしなかった。

父とは三度話しあった。

三度めに、父は涙をこぼした。薬湯で咳を抑えながら、怒りを隠して説得する父のようすは、見ていられないくらいだったが、透もまた辛抱づよく自分を守りとおした。「ではやむを得ない」と父はついに折れた、「約束だから三年待とう、その代りつじつまを伴《つ》れてゆけ」

透は拒んだ。

江戸は生活費が嵩《かさ》むこと、これまでも水谷郷臣の助力を受けて来たし、今後もそれなしにはやってゆけないこと。学問に専念するためには、家庭は重荷になるうえ、郷臣にこれ以上の援助は受けられない、ことなどをあげて拒絶した。

父の顔に絶望の色があらわれるのを見ながら、透は少しもひるまなかった。

――離別の話はできない。

それだけは諦《あきら》めた。さすがに、父をそれ以上苦しめる勇気はなかったのである。

このあいだに、母から家計の窮乏を告げられた。遊学の入費は郷臣の援助によっていたが、こまかい雑費ぐらいは母から送って来た。それが「今後はできそうもない」というのである。

「それは構いません」透は平静をよそおいながら母に答えた、「これからはもっと倹約しますし、足りない分は自分でなんとかします、なに、江戸なら小遣を稼《かせ》ぐくらいのことはできますよ」

母は声をひそめて訊《き》いた。

「つじさんをどうします」

「その話はあとのことです」

「もう十七になりますよ」

「自分ではもう勘づいているようですから」と透は答えた、「江戸から手紙ででも事情を知らせましょう、勝手すぎるかもしれないが、たぶんわかってくれると思います」

「あなたは強くおなりだ」と母は云った、「あなたが強くおなりだろうということは、わたくしにはわかっていました、こちらのことは心配せずにお立ちなさい、母にできるだけのことはしてあげますよ」

（下巻につづく）

表記について

新潮文庫の文字表記については、原文を尊重するという見地に立ち、次のように方針を定めました。

一、旧仮名づかいで書かれた口語文の作品は、新仮名づかいに改める。
二、文語文の作品は旧仮名づかいのままとする。
三、旧字体で書かれているものは、原則として新字体に改める。
四、難読と思われる語には振仮名をつける。

なお本作品中、今日の観点からみると差別的ととられかねない表現が散見しますが、作品自体のもつ文学性ならびに芸術性、また著者がすでに故人であるという事情に鑑み、原文どおりとしました。

（新潮文庫編集部）

新潮文庫編

文豪ナビ 山本周五郎

乾いた心もしっとり。涙と笑いのツボ押し名人――現代の感性で文豪作品に新たな光を当てた、驚きと発見がいっぱいの読書ガイド。

山本周五郎著

青べか物語

うらぶれた漁師町浦粕に住みついた〝私〟の眼を通して、独特の狡猾さ、愉快さ、質朴さをもつ住人たちの生活ぶりを巧みな筆で捉える。

山本周五郎著

柳橋物語・むかしも今も

幼い一途な恋を信じたおせんを襲う悲しい運命の「柳橋物語」。愚直なる男が愚直を貫き通したがゆえに幸福をつかむ「むかしも今も」。

山本周五郎著

五瓣の椿

自分が不義の子と知ったおしのは、淫蕩な母と相手の男たちを次々と殺す。息絶えた五人の男たちのそばには赤い椿の花びらが……。

山本周五郎著

赤ひげ診療譚

小石川養生所の〝赤ひげ〟と呼ばれる医師と、見習い医師との魂のふれ合いを中心に、貧しさと病苦の中でも逞しい江戸庶民の姿を描く。

山本周五郎著

大《おお》炊《いの》介《すけ》始末

自分の出生の秘密を知った大炊介が、狂態を装って父に憎まれようとする姿を描く「大炊介始末」のほか、「よじょう」等、全10編を収録。

山本周五郎著

おごそかな渇き

〝現代の聖書〟として世に問うべき構想を練った絶筆「おごそかな渇き」など、人生の真実を求めてさすらう庶民の哀歓を謳った10編。

山本周五郎著

ながい坂（上・下）

下級武士の子に生れた小三郎の、人生という〝ながい坂〟を人間らしさを求めて、苦しみつつも着実に歩を進めていく厳しい姿を描く。

山本周五郎著

つゆのひぬま

娼家に働く女の一途なまごころに、虐げられた不信の心が打負かされる姿を感動的に描いた人間讃歌「つゆのひぬま」等9編を収める。

山本周五郎著

ひとごろし

藩一番の臆病者といわれた若侍が、奇想天外な方法で果した上意討ち！　他に〝無償の奉仕〟を描く「裏の木戸はあいている」等9編。

山本周五郎著

栄花物語

非難と悪罵を浴びながら、頑なまでに意志を貫いて政治改革に取り組んだ老中田沼意次父子を、時代の先覚者として描いた歴史長編。

山本周五郎著

松風の門

幼い頃、剣術の仕合で誤って幼君の右眼を失明させてしまった家臣の峻烈な生きざまを描いた「松風の門」。ほかに「釣忍」など12編。

山本周五郎著

深川安楽亭

抜け荷の拠点、深川安楽亭に屯する無頼者たちが、恋人の身請金を盗み出した奉公人に示す命がけの善意――表題作など12編を収録。

山本周五郎著

ちいさこべ

江戸の大火ですべてを失いながら、みなしご達の面倒まで引き受けて再建に奮闘する大工の若棟梁の心意気を描いた表題作など4編。

山本周五郎著

山彦乙女

徳川の天下に武田家再興を図るみどう一族と武田家の遺産の謎にとりつかれた江戸の若侍。著者の郷里が舞台の、怪奇幻想の大ロマン。

山本周五郎著

あとのない仮名

江戸で五指に入る植木職でありながら、妻とのささいな感情の行き違いから、遊蕩にふける男の内面を描いた表題作など全8編収録。

山本周五郎著

四日のあやめ

武家の法度である喧嘩の助太刀のたのみを、夫にとりつがなかった妻の行為をめぐり、夫婦の絆とは何かを問いかける表題作など9編。

山本周五郎著

町奉行日記

一度も奉行所に出仕せずに、奇抜な方法で難事件を解決してゆく町奉行の活躍を描く表題作ほか、「寒橋」など傑作短編10編を収録する。

山本周五郎著

一人ならじ

合戦の最中、敵が壊そうとする橋を、自分の足を丸太代りに支えて片足を失った武士を描く表題作等、無名の武士の心ばえを捉えた14編。

山本周五郎著

人情裏長屋

居酒屋で、いつも黙って飲んでいる一人の浪人の胸のすく活躍と人情味あふれる子育ての物語「人情裏長屋」など、〃長屋もの〃11編。

山本周五郎著

花杖記

父を殿中で殺され、家禄削減を申し渡された加乗与四郎が、事件の真相をあばくまでの記録「花杖記」など、武家社会を描き出す傑作集。

山本周五郎著

扇野

なにげない会話や、ふとした独白のなかに男女のふれあいの機微と、人生の深い意味を伝える〃愛情もの〃の秀作9編を選りすぐった。

山本周五郎著

寝ぼけ署長

署でも官舎でもぐうぐう寝てばかりの〃寝ぼけ署長〃こと五道三省が人情味あふれる方法で難事件を解決する。周五郎唯一の探偵小説。

山本周五郎著

あんちゃん

妹に対して道ならぬ感情を持った兄の苦悶とその思いがけない結末を通して、人間関係の不思議さを凝視した表題作など8編を収める。

天《てん》地《ち》静《せい》大《だい》（上）

新潮文庫　や-2-68

平成二十一年九月十日発行
平成二十五年十二月二十日三刷

著者　山《やま》本《もと》周《しゅう》五《ご》郎《ろう》

発行者　佐藤隆信
発行所　株式会社　新潮社
郵便番号　一六二―八七一一
東京都新宿区矢来町七一
電話　編集部(〇三)三二六六―五四四〇
読者係(〇三)三二六六―五一一一
http://www.shinchosha.co.jp

印刷・錦明印刷株式会社　製本・錦明印刷株式会社

ISBN978-4-10-113469-7 C0193